結緣

2之1

〈癡心無藥〉

雪靈之 著

風文創 024

目錄

自序

雪靈之

《結緣》在我的作品中是有些特別的，因為月箏真的和雋祁在一起了，一些讀者向我表達了不滿。

其實我的本意是讓月箏一直與雋祁在一起算了（我對小雋是偏心的），但最後我又對鳳璘心軟了，想著生死相許的兩個人……還是在一起吧。

因為我本身是北方人，對描寫月箏在北方的生活得心應手，希望生在溫暖臺灣的朋友也能藉此感受一下北國風情。

我發現我的每部小說都會有一樣比較顯眼的小吃，一想起《愛恨無垠》就是蔚藍做的青糰，《結緣》裡是冰凍葡萄，其實我也沒試過，今年夏天吃吃看。（笑）

第一章　不肖子弟

翥鳳王朝　順乾三十四年

初夏的微風輕搖著雕花窗櫺外的細柳，搖曳輕盈，款擺生姿，原夫人坐在窗前的鏡檯旁指點丫鬟為自己梳妝，這樣的情景讓她心情格外愉悅。

「娘，妳到底要打扮到什麼時候啊？」坐在矮凳上的原月箏實在等得不耐煩，揚了揚手裡的螳螂，螳螂被她折磨已久，瀕死地亂揮著大爪，倒和原月箏的表情配合得相得益彰。今天抓到的這隻螳螂通體碧綠，她很滿意，瞧著可比前兩天太子給她看的那隻神氣多了，她急著去顯擺一下，娘用來打扮的時間就顯得格外漫長。

原夫人瞧都不瞧她一眼，逕自在妝盒裡選耳環，只淡淡地問丫鬟。「小姐晚宴上穿的衣服都準備好了嗎？」

早有伶俐的丫鬟殷勤回稟。「衣服首飾都準備妥當了，夫人。」

原夫人點了點頭，自家這對活寶真像是被接生婆從菜市場撿來偷換到原家的，別家的小姐到了十歲早已是一副小大人模樣，咬文嚼字舉止優雅，而原家的這位卻還是一副頑童心性，再添上京城頑劣出名的兄長原月闕極為失敗的「典範」，原家的這對公子小姐天天上樹下河，撩貓逗狗，終日沒個讓人省心的時刻。真難為皇上皇后還放心委任家有如此活寶的原學士為廣陵王的教書師傅。

原家小姐去宮裡赴宴從來都要另帶衣裝，入席前重新妝扮過，才不致灰頭土臉的失禮現眼。養了這樣的兒女，原大學士還天天生氣上火，企圖教導蒙昧，原夫人卻早已認命，聽之任之。

初夏百花盛放，皇后娘娘邀請王妃誥命飲宴賞花，各家的小姐也都在被邀之列。照理說這樣的場面輪不到原學士內眷，畢竟供職在翰林院的原學士只是個從五品的小官吏，一介酸儒無權無勢；但作為五皇子廣陵王鳳璘的授業恩師，皇上和皇后向來格外禮遇，雖然這禮遇對廣陵王來說，虛泛了些。

「夫人，夫人！」一個丫鬟快步從外邊走進來，神色倒十分淡定。「老爺又要打少爺呢！」

「哦。」原夫人也很淡然，左右輕轉了下頭，在鏡中端詳自己的妝容。

全屋只有原月箏還能做到不厭其煩，喜笑顏開地跳起身，生怕看不到熱鬧似的邁著小短腿地往父親的書房跑。她雖然已經十歲，卻還穿著稚童的及膝短裙，極為方便跑動，一轉眼就到了書房門外。

門外的丫鬟和小廝對少爺即將挨打一事反應都極其麻木，各忙各的，絲毫沒有受到影響，老爺氣急敗壞地「傳家法」實在太過頻繁，他們想再有點兒積極的反應都難。

原學士號稱一代京城名儒，火大罵人也很講究排比對仗，此刻正在滔滔不絕地細說倫理綱常：尊卑有分，君臣有別。

太子鳳珣與原月闕年紀相仿，脾氣也投契，雖然月闕是廣陵王的陪讀，卻與太子更為熟稔，惹是生非總喜歡湊在一起。為了這事，原學士沒少動肝火，在他眼裡，太子和月闕這兩個十二、三歲的孩子愛在一起玩耍簡直是大逆不道，就該把太子爺當神在腦袋上供著才對，見面就要下跪，不能直視，太子不垂問就不要隨便開口說話。

月箏笑嘻嘻地扒著門框向裡偷瞧，被罵的那個十分淡漠，跪在地上極其無恥地挖著鼻孔。出身書香世家的原學士受不了這樣的粗鄙，被兒子的行為深深噁心到心坎裡，聲音都發了顫，十分尖銳地呼喊。「家法，家法！」

原月闕彈走鼻牛，抬眼看了看爹爹，有點兒絕望。他剛弄明白太監是怎麼回事，轉眼就發現自己爹爹有點兒像，這很讓他傷感。他理想中的爹爹應該像杜將軍那樣的，實在不濟像舅舅也行，絕對不是眼前這位面白鬚軟、說話細聲細氣的人，氣急了就會叫得像隻在被拔毛的雞。

「爹爹，」門框上探出月箏的娃娃髻和一雙彎彎月眼。「你又要打哥哥呀？」聲音甜美，笑容更甜。

原月闕回頭，有些感動。「妹，妳來替我求情啊？」

原月箏笑咪咪地跨進屋，乖巧無比地坐在門檻上，兩隻小手還很規矩地放上膝蓋，雙眼亮晶晶。「沒，我就是來旁觀一下。」

原學士一噎，面對女兒這副愛煞人的嬌美小臉和盈盈笑顏，他真是氣恨不起來。然而，氣恨不起來——就更懊惱。

想他和夫人溫恭守禮，皆出身詩禮大家，怎麼就生出這麼對兒女來？別說不肖父母，原家祖上也沒出過一個這樣的！

原月闕悶悶地轉回頭，沒一個指望得上的，他有點不耐煩地說：「爹，你要打快打，大家都挺忙的呢。」

被打的反倒如此急切，原學士一時氣懵，管家在院子裡很殷勤地高聲通報說：「老爺，香公公來了。」

月闕聽見喜形於色，月箏卻一臉遺憾。

香公公是太子的近侍，十五、六歲，來原家次數多了，輕車熟路直出直進。

原學士循規蹈矩地迎了出去，恪盡禮儀，香公公意思意思地回了下禮。「太子有話，今日晚宴召原家兄妹早些進宮。」

原學士還在躬身謝恩，把太子召玩伴早去的話當成口諭，他那對不知天高地厚的兒女卻跑出來隨便地拍小香子肩膀，顯得他們爹爹的那份慎重其事十分可笑。香公公對原學士的態度有些傲慢，對原家兄妹卻熱絡得很，尤其對月箏，討好般地引著她前行，笑著說：「太子爺等了好一會兒了……」

原學士抖著嘴唇看兒子女兒頭也不回地揚長而去，自覺長輩的尊嚴徹底掃地，訕訕地瞥著院子裡的下人們——該修剪花木的修剪花木、擦圍欄的擦圍欄，管家威嚴地在院門口問一個小廝。「夫人的車馬都準備妥當了嗎？」原老爺仔細一瞧，點頭哈腰回管家話的小廝正是他派去傳家法的那個……

原學士的心情很複雜，慶幸無人注意到他的挫敗又失意於自己衰微的權威。正柔腸百結，裝扮亮麗的原夫人款款走進院子，原學士眼前一亮，這麼多年了，他的妻子還是這麼令人賞心悅目，月闕月箏的好相貌全都來自她。若非那對小畜生外貌過人，當真是一無是處，扔在荒郊被狼吃了都不可惜！原學士忿忿。

「老爺，」原夫人向他一笑。「今晚只有你一人用餐，真是對不住了，我特意準備了你愛吃的小菜。」

原學士只覺頓時天地山花爛漫，不曾有過一絲陰霾，溫情四溢地趕著走過來扶妻子，連連點頭。

原家兄妹經常出入皇廷，又有香公公在旁導引，幾乎沒受什麼盤查就順利進宮。剛過了長長的門洞，月箏就聽見香公公的問安聲，一聽見「廣陵王」，她一下掀開車簾，馬車還在行進，她卻飛身跳下，輕輕巧巧穩落在鳳璘面前。

「鳳璘，你在等我嗎？」她歪著腦袋笑嘻嘻地看著高了她一個頭多的俊美少年，太過熟悉，私下裡她都是直呼他的名諱。

廣陵王鳳璘對她略顯冒失的出現見怪不怪，唇形完美的嘴微微一挑。「我在等絲雨。」

「哦……」月箏微微有點兒失望，卻也覺得理所當然。鳳璘喜歡和杜絲雨一起玩，這沒什麼大不了的，就像她雖然喜歡鳳璘，但的確和鳳珣一起玩更有意思。

「我陪你一起等吧。」月箏笑著往他身邊蹭了蹭，鳳璘沒有說話。

月闕也吩咐停車，跳下來和鳳璘打招呼，隨便的態度讓他爹看見了肯定又要打他。歲數相仿，在一起讀書、一起淘氣，非要分出尊卑來對原家兄妹並不容易。

香公公發了急，跺腳催促。「小祖宗們，太子殿下還等著呢！」

月箏皺眉想了下。「你快去告訴鳳珣，我們都在這兒呢，讓他來與我們會合。」

香公公直咂嘴，到底不敢對太子的玩伴用強，正要去傳話，鳳珣已經一臉不高興地走來，瞥著正向鳳璘展示寶貝螳螂的月箏，一反常態地沒有出聲招呼。

月箏只顧扯著鳳璘，問他：「漂亮吧？」鳳璘淡淡看了看，不甚在意地嗯了一聲，向對面的太子點首問好。

鳳珣有些傲慢地抿起嘴，不理會鳳璘，大步走過來抓起月箏就往角落拽，很有太子權威地說：「妳給我過來。」

月箏被他拖得踉踉蹌蹌，也不樂意了，「幹麼呀，幹麼呀」地嚷嚷，甜甜的嗓音讓人格外覺得可愛。

到了宮牆底下，鳳珣才甩開她的手，忿忿道：「妳和他說什麼呀？他從來不愛玩這些！」

月箏有點遺憾地點頭，這倒是，她愛玩的遊戲鳳璘一般都很沒興趣，她的獻寶十次有九次都很失敗。

見她點頭，鳳珣更加得理，戳著她的腦袋教訓。「以後少跟他摻和，將來不過就是個藩王，有什麼啊？我是太子，我將來……」

月箏冷眼看他，每次他這麼說她都不喜歡聽。若不是鳳璘的母后過世得早，也輪不到孫娘娘當皇后，更輪不到鳳珣拍胸脯說「我是太子」。

「他怎麼了？」她嘟著嘴打斷鳳珣的話，氣呼呼地瞪著他，再小也知道有些話不能說，於是她發狠耍賴般地宣佈。「他長得比你好看！我就是喜歡他！」

一說容貌，鳳珣有點兒氣短，鳳璘不只在皇室子弟中出類拔萃，整個京城的仕宦人家也沒比他更俊俏的少年。「男人長得好看有個屁用！」

月闕站在鳳璘身邊遠遠看牆根下的太子和妹妹，樂不可支地小聲嘀咕。「又吵起來啦。鳳珣怎麼這麼沒記性，他能吵過我妹嗎？自討苦吃，回頭還得哄。」

鳳璘雲淡風輕地也往那邊一看，月箏卻抓住了這一瞬的注目，立刻笑嘻嘻地向他跑來。鳳璘微微皺眉，不知道這個小魔頭為什麼總喜歡纏著他？

宮道上傳來車馬轔轔之聲，走在車隊最前面的一人騎著高頭大馬，即使用餘光瞧也會被他的威勢震懾。

月箏在鳳璘身邊停住，也瞧著杜家的隊伍。杜志安大將軍戰功赫赫，兼任兵部尚書，皇上特許他內廷騎馬，整個順乾朝就數他最威風。他還是太子殿下的掛名老師，太子太傅，月闕一向崇拜他。她回眼看看月闕，他果然一臉豔羨地看著杜志安——的馬，喃喃道：「啥時我也能有一匹？」

杜大將軍黑臉虬髯，身形慓悍，月箏總是不敢細看他超過兩眼。她湊向哥哥，小聲說：「爹爹總說咱倆不肖父母，你瞧，還有比杜絲雨更不肖她爹的嗎？」月闕點頭，鳳璘聽見卻微微一笑。

看見鳳璘，杜志安只在馬上踮了踮鐙，淡然招呼了聲：「廣陵王。」

鳳珣也從牆邊走過來，像貓見了耗子般長揖過膝，恭聲問安道：「杜師傅。」杜志安是他的太傅，母后又時時教訓他要對杜志安格外禮遇，杜志安平時教導他也甚嚴厲，所以鳳珣見了他總有些怯怯地。

杜絲雨聽見了父親喊廣陵王，柔柔掀開車簾向外探看，卻不敢跳下車來，雙目盈盈地望著向自己走來的鳳璘。

見廣陵王都走到自己女兒的車邊了，杜志安也不好繼續驅車向前，只得抬了抬手，訓練有素的隨衛立刻穩穩停住車馬。

同是十歲年紀，杜絲雨已經婷婷一派少女雅致風情了，小手搭上鳳璘伸去扶她的胳膊時，旁邊冷眼相看的月箏都覺得心裡被什麼東西嬌柔地撥了一下，酥酥麻麻。不等鳳璘開口，她搶著提示自己的存在。「絲雨，我們等妳好半天了，快來一起玩吧。」

杜絲雨向她微微笑了一下，星眸瀲灩，頰起櫻韻，不愧是京城聞名的小美人兒。月箏瞧著不是滋味，不知怎麼想起皇后娘娘一次在花園裡看他們玩耍時說的話。「要是月箏改個脾氣，怕與絲雨不相伯仲」。當時她記住了這話，卻不明白意思，特意回家問娘。原夫人斜眼瞧了瞧玩得髮髻散亂、衣服上盡是灰痕的女兒，直白準確地解釋說：「皇后娘娘說妳比不上杜絲雨！」

杜志安面無表情地坐在馬上，杜絲雨怯怯地看了他一眼，請求似的小聲說：「爹爹……」她甚至不敢明確說出自己想留下和同伴們一起玩的意願。

杜志安咳了一聲。「既然如此——別誤了給皇后娘娘請安便是。」

杜絲雨鬆了口氣，爹爹這是答應了，她忍不住向著鳳璘甜甜一笑，鳳璘也在看她，她的笑意映亮了他的眼睛。

杜志安駁回馬頭的時候自然也看見了女兒瞧著廣陵王的那個笑容，眼睛裡不由得起了些許微瀾。

廣陵王是已故孝慧皇后所出，皇上曾有意立他為太子，可惜孝慧皇后一病而殞，孫賢妃繼為國母深得寵幸，終是繼後所生的二皇子鳳珣受封為嗣。朝堂上對冊立太子之事甚為敏感，前孝慧皇后的母家曾經盛極一時，如今雖然屢遭皇上削抑，風光不再，但畢竟是百年大族，人脈廣闊，不可小覷。

廣陵王偏又生就一副絕世之姿，聰慧過人，市井朝堂津津樂道，相比之下，太子聲名略有不及。

皇上深恐外戚專權，將來帝幼臣強，皇權不保，所以鐵了心扶持母家微賤的孫皇后所生的太子。雖然鳳璘無緣大位，皇上念及當年與孝慧皇后的恩情，鳳璘又是這般資質，不免還是多方恩寵，很多臣僚會錯了意，時不時上奏稱頌廣陵王聰敏仁德，隱隱有提議改立之意，造成多年來立嗣暗濤。

這次皇上為太子和廣陵王更換教書師傅，為太子挑選的除了真正的名儒還有他這個兵部尚書及宰相嚴華哲；給廣陵王卻只選了一個毫無背景勢力的小小學士，其中涵義昭然若揭。

杜志安皺眉策馬，皇家之事本就難料，他身為臣屬，恪盡忠義效命便罷，只是……皇后娘娘近日頻有暗示，願為太子求配絲雨。杜家對絲雨的期望向來甚高，嫁入皇家本是意料之事，他卻以絲雨年幼沒有立刻應下皇后娘娘的意思，確實心有顧慮。孫皇后雖受盡寵愛，到底出身小宦人家，一旦榮顯便進退失據，縱容子姪拉幫結夥，妄圖把持朝政。鳳珣這孩子……杜志安輕嘆搖頭，他親自教他自然知道他的不足，被強勢的母后壓制慣了，脾氣又驕縱，恐非帝王之材。與皇家結親無異賭博，杜氏一族的榮耀還是其次，怕只怕押錯了寶，枉自賠上性命。

第二章　舉世無雙

原家兄妹和太子鳳珣忙得滿頭是汗。「觀景閣」已經大致修建完畢，修葺御花園圍牆的磚被太監們不辭勞苦地一趟趟運到湖邊，這麼座用磚塊胡搭亂建、徒有四壁的「小屋」，在太液池的角灣處十分礙眼，綠柳拂堤、蓮葉生涼的景致被破壞得相當徹底。

牆壁即使搭建完成也像是斷垣殘壁，月闕用泥手撫著下巴認真思索。「用什麼當棚頂好呢？」

月箏水靈靈的大眼睛眨了眨，小髒手一抬，指著那排皇后的愛柳。「就用柳枝吧，透氣還透亮。」

「好！」太子殿下爽快答應，大步跨過去，咯嚓就撅下一枝，幾個太監宮女頓時淚流滿面地跪下，哀呼道：「太子殿下手下留情。」

「我折的是柳枝，又不是你們的脖子，嚎什麼？」鳳珣不屑地瞥著跪了一地的宮人，威嚴地訓斥道，手裡也沒閒著，咯嚓又掰下幾大枝。旁邊的原少爺也熱情洋溢地跑過來幫忙，頓時一地殘花敗柳。

負責看樹的太監宮女抖如篩糠，淚如雨下地頻頻叩首。這幾個活祖宗怎麼今天就想起到這兒玩呢？皇后已發下旨意請誥命們來賞花觀柳，這角灣是必遊之地，再這麼下去，誥命們今日怕只能欣賞些殘樹禿枝了！皇后素來愛柳，這排柳更是專門請了花匠精心養護，如今糟蹋成這副模樣，太子殿下頂多挨些訓斥，做奴才的搞不好就要皮開肉綻哪！

「快搭，然後就請鳳璘和絲雨來作客。」月箏悶悶地說。她個子矮，磚壁疊得高，往上覆蓋柳枝的活兒顯然幫不上忙。月箏皺著眉，不怎麼高興地看著矮堤下的鳳璘和絲雨。絲雨不喜歡這種「搭建」遊戲，在花圃邊撿落下的花瓣，用小臼搗汁做「香水」。鳳璘原本也和他們一起搭房子，玩了一會兒就跑去幫絲雨收集花瓣，有香味的花瓣撿光了，他乾脆折下鮮花，一片片扯散放入絲雨手中的小石臼裡。

月箏愣愣地瞧著面貌極為俊美的錦衣少年在和煦陽光裡把五彩繽紛的花瓣輕柔地從漸露豔色的少女頭上紛紛揚揚撒下，微風把花瓣吹散，落在少女烏亮的髮髻上、精緻的衣裙邊。少女抬頭向少年微笑，少年長睫低垂，淺笑俯看著她，那明亮的眸子在緻密的羽翼下隱隱約約發出熠熠光華。

月箏只是覺得絲雨在鳳璘身邊的景象非常合襯，卻無心細看她的容顏。在鳳璘的光芒下，一切美麗都失去色彩。從那天開始，月箏迷戀上鳳璘微瞇著眼、長睫低垂的樣子，若問十歲的她怎麼形容這樣的俊美，不學無術的原小姐會說：「妖怪。」

悻悻回望忙活了一下午的成果——七扭八歪的一個類似豬圈的建築，再看看人家那邊的意境，月箏頓時覺得自己與絲雨相比，一隻是鳳凰、一隻是……她絕不承認自己像野生野長的麻雀。

「真難看。」她挑剔地看著剛才還為之自豪的「小屋」，皺眉喃喃。沾了滿手柳樹汁的鳳珣一攤雙手，唯命是從地問：「妳說怎麼辦？」今天惹了月箏不高興，他格外殷勤縱容。

月箏從絲雨那裡受到啟發，女孩了愛花愛草什麼的顯得別有……別有……她形容不出來，只是覺得女孩像絲雨那樣很討人喜歡，至少鳳璘很喜歡。「我們用花瓣裝飾一下吧。」她出了主意還是不高興，覺得畢竟是抄襲了絲雨的創意。

「怎麼裝飾？」鳳珣瞪大眼，很期待地看著她。

原小姐情緒不高，隨意地指了指開得正好的一池芙蕖。「用別的花瓣太小，就用荷花的吧，夠漂亮，夠省事。」

又有幾個宮人慘白著臉跪倒，苦苦哀求說：「太子殿下高抬貴手，皇后娘娘今日還要遊湖賞花呀……」

太液池邊一片愁雲慘霧，滿地的樹葉敗枝更顯得血雨腥風。

一向手快的原公子就近拔下一朵盛放的白荷，粗魯地扯下幾片花瓣用力捏出汁液，黏糊往磚頭疊的歪牆上貼。「黏不住啊。」原公子犯愁，太子也緊皺眉頭想不出主意。負責看護荷花的宮人們頓時覺得自己還有一線生機，眼巴巴地看著原小姐，只求這個小祖宗千萬別再出餿主意了。

原小姐難得斯文地嘆氣撫額。「說你們什麼好呢?池邊水淺，有得是泥巴，挖點上來抹在磚牆上，不就能黏住花瓣了嗎？」

「呃！」一聲倒噎，管事宮女暈厥過去，周圍的宮人全圍上來呼喊悲啼。

原少爺十分驚訝，推了推鳳珣。「好像有人死了。」

太子殿下看都沒看。「死就死了吧，自會有人收拾。月箏，我們用什麼挖泥啊？」

足智多謀的原小姐思索了一會兒。「你們也看見過那個東西吧？長長的棍子頭綁著一個舀勺，我覺得挺合用。」

太子殿下剛想吩咐去找，這回連香公公也哭了。「殿下，那個……那個是……清理茅廁用的。」

「這是鬧什麼呢？」尖細的喝問帶著威嚴，有點兒陰狠，立刻就震住哀呼吵鬧的宮人們。宮女太監當著十二、三歲的太子，哀苦和懇求多少都帶了些遷就稚童的誇張，但在秋總管面前，驚怕和恐懼可就真多了，尤其他身後還跟著皇上和皇后。

剛才還一鍋粥一樣的局面，頓時變成靜寂的驚恐，齊聲請安都帶著顫音。

皇上和皇后只帶著貼身的奴才，想來是一時興起沿湖閒聊散步。

皇后瞧著一地的斷柳，不悅地皺起眉。「珣兒，你又淘氣！」

鳳璘和杜絲雨也趕來問安，皇后娘娘瞧著這對眉目如畫、相映生輝的小人兒，再瞧瞧滿身泥污、懵懂頑皮的兒子，近乎無奈的焦急驟然發作。鳳珣和鳳璘的年歲漸長，無論是背景勢力還是朝堂輿論越來越傾向不利於鳳珣的一邊，這種日漸積累的焦灼像壓在她心口不斷增重的大石，讓她寢食難安。

偏偏鳳珣心性晚成，又心直口快，她這個做母后的不好直接說出中意杜家威勢，希望他多接近絲雨，生怕他一時犯倔，吵嚷出來，因小失大。

「珣兒，你貴為儲君，怎麼整日遊手好閒，不思進取？你都多大了？還做這樣幼稚的遊戲！」皇后娘娘的不悅添了很多說不出口的怨怒，訓斥兒子的嚴厲顯得有些小題大作。

母后如此疾言厲色讓鳳珣垂頭喪氣，偷眼瞥著滿地狼藉，垂下頭顯出愧疚之意。

皇后娘娘這麼冷聲說話，原家兄妹也像霜打的茄子一樣，縮在太子身後，看來折了柳枝十分觸皇后娘娘的霉頭。

皇上倒還是一副好心情，不以為然地回首向皇后笑了笑，示意她不必動怒。「男兒家想有個自己的屋宅也是理所當然的，朕小的時候也喜歡在御花園裡搭小屋小院，珣兒這點兒很像朕。」

鳳珣一聽父皇和顏悅色地說起小時候也有此愛好，頓時樂了。皇后也因為這句「像朕」而平復了些許肝火，苦笑了一下，瞪了兒子一眼，終是不再責罵。

鳳珣躲過一場風暴心情大好，笑嘻嘻地瞧著月箏說：「當年漢武帝要修金屋裝阿嬌，我可簡樸多啦……」

「又胡說！」皇后娘娘飛快地開口打斷他說出要蓋房子給月箏住的話，厲色瞪了他一眼，嚇得鳳珣一愣。

皇上當然聽出意思，微微一笑，細細看了月箏兩眼。

皇后被皇上這別有用意的端詳惹得心煩意亂，她一生最怨恨的就是雖貴為皇后，母家卻極其平常。這幾年她苦心提攜，無奈娘家幾個兄弟不堪大用，成不了氣候，鳳珣的婚事便顯得尤為重要，原家的女孩雖然樣貌出眾，家世卻對鳳珣毫無臂助，絕非她如意人選。相比之下，鳳璘年紀雖比珣兒小了一歲，心機城府卻深了許多，在孫皇后眼中，鳳璘和絲雨的親近絕非兩小無猜那麼簡單，甚至可能是鳳璘舅家暗自唆擺的結果。

「鳳璘也到了赴藩就任的年紀，可曾想過要娶什麼樣的王妃啊？」皇后娘娘這話問得突兀，說出口也覺得太露痕跡，頗為尷尬地輕笑了兩聲。

皇上聞言，不動聲色地挑了下嘴角，皇后的顧忌他當然心知肚明，此刻也只能順水推舟地看向鳳璘，略帶戲謔之意，彷彿料準鳳璘會說出什麼令大人覺得有趣的話語來。

鳳璘沒想到話鋒會一下子掃向自己，愣了一下，想說自己還沒想過，卻瞧見父皇殷殷相詢的眼神，不好輕率回答。「皇兒……」他頓了頓，淡然地看了眼身邊已經紅了臉的絲雨。

「想娶才貌俱佳、舉世無雙的女子。」

皇上和皇后聽了，俱是一愣。

皇后的臉色微微一變，為了掩飾不快，嘴角極其勉強地掛起一絲笑意。

一個十二歲的孩子隨口說想娶舉世無雙的女子，盡可當成戲言一笑了之，可偏偏這話戳在了她的心病上。鳳璘這句脫口而出的話，或許正是多年來他背後的勢力苦苦籌劃追求的。

他哪裡是要娶舉世無雙的女子，分明是他自己想當舉世無雙之人！

皇上微蹙眉頭，隨即不動聲色地笑笑說：「也罷。」心裡卻暗嘆了口氣，璘兒這句「舉世無雙」怕是要橫生枝節，平地起波。

沒人再有興致說笑，氣氛顯得十分清冷，鳳璘看著父皇的臉色，也慢慢寒了眼神，二舅早已囑咐過他，在皇后面前一定要謹言慎行，今日他真是大意失口了。

「請問！」小小的身子從太子身後跳了出來，月箏的表情十分認真。「怎麼樣才能算是才貌俱佳、舉世無雙？」她雙目熠熠，近乎固執地盯著鳳璘。剛才皇后娘娘問他想娶什麼樣的女子，她真怕他說出絲雨的名字。

雖然「舉世無雙」讓她覺得實現起來難度很大，總比鳳璘直接說要娶絲雨強多了。

鳳璘冷著臉，本無心回答她的問題，不說話又會使氣氛更加僵促，便心不在焉地隨口說：「當然是精通琴棋書畫，能歌善舞，容顏絕麗。」

月箏皺著眉，默默記誦。

原來，想當鳳璘的王妃，就要變成這樣的女子。

第三章　執念成妄

月箏披著亂糟糟還沒梳理的頭髮，呆呆看著一大早就心急火燎趕來向她報信的哥哥，半天也沒說出一句話。

昨天還一起玩耍、一起吃飯的廣陵王，怎麼會一覺睡醒就被改封為梁王，即日趕赴屬地北疆？

「北疆？」月箏極慢地眨了下眼，她對國家大事毫不關心，幾個藩國勉強知道，鳳璘的封地是翥鳳國最富庶的廣陵，離京都也最近。年滿十二的皇子理當就任藩郡，可她從未擔心過會與他分離。爹爹是他的先生，舉家隨他赴任是她認為板上釘釘的事情。就連娘也提過搬家的事，還興致勃勃地向她說起廣陵的好風景好氣候。

「北疆就是咱們翥鳳最北的一個藩國。」月闕皺眉，向妹妹解說。「據說一半是沙漠、一半是荒地，半年是冬天，全年風沙吹，還總要防備猛邑國從荒野入侵，征戰不斷，難民聚集，是個倒楣的地方。」月闕輕哼了一聲，虧皇上還在聖旨裡提到「加封」，搞得像是擴大封地的恩寵一樣，北疆是比廣陵大，大得沒用啊！

月箏垮下肩膀，抱著自己鳥窩一樣的頭，痛苦不已。「我討厭冷的地方！要走好長時間，我的東西那麼多，皮大衣要幾天才能做好啊？」

毫無關聯的幾句話，與妹妹交流了十年的月闕輕鬆解讀，他更難過了。「妹妹，皇上沒讓咱們跟著去啊。」他倒是挺喜歡北疆的，據說那裡民風質樸慓悍，男女都擅長騎射，說話咬文嚼字會被認為是從其他國家來的，僅憑這點他就想去。

月箏又瞪大眼，半天沒說話，月闕等得有點兒不耐煩，要不怎麼說女孩不頂事呢，平常挺聰明伶俐的姑娘，一聽見大事，從耳朵走到腦子怎麼就這麼慢呢！

他一個人去遙遠寒冷的地方？

月闕說得太生動了，她彷彿身臨其境。修長瘦削的鳳璘孤身站在一片茫茫雪原上，寒風凜冽大雪飄飛，她怎麼也看不清他俊美的臉龐……

就像把一朵盛開的鮮花扔在冰天雪地裡一樣，她擔心他隨時要凋零。

跳下地，她已下定決心，就算皇上不讓他們跟去，就算她討厭寒冷的地方、要走好遠的路才能到達、她的漂亮皮衣趕不及做，也要和鳳璘一起前往！他雖然話少無趣，脾氣疏冷，但對她——每次吃飯她都想方設法靠近他，能坐在他身邊的時候，她總是故意把他不喜歡吃的菜挾到他碗裡，堂堂的廣陵王殿下會冷冷瞪她，卻還是乖乖把菜吃完。

她的功課總是因為貪玩趕不及做，對子、文章都是他替她寫的。教算學的先生是另外一位，她不過是怕爹爹打才勉強應付爹爹教的課業，算學功課向來視而不見，先生要懲戒，也是他攔在前面，不讓她和哥哥皮肉受苦，也不讓先生去向爹爹告狀。

「哎呀，我的小姐！妳好歹梳洗了再往外跑吧！」服侍她的嬤嬤簡直是哀號，月箏被聞風而動的丫鬟抓回來，按在鏡檯前梳洗打扮。

月闕幸災樂禍地抱著臂閃在一旁看熱鬧，一副缺心少肺的模樣。

廣陵王府離原家不遠，月箏跑得急，喘得好像要斷氣。衝進鳳璘的書房，她抓著他的袖子半天也說不出話；好不容易把氣兒喘勻了，她沒頭沒腦地拋出一句話。「你等我收拾一下東西，太多了！」

她真怕他「即日」啟程，趕不及要他等她。

鳳璘面無表情地看著她，年少的臉龐上籠罩著超越年齡的怨艾。「父皇沒叫你們跟著。」他說起「父皇」這兩個字時帶了明白的譏誚。

他的父皇……因為孫皇后的無妄猜忌、幾句哭訴，就把他遣送到荒涼遙遠的北疆。傷他最深的，莫過於聖旨裡的「即日啟程」，擺明不給他任何機會，就連舅舅們都因為這句「即日啟程」而措手不及。

二舅告訴他，皇后昨夜晚宴散後，徹夜在乾安殿哭求，半夜的時候還特意遣人叫去了鳳珣，鳳珣剛睡下，被吵醒還發了脾氣。

鳳璘冷笑，如果是他，有個肯為保護他太子之位而徹夜向父皇哀求哭訴的母后，半夜被叫起又算什麼？

他的母后過世了，父皇便變成了鳳珣的父皇，只有鳳珣才是他的兒子。為了鳳珣，就像丟棄一隻家養的狗一樣，把他遠遠拋開，居然還用了「加封」這樣可笑的字眼。親生父親尚且如此——鳳璘冷冷看著大口喘氣、俏臉脹紅的小姑娘，年幼的她又能有多真心？可能她都不知道北疆是個多貧瘠可怕的地方，想同他遠行不過是年少貪玩。

月箏被他的口氣傷到，明顯是熱臉貼了冷屁股，不過她能理解他的壞脾氣，誰被親爹坑了還能喜笑顏開啊？

「等我，等我！」她肯定地點頭。「你車上還有多少空餘的地方？我瞧瞧。」實在不行，夏天的衣服就少帶，估計也沒機會穿了。

鳳璘瞇了瞇眼，滿帶嘲諷地扯出一個淺笑。「為什麼跟著我？」

月箏眨眼，必須說個讓他同意帶上她的強而有力的理由。她嘿嘿一笑，雙手插腰，仰頭看著瘦高的他。「當你的王妃唄。」

鳳璘被她的話逗笑，半帶自嘲地挑起唇角。「沒想到居然還有人這麼想當我『梁王』的王妃。只是——」他冷下眼。「妳夠得上『舉世無雙』嗎？」

他的口氣近乎惡毒，就因為他這句戲言，竟然導致了這樣的結局。或許這只是壓垮駱駝的最後一根稻草，皇后對他的忌憚從鳳珣被立為太子就開始日積月累了。可是……他仍舊怨恨自己的愚蠢，仍舊怨恨這四個字！

「這……這……」原小姐扯了扯自己為快點兒出門而催促丫鬟梳的麻花辮，嚥了幾口唾沫，看起來頗有自知之明，但是她開口卻說：「你要對我有信心嘛。」

鳳璘失笑，瞧著她粉嘟嘟小臉上一派認真的表情，心底有一絲柔軟，拍了拍她的頭，有些哄騙的意味。「那好，妳就留下，努力成為舉世無雙的女子，等我回來。」

「鳳璘！」她還是不死心。

「聽話。」鳳璘瞧見門外的侍衛已經整裝待發，無心再與她糾纏，意興闌珊地向她一笑。

他一定會回來！

當鳳璘隨身只帶了十幾名隨從，蕭索地策馬出了城門，回望泱泱帝都時，他握緊馬韁，眼眸深處盡是寒意。

回來，不是他的願望，是他對自己的誓言。

他的笑容，落入月箏的眼中，便成為記憶，像一豆螢火，即使歲月流逝，仍舊微弱而絢麗……

六年後，她仍然清晰無比地記得分別的那天，他向她笑的時候，長長的睫毛尖因為眼睛微瞇而翩翩輕動，根根都好像刷在她的心上。

清晨下了雨，一開窗，花草香味格外清新，月箏瞧見師父手裡抓了把碧草從院外走進來，潮濕的山路沒讓他淡青的長衫沾染一絲泥污。她笑嘻嘻地隔窗招呼，有些諂媚。「師父大人早。」

謝涵白抬眼看了看她，淡然說：「不早了，妳哥已經嚷嚷著要吃中飯了。」

月箏嘿嘿笑，抓起桌上自己最新的得意之作，搖頭擺尾地跑進謝涵白的屋子。「師父，你看看這一幅。」

謝涵白放下新採的草藥，一舉一動優雅超逸，他細細看月箏攤在案上的畫作，是幅水墨山景，把這座渡白山畫得氣韻超然，筆意細緻，用墨典雅，完全不像是眼前這個蹦蹦跳跳的少女能畫得出來的。

見師父良久不語，月箏一縮肩膀，誇張戒備地後退一步，好像生怕他說出什麼不中她意的評語來，墨黑的水眸頑皮瞇起，說不出的靈動活潑。「難道……還是有匠氣？」俏美無匹的容貌配上極其生動的表情，讓人見之忘憂。

謝涵白抬起眼，淺淺一笑，似有憾意。「妳並非真心喜歡作畫，不過得益於幾分天賦而已。」抱著如此心態作畫，也不過是個技藝高超的畫匠而已。

月箏湊近他，她笑的時候眼睛裡就像聚積了一汪星空下的清泉。「師父，你就說，除了你，還有沒有行家能看出你說的匠氣？」她的確是不喜歡畫畫彈琴，就因為當初鳳璘那句「精通琴棋書畫」，她才下了大決心刻苦學習。

「京中無人。」謝涵白雲淡風輕地說。

「就連曹淳也不能吧？」月箏笑容滿面，她不求達到師父說的什麼了無所求的至高境界，只求能唬哢住行家，誇她一句舉世無雙。

謝涵白一展眉。「不能。」

月箏哈哈大笑。「那就行了！」

杜絲雨拜入名師曹淳門下，月箏就很不服氣，她要拜師就要拜個比曹淳更厲害的。曹淳號稱第一才子，人稱曹謫仙，一手丹青驚才絕豔，琴技更是整個翥鳳無人能及，能與他一較高下的只有內行人才知曉的「渡白山人」，因為隱居避世，所以知者甚少。當年謝涵白曾經畫下一幅「知寒圖」，雪中數枝紅梅，題詩一首，送給友人做賀歲之儀。友人見了嘆為絕世之作，自己不敢私藏如此珍品，獻入皇宮。

此畫及題詩被驚為神跡，皇帝珍而藏之，曹淳奉旨一觀，當下驚詫，愧說從此不敢稱「擅畫擅詩」，謝涵白因此聲名大噪於皇族貴戚，皇帝費盡心思也不曾再得一幅畫作。謝涵白懶於陷入俗務糾纏，十幾年來再無墨寶現世，民間雖然知之甚少，皇族貴戚卻視他為神話逸仙。

當初獻畫於皇帝的友人，恰是原月箏的舅父，謝涵白唯一的朋友。舅舅自豪無比地對她說可以讓她跟著渡白山人學習時，年少無知的她還很不識貨，被「山人」兩個字打敗，說什麼也不肯投入一個山民的門下。

後來當她得知此山民不僅天賦奇才，還修練了一身好武功，所以皇帝明裡暗裡找他這麼多年也奈何不了他。而且，音律、棋藝、醫術……她估摸著，天底下就沒這山民不精通不知道的了，這才真心嘆服。她哥哥苦苦哀求，涕泗橫流，才以「買一送一」倒貼白給的形式也拜在座下，正職徒弟兼職雜役。

原氏兄妹分工明確，哥哥只肯學功夫，其他的就挑喜歡的兵書戰策學一學，詩詞歌賦被他視為無聊學問，嗤之以鼻。妹妹只肯學琴棋書畫和一些輕身功夫，以期跳舞的時候身形更為飄逸絕美，投師六年，還是手無縛雞之力。

月闕提了兩隻野兔，興高采烈地小跑回來，毫不見喘息。「師父，加菜。」他向謝涵白舉高兔子，昔日的頑皮小子已經長成俊美少年，他笑的時候跟他妹妹很像，賊賊的，卻可愛。

「師父，」月箏搖頭輕嘆，嬌媚神態也是受到謝涵白精心點撥，絕對無懈可擊，蹙眉時尤其稱得上我見猶憐。「你當初收下我哥，是為了滅絕渡白山上的飛禽走獸嗎？」

謝涵白肅然點頭。「是啊，已經所剩無幾，大可讓他出師下山了。」

「得了，得了。」月闕無心理會他們，直盯盯地看著手中「瀕臨滅絕」的兔子。「還是烤著吃最香。」他笑得溫情四溢。「走啊，妹。」他只有在招呼妹妹做飯時，才最富有手足之情。

謝涵白拿起新採的草藥細細觀看，任由兩個寶貝徒弟連吵帶鬧地殺去廚房，原家兄妹從小聒噪，好在他也習慣了，雞飛狗跳中仍能僻出一片淨土。

月箏從廚房窗子探出頭來。「師父，你今天吃辣不？」

謝涵白皺眉思索了一下，吩咐：「微辣。」

環視因烤兔子而煙霧繚繞的草廬，謝涵白微微一笑，當初……為什麼會收下這麼對徒弟呢？雖然對渡白山上的飛禽走獸抱有深深歉意，他還是沒有後悔過。

也許是緣分，見到月箏的第一眼，他就發現她眼眸深處的固執。

他沒有看錯，六年來，這個看似懶散嬌憨的女孩堅持不懈地學會了她想學的所有東西。

孜孜追求自己的愛好並不難，可月箏日復一日刻苦鑽研的全部，她都不喜歡。

她的堅持，近乎執妄。

這樣的她，引得他傾盡全部細細教導，雖然明知她並不是理想的弟子。

第四章　風雲難料

原家在廣陵府的宅院不算寬敞，僕役也只有十幾人，廣陵王改封梁王遠赴北疆，原學士不再擔任王師，被派往廣陵府擔任府丞文書襄贊。這是個比翰林學士還虛的官職，就是朝廷養在廣陵府的閒人，只要擬擬公文樣式、指導下小文書們行文措辭而已。

皇后猜忌梁王，連梁王的教書先生也跟著不待見，這是再順理成章不過的事情。原學士還在花前月下惆悵過，喝兩口淡酒無限感慨地說「時不我與」、「襟抱難開」之類的酸話，好像自己曾經風光過一般。

好在原家其他人都不以為意，快樂度日。原夫人心情好，會對丈夫婉言相勸。「人生貴在平安和樂。」心情不好，就淡嗤一聲。「在京城也不過如此，老爺你算不得有何起落，何必妄自慨嘆？」

月箏忙於研究各類才藝的省力取巧之法，月闕本就是除死無大事的主兒，原學士的抑鬱無人響應，就更抑鬱了。不過抑著抑著也就習慣了，廣陵山水娟秀，原學士攜夫人四處遊歷，寫出來的文章倒有了些靈氣，不再酸腐空洞，漸漸在廣陵名頭響亮了起來，喝醉了以後也開始說徜徉山水、悠然自得之類的話了。

渡白山距離廣陵府不過一天的路程，原家兄妹每月都要回家探望父母——順便在城裡繁華的集市上亂買東西。原學士深深覺得這才是他們積極回家的真正原因。
原學士昨夜寫了首相當得意的長詩，恰巧兒女都回來了，聽眾多了分外高興，急不可待地在早飯桌上就拿出來獻寶。他抑揚頓挫地吟誦著，月闕早起練功，早飯向來吃得比別人香，不願聽爹爹的殺雞嗓子，他故意把粥喝得呼嚕呼嚕響，十分嘈雜。原夫人和月箏安然吃飯，並不覺得月闕發出的雜音破壞氣氛，因為她們根本沒有聽原學士在叨唸什麼。
「箏兒，為父此詩如何？」原學士笑咪咪地捋著鬚髯。
「爹，你又超越自己了。」月箏頭都沒抬。
「箏兒，這就替為父謄寫這首詩吧，為父想把它掛在書房裡。」對女兒的字原學士還是服氣的，小楷能寫得雋秀玲瓏、行書草書可以寫得大氣瀟灑，他自愧不如。
月箏正好吃完了最後一口，抬眼柔柔地瞧著父親，神情乖巧嬌媚，口氣卻冷漠堅決。
「休息時間，概不做工！」
原學士臉一板，端出父親的權威。「寫字作畫這等風雅之事，怎能視為做工?!」
「好了，老爺。」原夫人也用完飯。「她不寫就不寫吧，反正我也要帶她去府尹大人家作客。」
「啊?!」月箏大驚失色，府尹孫大人算是爹爹的頂頭上司，孫夫人很喜歡叫原家內眷「過府一敘」，聽她敘，賣弄一下府尹夫人的威風和見識。「我不要去！」月箏斬釘截鐵。
「去吧，去吧。」月闕吃完飯，屋裡安靜了，他笑嘻嘻地勸說妹妹，幸災樂禍，表情相當無恥。「娘要帶妳去，不過是想讓妳壓壓孫小姐的威風，讓娘臉上有光，也算妳報答養育之恩嘛。孫小姐……」月闕摸下巴，思緒飄遠。「長得不錯，就是嘴巴大了點兒，我一看見她，總覺得肚子餓，什麼吃的都被她搶去吃了似的。」

月箏懶得理他，一臉肅穆，可惜她長得嬌俏，生氣的時候嘴巴會有點兒微嘟，怎麼看都像撒嬌。「就算忘恩負義也不去！」

「哦？」原夫人倒沒生氣或者強迫的意思，淡然掂了掂腰間荷包裡的碎銀，通情達理地說：「那就算了，我自己去。」

月箏長長的睫毛極快地上下翻飛一陣，她當然知道娘親荷包裡嘩嘩作響的是下個月的零用錢，深吸一口氣，原小姐極為誠懇地看著娘親說：「母親生我養我，恩重如山，我怎麼捨得母親獨自受苦？定當甘苦與共！」

「還是箏兒懂事，」原夫人狀似欣慰。「速速打扮妥當，這就隨娘去吧。」

孫夫人剛從京城回來，召集了不少下屬家眷來「恭聽」遊記，原夫人和月箏到的時候，小小後廳已經花團錦簇聚集不少女眷了。

坐在上首的孫夫人瞧著原家小姐穿了身月白夏裙，跟在母親身後亦步亦趨步態娉婷，心裡頓時有點兒不痛快。原家姑娘拜師學藝不常在家，沒想到今天跟來了，未免掃了自家女兒的風頭。

果然，原本笑語盎然的小廳頓時安靜下來，所有人都細細盯著月箏看，原小姐的美貌在廣陵官宦人家中還是都有耳聞的。

月箏只是半垂著頭，似乎對大家的注視毫無所覺，長髮上的精緻步搖隨著腳步微微款擺，長睫低垂似嬌羞又溫柔，整個人都好像籠著淡淡的月光，本就精緻的眉眼，因為她的嬌柔氣質更加撩動人心，不僅美，而且媚，媚得雅致，媚得讓人生憐……

孫小姐也在瞧這個年歲相當的少女，簡單準確地概括了原月箏：狐媚子！桃花精！

「原夫人，快坐，快坐。」孫夫人表面上還是很熱情的，待原家母女坐定，就嘖嘖稱讚。「原夫人，妳這女兒當真好相貌，與杜家千金相比，也遜不了幾分。」

月箏聞言，似害羞的把頭更低了半分，嘴角不為人知地抽了一下，孫夫人把她讚得……真夠讓她鬧心！

原夫人笑了笑。「小女如何能與杜尚書的千金相比？別說杜小姐豔冠京華，就像孫小姐這樣名滿廣陵——府的，也天差地遠呀！」

月箏真有點兒同情孫小姐，被她娘誇得她聽著都覺得寒磣。廣陵府是廣陵郡的首府，城郭並不很大，「名滿廣陵府」就好像說人家在自家後院家喻戶曉似的，別提多噁心人了。

孫夫人首戰失利極不甘心，只好另闢蹊徑，裝作很為女兒委屈的樣子。「萱兒再美，終究輸在家世。」家世兩字咬音甚重。「太子選妃在即，縱然我家收到入選旨意，太子妃之位恐怕還得落在杜小姐身上啊。對了，原夫人，妳家可有收到進京待選的旨意？聽說當初你們與太子也很相熟。」

對於孫夫人的明知故問，原夫人淡然一笑。「原家小小襄贊之家，哪有資格攀龍附鳳？」原夫人見好就收，不再針鋒相對。

廣陵將軍的夫人著實細看月箏，越看越中意，這姑娘貌美還在其次，不言不語的，看著著實柔順可人。自家兒子正值婚配年齡，原家雖然無權無勢，卻是書香世家，各方面都很讓她滿意。

見原夫人說完話，孫夫人洋洋得意地不介入圓場，對理想親家有分回護之意的將軍夫人開口說道：「孫夫人似乎弄錯了，聽我家老爺說，這次好像是為梁王殿下選王妃呢。」

月箏輕輕一顫，梁王？

「不會吧。」孫夫人有點兒訕訕的，旨意上的確只是宣召官宦人家的小姐入京待選，沒明確說是給太子選妃。「太子殿下比梁王位尊年長，不可能哥哥沒選媳婦，給弟弟先選吧。」

一個小主簿的夫人急於幫襯府尹夫人，有點兒沒分寸地說：「孫夫人說的有道理，先選梁王妃，難道挑剩下的再當太子妃嗎？」

這話說得很不中聽，無人回應，氣氛頓時有點兒尷尬。

「請問，」一直沒抬起頭的原月箏突然出聲。「梁王回京了嗎？」

將軍夫人頓時對這個女孩更滿意了點兒，人漂亮，嗓音也好聽。

孫夫人剛從京城回來，正得意著，很權威地回答說：「回京了，京城裡到處都在談論他，我和萱兒覲見皇后娘娘的時候，還有幸見了一面。」

提起梁王，孫萱兒神思恍惚了一下，微笑低喃道：「能嫁給他，不當太子妃……也值了。」

聽女兒突然花癡兮兮地冒出這麼一句，孫夫人頓覺顏面掃地，也沒細思量，高聲打斷道：「梁王怎麼能和太子相比？北疆貧瘠，梁王又年少輕狂！」傳播小道消息的天性讓府尹夫人環視了在座的女眷們一圈，她們瞪大眼急於知道的表情十分鼓舞她。「梁王一回京，就被京城名妓迷住了，要給人家贖身。京城名妓笑紅仙啊，身價就要一萬兩黃金。說起來笑死人，這個梁王也真好意思，自己只能拿出兩千金，人家名妓自己掏了兩千，剩下的竟然跟太子殿下借！堂堂一個藩王，連一萬金都拿不出來，還學人家……」

月箏冷笑一聲。「太子不更差？出錢讓弟弟嫖妓！」

這話一出，誰與爭鋒，所有人目瞪口呆地瞧著片刻前還明豔如花、溫柔似水的美人兒，將軍夫人受到的震撼尤其深重，感覺心中的某處美好崩塌了。

月箏起身告辭時還是那麼婀娜，轉身而去的態度卻是那麼果決，直到她搖曳生姿地走出後廳，大家才回過神來，孫夫人意味深長地微笑，對原夫人說：「妳這女兒……還真特別。」

原夫人低頭沈思著什麼，好像沒聽見孫夫人這句滿是誚意的話。

一個穿著雅致的美貌少女發足在街道狂奔，引得不少路人駐足觀望，俏麗的身影一閃而過，大家紛紛議論，大概是哪家的小姐逃婚或者逃命。

月箏不管，她也知道自己這樣的急切很可笑，她跑得再快，也見不到朝思暮想了六年的人，可她就是想跑，使勁跑，把翻騰在胸臆間那股快要沸騰的情緒全變成體力消耗精光。

她衝進院子的時候，身上帶的風把原學士放在石桌上的稿紙颳得四處飄飛，石凳上的原學士穩住自己的美鬚，處變不驚地向女兒衝進房間的背影問：「忙什麼呢？」

月箏已經揹了個小包袱出來。「爹，我回師父那兒去了。」

養育兒女十幾年的原學士對他們任何的舉動都不驚詫，只是問：「不等妳哥啦？」

「讓他回來後立刻追我去。」月闕的腳程，追上她不用一個時辰。

月箏腳步匆匆，在大門口差點撞上回家來的母親。

「娘——」月箏低下頭，讓母親在那麼多女眷面前尷尬她還是抱歉的，但她卻無法容忍孫夫人用那樣的口氣說起鳳璘和太子。「我先回師父那兒了。」依娘的性子，多耽擱準沒好果子吃。

「站住。」原夫人叫住一條腿已經跨出門檻的女兒。「跟我來。」

月箏渾身一抖，娘用了這麼沈肅的口氣，她倒真沒膽子一跑了之了，乖乖地和她一起走到院角的葡萄架下。

下人們都識趣地沒跟過來，原夫人背對著女兒。「妳要回京？」雖是問句，口氣卻很肯定。

月箏苦笑一下，點了點頭，她的確是打算辭別師父後跑回京城。

「箏兒，我們當初來廣陵，是為什麼？」原夫人微微一笑，口氣平淡。

月箏垂下眼睫，她已經十六歲，再不是個懵懂頑童，回想當初……只有原學士才會認為皇后娘娘是因為鳳璘而遷怒原家。

原夫人瞧著女兒。「妳爹爹雖為府尹屬官，仍有五品官銜，若論為太子選妃，六品以上官員的女兒皆有資格，為何原家沒有接到旨意？」

月箏抿嘴不語。

「皇后心中的人選早在幾年前就已塵埃落定，不過因為杜將軍調守北疆兩年而耽擱下了。此次選妃，不過是在天下人面前給太子一個應享的尊榮，更是要給這個將要被『選』出的太子妃出類拔萃的無上美譽。這齣好戲裡，皇后娘娘不會允許一點兒差池，就連六年沒見太子的妳，她也絕不會掉以輕心。」

「哈哈，」月箏故意發笑。「皇后娘娘還真謹小慎微，我和太子不過就是小孩子喜歡在一起瘋玩，他現在恐怕連原月箏是誰都不記得了！」娘扯遠了，她的目標從來就不是太子殿下。

「皇家的風雲難料，無論如何都不是我們這樣平凡婦人應當參與其中的。箏兒，母親只希望妳平安和樂度過一生。」原夫人一挑唇角，慢慢地說出她的意願。

平凡婦人？月箏展眉輕輕一笑，她為了不當「平凡婦人」，這六年來苦苦堅持，寒冷的冬天用凍僵的手指反覆撥弄琴弦，酷熱的夏季汗流浹背不停練習舞步，聽母親這樣一說，她不甘心，很不甘心！

看著女兒眸光閃動，原夫人的語氣還是平靜如水。「妳說當初太子與妳不過是小孩子的情誼，那梁王呢？梁王可能也不記得妳是誰了。」

月箏倏然抬頭，心裡重重一顫，原來娘什麼都知道……

「娘，如果不試一試，我就沒有平安和樂的一生了。」月箏不想再聽娘說下去了，娘說的道理她都懂，所以格外不想聽下去。

第五章　柔絲結繩

月箏跑回山上的時候天色已經擦黑，謝涵白早早就點上了蠟燭，悠閒地烹茶。月色、燭光、英俊的男子……幽靜的院落到處是詩情畫意。

月箏跑進客堂的時候，燭火劇烈地晃了晃，謝涵白抬手護住。「回來啦。」對於外表弱不禁風的小徒弟風風火火的舉動，他早已習慣，也從沒糾正，這樣的她，他認為很好。

「師父，我是來向你辭行的。」月箏放下包袱，湊過去拿起一杯茶來喝，師父的茶真是好喝，她滿足地咂兩下嘴，十分不雅的舉動讓她顯得格外俏皮可愛。

「哦——」謝涵白抬頭看她，拉長了語調。「他回來啦？」

「啊?!」月箏瞪眼，她這深藏心底的少女心事怎麼好像被張榜公佈過似的，人人都知道。

謝涵白悠悠地挽住袍袖，往空了的茶杯裡注入新茶。「妳的心事從來就不難猜。」

月箏有點兒挫敗，一屁股坐下來，謝涵白只好又去護住燭火。

「師父，我此去要是達成心願的話，就不再回來啦。」月箏有點兒記恨師父隱晦說她傻，說狠話報復報復。

謝涵白一笑。「妳就這麼篤定能如願以償？」

月箏瞇眼。「當然了。」溫柔地說刻薄話是師父的拿手好戲，她戒備地看著燭光裡分外俊雅的謝涵白。

「要知道，妳的六年和我的六年是不同的。」謝涵白拿起一個茶杯，輕輕啜飲一口，似不甚滿意地皺了皺眉。「我過六年，翩翩公子還是翩翩公子。」

月箏故意大聲噓口水表示揶揄，果然天才都是自戀的。

「妳過六年，是從一個傻孩子變成懵懂少女，是人生完全不同的兩個階段。」

她就知道他沒好話，抿著嘴瞧著師父。

「妳的心上人，也從少年變成男人了，也許早就不是妳記憶裡的模樣。以我對妳童年時期的觀察，搞不好妳還是他的噩夢。」

月箏沈下眼神，師父和娘都在對她說一個事實，鳳璘長大了，不再是她記憶中的樣子，她和鳳璘……變成了陌生人。

小時候學成語，夸父追日，她就覺得夸父這人真夠傻的，一輩子沒幹別的，就追著太陽跑，半途還渴死了。後來……她覺得自己也成了夸父。為了一個盲目的目標，學那些——竊竊瞄了師父一眼，師父一直因為她不是真心喜歡他引以為傲的那些本事而怨怒不已，其實，她只是想活得恣意閒散。可是，她想成為那樣的人——讓鳳璘喜歡欣賞的人，所以就一直學啊學，漸漸就好像變成了習慣，一轉眼就學了六年。

「我也想過，」月箏皺眉，稚嫩地滄桑了一下。「或許他已經有了心上的姑娘，搞不好連孩子都有了，早就忘記我是誰。可是要放棄，我又不甘心，畢竟為了他，我已經痛苦地學習了那麼多東西，總要試一試吧？好在我現在已經變得這麼多才多藝，不能嫁給他……」她頓了一下，故作幽默地挑了挑眉。「也能迷倒一片金貴少年，隨便嫁一個都穿金戴銀逍遙一生啊。」

謝涵白只是微笑，緩緩放下茶杯。「說說，他是怎麼成了妳的心上人？」

月箏一愣，看來她這篇話非但沒騙過自己也沒騙過師父……

「我六歲的時候，爹爹剛當上他的教書師傅……」月箏望著搖曳的燭火，幽靜昏暗的夜晚很容易讓人想傾訴埋藏在心裡的秘密，而且是對著謝涵白這樣的人。就要見到離別六年的他，很多她從來不曾吐露的心事一下子都湧到心頭，能說給師父聽，她也感到很輕鬆。「皇后娘娘過千秋節，我第一次進宮赴宴，好奇得要命，趁母親不注意就溜出去玩，第一次見到了他……」紅紅葉子的楓樹下，他顯得那麼單薄瘦小，遍身華衣也掩不住蕭索。「皇后娘娘的壽誕啊，他居然在哭，望著曦鳳宮在哭。」她緩緩地述說，神情因陷入回憶而恍惚，那個男孩子長得可真好看，她形容不出的好看，他哭的樣子一下就讓她心疼了。「小孩子是挺傻的，我當時就很仗義地決定要對這個小美男好一些，讓他再也不用這麼難受地哭泣了。後來我才知道，他是廣陵王殿下，他的母親也曾住在曦鳳宮裡受盡萬千寵愛。師父你說，小時候的一個臨時起意，是不是在不斷長大中就能變成莫名其妙的執念？我開始就想陪著他、逗他高興，後來我知道，一個女人能總是陪在一個男人身邊就要當他的妻子，那時候當他的妻子就成了我的夢想。然後，我一直在追逐這個夢想。」

謝涵白沈默了一會兒才笑了一聲。「很好的夢想，這讓妳來找到我，學到了很多世人夢寐以求的東西。」

月箏噎了一下，又來了，天才又在自戀了！枉費了她剛才那一大段動人的敘述。還世人夢寐以求的東西呢，要不是鳳璘，她對他的那套肯定嗤之以鼻。

「當初我收下妳，並不是妳有什麼過人資質，而是妳這股韌勁，就連自己都擰著的固執。可惜……」謝涵白沒繼續說下去，感情和才藝不一樣，可以憑一股執妄而學有所成，她的固執讓她意外的變成如今這樣動人的少女，的確很動人，絕美的外表，精靈狡黠的性子又不失少女的嬌憨可愛。那個「他」能欣賞她還好，如果不能，她的固執，便會變成害死她的砒霜。

「可惜什麼啊？」月箏眯眼瞟著師父，肯定不是什麼好話。

「送妳這個。」謝涵白起身，從內室拿出一個小盒遞在月箏手中。

月箏滿懷期待地打開，頓時失望地垮下臉。「這是什麼啊？你的臨別贈禮也太寒磣了吧？幾條繩，打包行李都嫌短啊！」

精心之作被人這樣嫌棄，謝天才一時受傷，緩了半天才故作優雅地解說。「這叫情絲。」

月箏抖著手裡四黑一紅頭髮粗細的五條細絲，難以置信地瞪著眼。「情絲？這個？」好歹也染成五種顏色吧，四黑一紅，孝帶一樣！

謝涵白眼角抽了抽，搶過月箏手裡的細絲，放在桌子上，抽出牆上的長劍用足內勁劈了過去，上好的紅木檯面霍然兩分。

「師父，你也不用這麼生氣吧……」月箏癟著嘴，看樣子要假哭，那楚楚可憐的嬌美小臉，鐵石心腸的人都要軟上一軟。

這招用得太多，謝涵白都到了不屑一顧的狀態，冷聲吩咐。「去看看。」

「哦。」月箏從凳子上跳起身，瘦小的身子像靈活的小猴。「呀！」她驚喜地瞪大眼，那五條擰在一起的細絲未損分毫。

「妳放在火上。」謝涵白憤憤不平地冷嗤一聲。

那五條情絲果然不懼火燒！

月箏喜笑顏開。「好東西啊好東西，師父，都拿出來吧！你是怕我不會功夫遇到意外，特意研製了這樣的細絲，幫我製成軟甲防身吧？」

謝涵白用沒拿劍的手撫了撫胸口，真怕自己內力翻湧吐出一口鮮血來。「製甲?!用了上千束天蠶絲和金剛晶石才煉製這麼五根！」

聽師父說得這麼厲害，月箏才湊到蠟燭邊細看，那五條看似平凡的細絲果然閃爍著晶石的光澤，越看越寶光流溢。

「細細看著！」謝涵白扔下劍，劈手奪過情絲，示範著慢慢纏繞起來。月箏學藝多年，心思手指都非常靈巧，看了幾遍就通曉機竅，手癢地搶過來學著纏，謝涵白從旁指點，不一會兒就編出一個中空的小珠，宛如穿在情絲上似的。純黑的小珠玲瓏巧妙，中空的內心鑲嵌著紅色小結，精美非常，情絲經過緊緊纏繞，編出來的珠子彷彿晶石雕琢，幽幽有光，十分神奇。月箏看得愛不釋手，這絲的長度正好盤成一條手釧，完成了肯定極其漂亮。

謝涵白又從裝情絲的小盒子裡拿出一把小剪刀，不由分說拿過情絲就把剛才編出來的小珠俐落剪斷。

月箏有點兒生氣，嘟著嘴巴瞪他。

「這剪刀叫『慧劍』，是這世上唯一能剪斷情絲的東西，妳也要隨身帶著。算做師父的嚴令，遇見他以後，他每做一件令妳感動至深的事妳才能打一個結，打滿三個結妳才能嫁他，如果妳胡亂對待，必將受到嚴厲懲罰。但願，今生妳能結滿這條情絲，到時候師父就把絕學不老之術傳給妳。」

月箏驚喜地張大嘴巴，不老術?!她可以美一輩子！

「師父，你對我真是太好了。」她感動得真要哭了，這絲要結滿，不過十八個珠子左右，哪用一生呢？明明就是師父故意放水成全她嘛！

謝涵白淡淡笑了。「好了，該吩咐的，我都吩咐了。這情絲凝結了無數心血，萬萬不能等閒視之，要像對待妳的內心一樣對待它，切忌自欺欺人。成則吉祥無比，定能護佑妳終生幸福安康。」

情絲珍貴，又是師父如此嘮叨囑咐下來的，月箏重重點頭。

「師父放心，箏兒此去，不成功……」

謝涵白趕緊打斷。「也別成仁！回到師父這裡，伺候我終老，也不枉我悉心教導一場。」

月箏悻悻。「師父，我沒成仁的意思，我是說，你把我教得這麼好，不成功是不可能的。你還是自己好好活著吧！」

謝涵白沈默了一下，唏噓不已。「果然女生外向，還好我膝下尚有妳兄長，不致寂寥平生。」

正好月闕舉著火把，大步流星地衝進院子，歡天喜地地嚷嚷。「師父，妹，我回來的路上順便抓了兩隻野雞，要不要吃宵夜啊？」

謝涵白對月沈吟了一會兒。「算了，你兄妹還是一塊兒下山去吧，寂寥平生比較適合我。」

第六章　如此重逢

月闕拿著長劍，走在前往京城的驛道上十分瀟灑惹眼，不少姑娘甚至從車轎裡微微探出頭來看他。月闕表面不動聲色，其實心花怒放的死德行讓扮做小廝跟在他身後的月箏極為唾棄。這小子從師父那兒就學會了兩樣，武功和裝深沈。

掂了下背上包裹緊密的畫軸，這是謝涵白聽聞原家並未收到召女待選的旨意後，特意連夜趕製出來的，落款的「謝涵白」篆字印鑑如今價值連城。月箏決定看在師父如此犧牲的分上，腹誹不牽連到他。「公子！」她沒好氣兒地喊前面走得意氣飛揚的月闕。「餓了，餓了！」因為上次出門是她扮成少爺，月闕扮成護衛，所以上京這一路都輪到她扮隨從。她人瘦個兒矮，扮成書僮十分順眼，穿上短褂揹個小包，活脫一個十二、三歲的粉嫩嫩小童。

無論什麼時候說到餓，都能引起原月闕的共鳴，他立刻風度翩翩地一轉身，下巴俊帥地向路邊一家食肆一抬。「就前面那家吧，我一聞就知道他家的飯菜最香。」

月箏連冷嗤都懶得奉送給他，跟著他走了過去，在吃這方面，相信他，真的沒錯。

兄妹倆這頓飯吃得很沈默，離京城已經不到半個時辰的路程，精彩人物時有出現，月闕忙著看路上的美女，月箏緩慢地吃著飯，難得沒有出言譏諷。

一路疾行，臨近城門她反倒突然想延宕一會兒，大概是近鄉情怯？不知道鳳璘回京以後，有沒有去原府找她？有沒有去找杜絲雨？還是……真的把她們當成兒時的玩伴，全都忘記了。

道路上起了騷動，食肆裡吃飯的客人紛紛站起來向路上張望，月箏陷入人群驟然覺得周圍暗了很多，十分不高興。

正擋在她前面的年輕男子還誇張地扶著同伴的手踮起腳，把月箏望向驛道的視線遮得十成十。「梁王！梁王！」青年男子伸著脖子，不停地叨唸。

男子因為踮腳，下盤不穩，被背後突如其來的力道掀到一邊，勉強扶住旁邊的桌子才不致摔倒，一個小小的身影飛快地竄到前面，陷入圍觀的人群裡。他剛想破口大罵，氣勢非凡的一隊青年個個騎著駿馬威風凜凜地跟隨著主人飛速馳過，挺拔俊朗的身姿配上高頭大馬的慓悍煞是好看，雖然掀起漫天沙塵，路邊的眾人仍是呆呆觀望。被推開的男子瞪大眼看著為首的梁王，一時忘記剛才的惱火，張著嘴巴目送一瞬而過的梁王殿下遠去。不愧是剛回京城就引起轟動的美男子，雖然沒看清臉面，僅僅是背影也讓人賞心悅目。

也站起來看熱鬧的月闕撇了撇嘴，有幾分失落。「幾年不見，這小子變得這麼跩了。」以前的鳳璘寡言少語，不太講究排場的。

鑽到最前排的月箏在人群散開後才若有所思地走了回來，默默坐下。

「動身吧。」月闕把飯錢放在桌子上，扯了扯妹妹的衣服，沒想到她重重地搖了搖頭。「幹麼？妳該不會是想去追……」月闕張望了下鳳璘遠去的方向，早沒影兒了。「追不上啦！」

月箏沒答話，鄭重從包袱裡摸出裝情絲的小盒，不理會月闕的連聲催促，拿著情絲編結起來。第一個珠子圓滿玲瓏地完成了，月箏輕輕用手摩挲著它，突然嘿嘿一笑，看得月闕一身雞皮疙瘩，不知道她又盤算什麼餿主意。

月箏沒有收起情絲，乾脆就纏繞在手腕上，她站起身招呼哥哥上路，揹上包袱時仍不忘美滋滋地看一眼腕上的柔絲。「師父啊，並不是我草率敷衍。」她輕聲喃喃。鳳璘長成那樣好看的男子漢，就是第一件讓她感動至深的事！

她曾深深擔憂遠離京都的鳳璘會因為怨憤和不平，變成一個滿臉陰霾的猥瑣男人，總是牢騷滿腹；她也怕他因為終日憂鬱而變成瘦弱不堪、體弱多病的小藩王。剛才她離他那麼遠，可是仍看清了他緊抿著嘴唇而顯得格外堅毅的神情。北疆的風沙徹底礪去了他少時因為矜貴和漂亮而顯得有些荏弱的感覺，她喜歡他策馬狂奔的灑脫，喜歡他挺直背脊的身影，關於他的流言她一個都不相信，只這電光石火的一眼，就讓她滿心喜悅。他沒讓她失望，她……也不會讓他失望的！

就憑著這股喜悅，她昂首挺胸地跟著哥哥走進京都的城門。

原府只留了三個下人看護宅院，雖然清掃及時，仍舊因為缺乏生氣而顯得蕭索。兩位少主人突然回來，讓三個僕人很是忙碌了一陣，月闕看他們粗手笨腳的樣子，就對他們準備的晚飯絕望了。他十分想念京城的美食，月箏累了不想再出門，他就不辭勞苦地主動去隆香苑打包日思夜想的菜饌。

月箏漫步在這座她久未回來的家中，她的小院看起來有幾分陌生。原家這座平凡的宅院只有一處精彩，就是她的閨房前有一冽清泉，不甚名貴的石料被水打磨得平整圓潤，小小一座泉池帶給她童年多少歡樂。

夏初天氣已經十分燠熱，一路的風塵讓她極端渴望碧澈清涼的泉水，已經吩咐下人謹慎看守門戶，想來無人會來她這裡，月箏解去外裳跳入泉池。因為從小喜歡戲水，在渡白山這幾年過的也是閒雲野鶴的生活，謝涵白從骨子裡又是個離經叛道的人，從未阻止過她所有大膽妄為的舉動，甚或從旁指點，月箏在山潭裡倒是練出了好水性。

遠遠的聽見腳步聲，月箏這才驚覺自己在水裡玩得太暢快，竟然耗掉了這麼長時間，月闕都從外面買飯回來了。腳步聲來得很快，須臾已經在她小院門口了，她爬上岸跑回房間斷然來不及，只有繼續泡在水裡鎮定地讓月闕滾走才是上策。拿定了主意，又起了壞心，她深吸一口氣潛入水中，隱約瞧見男人的身影走到池邊，用裡衣的下襬滿滿兜了一捧水，泉池不深，她可以踩到池底，用力一蹬，她突然從水下冒出來，借力一揚，嘩啦啦就讓池邊人頓時滿身是水。

「啊！」池邊的男人被嚇了一大跳，又被水驟然一淋，激得後退了半步。

月箏得手，本想哈哈大笑，卻對上了遍身濕透的男人那雙含笑而驚詫的眼，一時愣住——竟然不是月闕。

「哎呀呀，妹，妳給太子殿下的見面禮真是太驚喜了。」因為晚了半步而得以倖免的月闕悠然抱胸，明顯的幸災樂禍，笑容越發俊美。

「太子……鳳珣?!」實在太意外，月箏站在及胸深的泉水裡仰著頭愣愣看岸上的太子殿下，半天才說出這麼一句。小時候淘氣黝黑的他，長大了倒變得白皙俊秀，英挺的身姿，沈穩的表情，處處都顯示出這六年來所受的良好教養。他也不再是那個唯她命是從的混小子了，她突然擔心他要端起太子的威嚴，大聲斥責她的不敬。

渾身濕透，頭髮都在滴水的鳳珣有些怔忡地看著水中的月箏，她的白色裡衣隱約在水面下漂浮舒展，宛若蓮花，披散的長髮濕透以後更顯得幽黑，柔媚地浮蕩在水面上，靈動美豔。極致的黑亮襯得她的俏臉就像絕美白瓷，頰上淡淡的粉韻是少女特有的嬌美，帶了水氣的嫵媚長睫下，一雙星目亮過粼粼波光。聽見她的輕呼，他竟然微微一顫，那雙嬌豔櫻唇叫出他的名字時，他的心跳驟然亂了頻率。六年來，他不敢去廣陵看她，沒想到她竟然出落得這般動人心魄。幾乎就是看見她的第一眼，他已經打定了主意。

鳳珣生怕自己會面紅耳赤，不再與她對視，故作鎮靜地轉身向外走，口氣也刻意帶了些威儀。「我們在廳裡等妳。」

月箏敏銳地發覺了他的侷促，不由得露出笑意，不是應該她羞得要鑽地縫嗎？怎麼是被戲弄、飽眼福的人一副目不斜視的訕訕樣子？他故作肅然的樣子，讓她覺得親切又好笑，這才是她認識的鳳珣。

耐心等他們走遠，月箏恨恨地拍了下水，不論如何都要記恨該死的月闕一下，怎麼就把鳳珣公然帶進她的閨房來呢！還不算倒楣到底，她咬牙切齒地安慰自己，如果今天來的是鳳璘，這一面見的……估計她就直接在他心裡「絕世無雙」了。

回房換衣時，她不知怎麼想起剛才鳳珣直直盯著她看的眼神，如今她目標明確，還是少惹是非為好。故意選了一套極其平常的衣裝，頭髮也只是粗粗梳攏整齊，這才緩步走向前廳。

鳳珣站在窗邊沈吟不語，頭髮和衣服上的潮濕慢慢乾去，他的心越來越熱了。月箏一從月洞門轉進來，他就立刻瞧見了她。她的裝扮十分隨意，可這樣不施粉黛的她卻鮮亮得讓他轉不開目光。從小她就漂亮，成年後的她多了股撩撥人心的嬌媚勁，她越是不經心，越是神情疏懶，那股純真嬌俏就越讓人心生憐愛。

母后時常刻意安排他與杜絲雨相見，不可否認，杜絲雨是人間絕色，豔冠京城實至名歸，他也覺得不可能有女人比杜絲雨更美。月箏不見得比杜絲雨眉眼精緻，她倆也都是嬌柔型的美人，身材纖細弱不禁風，照理說難分伯仲，可月箏就是多了些他說不出的感覺，是眼睛裡極力掩飾的狡黠頑皮？還是與生俱來的媚惑靈動？

月箏見了他，一本正經地盈盈福身，鳳珣瞧著暗暗發笑，看來這幾年原夫人把她教得不錯，至少大家閨秀裝得有模有樣，若非剛才那個意外，他還真要被她騙過。她還恭聲問候：「太子殿下千歲千千歲。」

鳳珣抿著嘴笑。「免了，用飯吧。」

月箏自然聽得出他的笑意，暗暗惱恨，忍不住又瞪了眼無良的哥哥。

月闕覺得十分冤枉。「可不是我帶他來的，我在隆香苑偶然碰見鳳珣，他自己跟來的。」

在山裡野了六年的原少爺說起當朝太子時顯得相當無禮，鳳珣卻覺得無比受用，自從原家兄妹離開後，就再也沒人敢直呼他的名諱，再也沒人敢把他當朋友看待。他笑了笑，自己先走到桌邊坐下。「特意給妳點了蛋黃酥。」他清楚地記得她的偏好，招呼地向她點了點頭。想到以後與她的關係，鳳珣對月箏多了份嬌寵。

月箏喜上眉梢，她也挺想念蛋黃酥的，廣陵府的和京城沒法比。

「你們這麼早就回京了？」鳳珣吃了幾口，狀似無心地問。

月闕吃得高興，搶話尤其俐落。「聽說各地的美女都進京待選，我們怎可不搶先來看看熱鬧。」

月箏斯文地啃著蛋黃酥，鄙夷地翻了下眼，月闕想到的理由雖然噁心了點兒，也倒說得過去，只是鳳珣似乎會錯了意。

「哦？」鳳珣目光閃動，心裡因為月闕的這句「搶先」十分喜悅。

「對了，這回到底是給你還是給鳳璘選妃啊？」月闕很好奇地問。

月箏第一次因為有他當哥哥而感到欣慰，這麼多年了，他終於說了句對她有用的話。

鳳垧看了眼故作平靜的月箏。「當然是選太子妃。不過父皇和母后的意思，也順便為鳳璘挑選一門中意的親事。」

順便？月箏覺得有些刺耳，當初就把鳳璘遠遠趕走，如今選門親事也還是「順便」！忍不住冷笑一下。「當然是你選了最好的，差一點兒的當梁王妃吧？」

鳳珦被她譏諷的口氣惹得怔了怔。「不是的。母后打算在合適的人家裡先為鳳璘挑選王妃。」

月箏愣了下，隨即了然。皇后娘娘還是那麼精打細算！她挑了挑嘴角，舉國上下心知肚明，皇后娘娘是虧待了前皇后的兒子的。如今選妃，皇后娘娘把面上功夫做得十足，先給梁王選，免得再被說成偏私薄情。可關鍵是「在合適的人家」裡選，估計全都是些無足輕重的角色。說起來好聽，先給梁王挑，結果好的全剩給自己兒子，面子裡子什麼好事都讓母子倆占了。

「對了，鳳璘幹麼去啦？我們在城外瞧見他了。」月闕喝了口酒。

「去華川府了吧，父皇叫他辦個差。」鳳珦情緒不高，和月闕碰了下杯。月箏這點還和小時候一模一樣，就聽不得他說起鳳璘。「要不，從我府裡給你們撥幾個丫鬟來吧。十天後廷選就開始了，你們……忙不過來的。」他又忍不住看月箏，太子妃的位置，他無法拂逆母后的安排，好在還有兩個良娣是他自己能作主挑選的。

「忙?!」月闕露出一臉疑惑。「月箏又不參加選妃，我們不忙啊。」

鳳珣臉色一白。「不參加？」

月箏沒有抬頭看他，仍不免有幾分譏誚。「皇后娘娘沒給原家下旨呀。」

鳳珣沈下眼，緊緊地握著酒杯，他自然知道母后為什麼這麼做。為了拉攏杜家，母后這麼多年來真可謂處心積慮！

第七章 順水推舟

夏夜的月，總有種柔媚的韻致，幽幽掛在繁茂的婆娑樹影上，清澈涼爽。

月箏卻煩躁地冒了一腦門兒汗，忍耐地垂著頭，腳步又不敢太快。再幾步就要回到她的小院了，默默跟著她的鳳珣卻沒有一點兒離去的意思。他好意思，她還吃不起這個虧呢！大晚上把年輕男子往自己的閨房帶?!

「嗯……」她忍無可忍，終於停住腳步，表情疏淡地轉身看他。「我到了。」他也真不當自己是外人，這是在她家，從廳裡回房還用他送嗎？

鳳珣聞言，也頓住腳步抬眼直直瞧月光下更加嬌美無比的她，他當然感受到了她的冷淡。「月箏……」他皺眉，輕輕喊了她一聲。

她一顫，驟然起了一身雞皮疙瘩。

「妳是怪我六年裡對妳不聞不問嗎？」鳳珣跨前一步，雙眸裡光焰閃爍。

月箏嚇得後退了半步，他這是什麼眼神？「我……我沒這意思。」她發自肺腑，誠懇地說。

「月箏，母后……」鳳珣煩惱地眨了下眼，母后曾經說過，他每去看她一次，就把原家調遠一郡。這話他不能和她說，如果他的計劃順利實現，母后與她便成婆媳，月箏得知此事，難免不記恨於心。「妳只要知道，我都是為了妳好……」

「鳳珣，我此來是為了──」月箏被他情切切意綿綿的眼神和話語弄得十分焦躁，決定快刀斬亂麻，粉碎他的誤會。

「我都知道！」鳳珣的雙眸更亮了些，月箏瞧著發寒，賽過狼眼啊，太懾人了。「妳不要擔心，我一定設法讓妳能參加廷選！」

月箏無語，小時候怎麼沒瞧出鳳珣這麼會自作多情？果然總被人捧著就自戀了，月亮星星都該圍著他轉似的；不過他說能設法讓她有資格廷選……這倒解了她的燃眉之急。就算她有「謝涵白」的傳世之作，想順利獻給皇上也頗讓她頭疼。

「鳳……」習慣地叫他名字，月箏覺得還是拉開些距離為好，改口道：「太子殿下……」

她刻意地改口，讓鳳珣的心微微一麻，他忍不住寵溺地瞪了她一眼，她還是在和他鬧彆扭吧，故意這樣撒嬌氣他。

這氛圍很不好，所以當她豪氣干雲地宣佈：「我此來是想當梁王妃的！」鳳珣只是無奈又好笑地深深看了她一眼，絲毫沒有心碎的意思，反而聲調裡摻入了些道不盡的意味。「好了！我明天再來看妳，父皇母后近日要設宴為入京的重臣家眷接風洗塵，我帶妳進宮。」

月箏噎著氣看他自顧自心情很好的離開，這人怪不得能和月闕當朋友，聽人說話從來聽不到重點。

太子府調撥過來的四個丫鬟個個伶俐無比，鳳珣生怕原家艱窘，為女兒準備的服飾簡薄粗劣，極其用心地為月箏送來諸多豪奢無比的釵環錦裳。為首的丫鬟叫春娥，滿面堆笑地捧著價值千金的冰綃紗裙給月箏看，柔聲為自己主子報功說：「原小姐，太子殿下這是鐵了心讓妳豔冠群芳啊。」

月箏皺眉看著屋裡攤放的大箱小匣，鳳珣的這番心意讓她受之有愧，畢竟，她在利用他……今天過後，他還能把她當成朋友嗎？

「還是給我穿那一套吧。」月箏指了指自己原本的衣裙，對鳳珣的愧疚是一方面，謝涵白弟子的傲氣是最主要原因，她要豔冠群芳，何用依賴這些外物？六年來的苦心孤詣，這點兒自信還是有的。

鳳珣早早來到原家，晚上父皇母后在隆恩殿設宴，這是引薦月箏極好的機會，尤其……他要當眾表明態度，讓母后無計可施。

月箏打扮完畢來到前廳，看見正在等她的鳳珣時，心虛地垂下頭，不敢看他眼睛。

鳳珣不自覺地迎向她。「妳怎麼……」他皺眉，發現她並沒穿他送來的貴重衣飾。那冰綃全翥鳳只有兩疋，父皇賜了一疋給他，今日只要月箏穿了那套冰綃裙，他的心意父皇母后定然就心知肚明了。

月箏深深吸了口氣。「太子殿下，你的好意我領受不起。」她語帶雙關，有些煩惱地緊蹙著眉，此刻應該向鳳珣清楚說明心意，卻怕他一怒之下不帶她進宮，她覺得自己真的有些卑鄙。

「沒關係，沒關係！妳這樣打扮也……」鳳珣覺得自己臉上竟然有些發熱，心裡的讚許不好意思全說出口，只輕描淡寫地支吾了一下。「……也很美。」

雖然她沒有按他的計劃來，但那纖秀緊蹙的黛眉、水波漾漾的眼眸讓他的心都酥麻了，哪還有意怪她？反而覺得自己魯莽送來錦衣華服有些侮辱她，這不明擺著嫌她寒窘嗎？「月箏……」他有些為難，希望她別誤會了他的意思，從袖中拿出小小錦盒，他說得小心翼翼。「這是最上佳的玉料，父皇喜歡書畫印鑑，這塊玉料舉世罕見，定能博他歡心。」

月箏接過來看了看，果然是無價之寶，有了話題她不再壓抑惆悵，嘻嘻一笑，把錦盒還給鳳珣。「我有更好的寶物進獻。」

鳳珣瞧著她得意洋洋的小臉，心情大好，忍不住和她一起笑容滿面。「是什麼？給我看看。」

「不告訴你！」她歪頭瞧著他笑，故作神秘，眉眼間盡是俏媚風情。

鳳珣不說話，直直看著豔光流溢的她，她雖然沒穿珍貴的冰綃，這樣素雅穿著的她卻勝過任何價值萬金的裝扮。嬌俏絕麗的神情媚態，讓他恨不能把她拆吞入腹。他突然慶幸自己和她錯過了六年，與他重遇的是少女月箏。思念、驚喜……對她的喜歡似乎驟然沸騰至頂點。

鳳珣的目光太過灼烈，燒得月箏渾身不自在，趕緊收斂了笑容，不自然地半轉了身，率先向門外走。「快進宮去吧。」她催促，心下暗暗祈禱皇后娘娘一定不要讓她失望，趕緊替她先了斷了鳳珣的癡念。

因為乘坐的是太子殿下的車馬，月箏一路到了隆恩門外才下車，很多從宮門步行而來的女眷忍不住向月箏投來訝異的目光，不知道這個從未見過的美女是什麼來頭，竟然受到這樣的優待，就連江都郡王的家眷都是從方化門遠遠走過來赴宴的。

鳳珣飛快下馬，趕到車前來扶月箏下車，月箏把手交到他溫熱的掌心裡時難免又自我罪惡了一回，鳳珣握住她的手時，眼睛裡的光都好像要燒起來似的。月箏垂頭沒臉看他，鳳珣看來卻更顯得柔情萬種，讓他憐愛得生怕自己手勁兒大了都會捏疼她。

月箏渾身發僵，真想尖叫著把手縮回來，不過……只有這樣，皇后娘娘才能把她當成杜絲雨的心腹大患，「除」之後快吧。

緊跟著太子一路走進殿裡，真可謂風光無限。一是眼生，二是太子護惜的態度，讓殿前已經落坐的女眷們低聲議論不已，所有人的眼光都膠著在月箏身上，就連坐在皇后娘娘下首的杜家母女都轉過臉來細細瞧她。

原本集萬千風華的杜絲雨瞬間就被婀娜走進來的素雅佳人奪去了大半風頭，杜絲雨畢竟久享盛名，所有人對她都十分熟悉，倒是這個突然冒出來的小美人引發種種猜測，更顯得神秘新鮮。

皇后娘娘早就聽身邊的嬤嬤說太子帶了個招風的美人進宮，一身妖魅的小美人兒一路走進來，她就一路直直盯著瞧，眼神深邃凌厲，如果小美人兒抬頭偷眼瞧她，定會被她的威嚴震懾，斂去這刺目嬌態。結果那姑娘逕自低著頭，嬌嬌俏俏卻旁若無人，一逕走到臺階之下，滿殿的注視絲毫沒讓她產生一絲侷促。皇后娘娘的不快更深重了，臉色不免陰沈了幾分。

「咦……」也在看兒子帶來的小美人的皇上突然低訝了一聲。「這不是……」他不確定地細瞧已經走到階下的月箏。「這不是原家的姑娘嗎？」

皇后娘娘看見鳳珣眉目含情的樣子，早就猜到這姑娘是誰，聽皇帝這麼一說，也淡淡地笑了笑。「可不是，長得比小時候更好，舉止也有幾分像女兒家了。」

月箏此時正一板一眼地對帝后行三跪九叩的大禮，鳳珣因為父皇母后沒一個人喊免禮而十分不快，看月箏跪下起身地折騰著，嘴角緊抿。

順乾帝自然察覺了皇后的不快，瞧了瞧杜絲雨又看了眼原月箏，再看著兒子那副心疼呵護的神情，暗暗發笑，袖手旁觀不置一詞。雖然鳳珣娶杜家女兒是他也樂見其成的，但多年來皇后為鞏固鳳珣的地位暗中舉動太多，並不使他十分愉快，體諒皇后對兒子的苦心，順乾帝並沒多做表態，畢竟太子為國祚之本，皇后雖然過於熱衷拉攏權貴，倒也無傷大雅。今日能讓皇后難上一難，他也暗生快意。

施禮完畢，皇后娘娘笑了笑，對垂著頭的月箏說：「抬起頭來讓本宮瞧瞧。」這吩咐並不熱心，就帶出了些許的不屑。

鳳珣的臉色也立刻青灰了幾分。

月箏依言抬頭，一殿的人全都把目光集中在她身上，皇后娘娘細細端詳，這情景讓月箏想起月闕在集市上買入菜的雞鴨。「嘖嘖，」皇后搖頭讚嘆。「這小模樣，果然傾國傾城……」心意一動，皇后娘娘眸光閃動，看月箏的眼神也柔和些許，語氣裡的諷意消散無蹤。「過來本宮身邊坐！」

鳳珣大感意外，露出驚喜的表情，難道是母后知曉了他勢在必得的心意，向月箏示恩？順乾帝看著他掩不住的笑意，暗暗搖頭苦笑。鳳珣這孩子……作為未來的帝王，還是缺乏歷練琢磨，心思全都讓人瞧得一清二楚，而且總是把事情想得太過簡單。

所謂到皇后身邊坐，不過就是坐在身邊比較靠近的小桌。這樣一來，月箏和杜絲雨簡直比肩而坐。

杜絲雨十分動情，拉著月箏的手，眼淚都流出來了。「月箏，六年都沒見到，妳……長大了，這麼漂亮了。」說著還像姊姊一樣抬手為她理了理劉海。

月箏看著她，杜絲雨的真摯讓她心裡百味雜陳。六年裡，她壞心地希望杜絲雨越長越醜，不復兒時美貌，可惜，杜姑娘的美名從京城傳得全國皆知……她又希望在名利富貴的漩渦中，杜絲雨變成像皇后娘娘那樣滿腹心機奸詐做作的美女。今日一見……杜絲雨還如年少時那般善良美好，甚至更加出色，容顏氣度樣樣超過她的預料。

「絲雨，妳也變得更美了。」月箏努力地掩飾自己的失落，與杜絲雨執手相看的這一刻，她才不得不向自己坦白，她一直想成為的是鳳璘喜歡的女子，其實……就是杜絲雨這樣的女子。就連她自己都不想承認，她把絲雨當成目標，日夜苦練不過是想超越她，讓鳳璘再看見她倆時，會覺得她毫不遜色。

皇后娘娘和左近的誥命女眷們寒暄了幾句，又把目光投向月箏。「妳父母可好？為何現下獨自回京？」

月箏在心裡冷笑了兩聲，這麼問不是拐彎抹角嫌她瞎湊熱鬧嗎？但她面上還是一派嬌甜，盈盈起身回覆皇后的問話。「機緣湊巧得一物件，得知聖上甚愛此物，便火速進京獻寶。」她說話間帶了幾分頑皮，神情活潑，惹得順乾帝心情大好，只覺得小丫頭可愛伶俐，朗聲問她所獻何寶，還戲謔道如不中意，定要好生責罰她。

月箏把貼身攜帶的畫軸雙手奉到順乾帝席邊，太監接過。殿上一片寂靜，所有人都翹首注目原家小姐所獻之物。

鳳珣有些緊張，如果月箏所獻之物不能讓父皇動心，這眾目睽睽，笑柄就重重落下了，母后更有了諸多藉口，不賜月箏入選資格。

順乾帝笑看了殿中眾人一圈，這才吩咐太監打開畫軸，原本就安靜下來的殿宇更加鴉雀無聲，順乾帝驚喜得半天說不出話，半晌才霍然起身，小心翼翼地輕撫畫軸。「這……這是謝涵白的畫作！」

離得遠或不懂行的女眷們見皇上高興得語不成聲，也心下駭然，看來這幅畫實在了不得。

「宣曹侍郎進宮！」順乾帝也無心飲宴，親自從太監手裡接過畫卷。「宣嚴相、杜尚書等人速速入宮！」扔下這麼句旨意，便帶著隨從直奔前殿而去，只剩隆恩殿上面面相覷的誥命女眷。

杜絲雨微微而笑。「謝先生的畫作，皇上求索多年，今日終於得償所願，真是可喜可賀。就連家師也對謝先生的作品心悅誠服，渴望賞鑒。」

月箏滿是自豪地挑了挑嘴巴，狀似矜持，心裡早樂開了花，連聲暗讚：師父你行啊！在鳳珣欣喜的眼睛裡，她的笑容越發璀璨媚人。

皇上一去，雖然有幾分掃興，卻讓女眷們略微放鬆，氣氛更熱鬧了些。

酒過幾巡，皇后娘娘笑容滿面地看著月箏。「小箏兒既然能得到謝先生的畫作，想來與之頗有淵源。當年曹謫仙曾在玉昆湖畔偶聞謝先生撫琴，一直誇讚到今日，不知小箏兒可學得幾分？絲雨，今日妳且歇下，讓小箏兒一展才華，撫琴助興吧。」

這話裡的機鋒傻子都聽得出來，鳳珣又倏地冒了一後背冷汗。杜絲雨的琴技名震京城，是名師曹淳的得意弟子，母后把月箏與她比，明擺著要月箏出醜。

月箏也不推辭，起身至殿中擺好的琴案後，略一思索，輕輕抬起纖纖素手按在弦上，突然有點想哭，六年來的痛苦練習，所為不過就是此刻的一鳴驚人。她穩了下心神，指尖輕動，一曲謝涵白親自譜寫的〈江上月〉行雲流水般從弦上奔流而出，聽得滿殿眾人瞠目結舌。

直到月箏奏畢盈盈起身向大家行禮，殿上還是毫無響動，所有人都被這天籟之音震懾，久久不能回神。

「好曲。」一道清朗的聲音從殿門外響起，一抹俊麗的身影悠然走進殿來。

第八章　取捨得失

一殿人的灼灼目光都隨著來人瀟逸隨興的步伐移動，那樣熾熱的注視下，安然徐行的年輕男子面帶淺淡微笑，對周遭的一切冷然罔顧。他緩緩走向琴案，卻停在三步開外，線條完美的嘴唇優雅地嚅動了下，他的眉目太過俊美，淡淡的笑容映照在玉致天成的俊顏上，也變成帶了妖豔韻味的魅惑。

月箏坐在琴後愣愣抬眼望他，一定是他，只有曾經那樣美麗的少年才能長成如此俊俏的男人。他微笑的時候，還是她記憶中深刻不去的樣貌，長長髮翹的睫毛低垂下來，遮住冷光流溢的黑眸。

北疆的烈陽曬去了他的白皙，暴烈的風沙卻沒使他的皮膚粗礪，康健的膚色使他細膩的肌膚顯出極為悅目的釉色，宛若天工傑作的完美五官配了這樣絕佳的質地，每一個弧度都絕美無瑕。如果他像兒時那樣白皙，這樣的俊俏難免流於文弱脆稚，就算能有如今深藏眼底的冷漠決然，不過只會顯得任性驕縱。偏偏大漠荒野給了他這樣野性難馴的傲骨，他不再是白玉細琢的富家少年，他是墨石雕刻的桀驁男子。月箏想起了他策馬揚塵的背影，他的冷厲決絕此刻盡然深藏晶黑眸底，浮泛在眉梢唇角的流氣張揚竟讓她飛快一陣心痛，別人不懂他，她……明白。

「妳……」鳳璘似乎不太確定地再次深深看她。「月箏?!」

月箏驕傲地挑眉看他，突然無比滿足，六年來她不就是想看他這樣驚詫意外嗎？他的墨眉微微高掀，毫不掩飾自己的讚許之情。「果然成了舉世無雙的女子……傾國絕豔。」後面四個字語氣變得緩慢輕淺，似低喃更似嘆息，月箏聽得心裡重重一麻，臉頰也驟然飛霞，她心情有點兒複雜，這小子……變得很會調戲女子，雖然囂張得有點兒欠收拾，總比小時候不言不語好吧。

「月箏，還不見過梁王？」沈著臉的鳳珣乾脆從他的席上走過來，拉起還坐在凳上的月箏，剛才這兩人旁若無人地四目交投簡直讓他怒火攻心。他口氣裡雖然是微責月箏失禮，但緊緊拉著月箏，幾乎把她扯到身後的護惜態度，再加上一句「梁王」，十分明白地把鳳璘遠遠疏離。

鳳璘只是無聲一哂，挑著眉毛戲謔而視。

月箏這才發覺自己當眾花癡地瞧著鳳璘，一直都僵在凳子上十分失態，幸好鳳珣這麼一扯，她順勢福身問候。偷眼瞧瞧殿上眾人，有回魂的，還有繼續癡瞧美男的，相比之下，她還不算出了醜。

「鳳璘回來了？」端坐在上首的皇后娘娘似乎心情不錯，笑容滿面地客套了一句。

鳳璘淺淺抱拳躬身。

「快坐下來，」皇后指了指鳳珣下首的位置。「這裡不少名門淑媛，璘兒還沒見過吧。」一句話惹得不少姑娘紅著臉垂下頭。

鳳璘笑笑，緩步入席，肆無忌憚地挨個兒打量殿上的少女們，修長的手指閒閒勾著小酒盞，碰見哪個姑娘羞怯抬頭恰巧撞上他的眼神，還妖嬈一笑向人家輕舉酒杯致意。

也回到座位上的月箏極力隱忍，還是瞇起眼狠狠瞪著他暗暗磨牙，如果他這色胚樣是裝出來給皇后娘娘看的，未免也太過逼真了！怎麼練的呀？估計也沒少假戲真做。

長川總督的女兒十分大膽，不僅迎視鳳璘的目光，還禮無不答地端起酒杯遙遙回敬。鳳璘似乎對她很感興趣，特意讓身邊的宮女為他斟滿酒杯，那雙桃花俏目閃爍著熒熒光焰，妖惑地盯著總督女兒笑。

月箏突然有點兒相信京城名妓什麼的流言，難不成她猜錯了，他真自暴自棄了?!

鳳璘的目光輕佻露骨地挨個兒打量對面的一排名門小姐，月箏極其注意他看杜絲雨的神情，沒想到他的眼神只是飛快地在杜絲雨凝視他的目光裡淡然掃過，絲毫沒有停頓地看向杜絲雨身邊的她。

月箏實在意外，竟然沒來得及收斂自己咬牙切齒的凶相，鳳璘瞧她一臉凶惡地瞪著自己時愣了一愣，失笑出聲，沒向她舉杯，反而盯著她，挑釁一般淺笑不語。月箏受不住他這樣的眼神，假裝看對面屏風的圖樣，訕訕閃開了目光。看了會兒真正匠氣十足的屏風，她偷眼再去瞧鳳璘，沒想到他還在凝神瞧她，那眼神……

月箏皺起眉，他的眼神像鳳珣看她時候一般炙灼，卻……那決然太像是殘酷了，風流媚惑之下，全是冷厲複雜。她瞧得愣住了，他怎麼會用這樣的眼神看她呢？

鳳璘一凜，眼眸裡的冷光斂去，剎那間全是驚豔欣賞，長睫半垂便是極致的媚惑。月箏鬆了口氣，剛才那一定是自己的錯覺，風流的梁王殿下這不眼波粼粼地坦然勾搭她了嗎？色胚！

「既然父皇在前殿，我也先告辭了。」鳳璘起身，牽動諸多情意綿綿的眼神。

皇后娘娘欣然允許，月箏忍不住想再看一眼他俊挺的背影，目光流動間竟無意發現了身邊杜絲雨眼中的瑩然淚光！

杜絲雨在哭……是因為鳳璘的忽視嗎？像她這樣溫柔內斂的女孩子，竟然在這樣的場合下沒能控制好自己的情緒，這太讓月箏驚駭了。

杜絲雨發覺了她的注視，飛快地抬手拭去眼中的淚水，幸好未曾流下，花了俏麗妝容，她若無其事地柔柔向她一笑。

月箏倒不好意思再探究地看著她了，生硬地挾了口菜吃。

宴會散去時，皇后娘娘藉故叫住了鳳珣，鳳珣還特意囑咐她稍等片刻。

月箏心情放鬆地坐上太子座駕，催促護衛快些送她回府。

師父的畫作震動朝野，她的才藝一鳴驚人，皇后娘娘也積極採取了行動，只有鳳珣才傻傻地認為他母后會「片刻」就結束對他的訓話。

今天的一切都比她想像的順利，只除了……鳳璘的眼神和杜絲雨的淚水。

第二天清早，賜她入選的聖旨就到了原府，因為她獻畫有功，整個原家都沾了光，原學士被敕封四品翰林編修，即日入京供職。

月闕捧著聖旨喜笑顏開，連聲說要回廣陵跟師父多要幾幅破畫，讓他連升數級，直至他夢寐以求的大將軍一職。月箏冷眼瞧他作白日夢，那幅畫哪有那麼大的威力？不過是皇后娘娘的小算盤噼啪作響而已，很好，她決定以後愛戴皇后娘娘了。

宣她入宮待選是三天後，月箏覺得度日如年，這三天就好像獨自度過的六年一樣漫長。鳳珣再沒來找過她，很明顯是皇后娘娘下了狠手，搞不好是把他軟禁在宮中了。鳳璘也沒來……她不急，他和她有的不止這三天，而是漫漫一生的每日每夜。

為了趕得及為女兒張羅待選諸務，原學士和原夫人來得很快。有了母親的幫助，月箏入選當日打扮得花枝妖嬈，比起三天前的素雅人不相同。月箏幾乎趴在鏡子上細看自己額上的花鈿，她這麼華麗貴氣的裝扮起來……不知道為什麼更像狐狸精了，她自己都覺得，越是想表現出端莊高貴越是會妖豔媚惑，天生就這氣質她也沒辦法，只能在神態上儘量冷漠，聊以挽救。

原夫人也盛裝打扮，默默陪同女兒上車入宮，一路無話。

「娘……」倒是月箏忍不住，滿含歉意地喊了她一聲，自從回了京城，娘再也沒和她說一句勸阻的話，可她知道，娘儘管事事為她置辦妥當，對她並不支持。

原夫人抬手，止住了女兒要說的話。「妳的脾氣我還不知道嗎？別人是撞了南牆不知道回頭，妳是撞塌了也不回頭，是個撞塌南牆的性子！兒孫自有兒孫福，強求不得。」說到強求的時候，還抬眼深深看了女兒一眼。

月箏十分諂媚地一笑。「娘不再生我氣就好。」撒嬌地蹭娘親的胳膊。

「民婦怎麼敢生梁王妃的氣？」原夫人冷嗤，戳穿女兒的假小心。

月箏佯怒瞪眼。「母親大人，要謙虛！那麼多美人名媛，女兒實在沒把握呀！」

原夫人輕搖團扇。「我不是對妳有信心，我是對皇后娘娘有信心！」原家毫無背景權勢，在皇后娘娘心中，已經是梁王妃的上佳人選了，再加上太子對月箏的衷情，只有讓她變成弟媳婦，太子才會死心罷手，真是一舉兩得。

月箏抽了抽嘴角，悻悻眨眼，母親的確是詩書人家出來的異類，精明得讓她害怕。

車馬在皇城門內換了內廷護衛，緩緩向集秀殿行進，就算胸有成竹，月箏還是有些緊張，手心裡有拭不去的細汗。

車外突然起了喧鬧，馬車停得突然，月箏和母親都不得不慌亂抓住壁上的扶手。還不等月箏探問，車簾唰地被大力掀開，月箏正打算下車看個究竟，差點撞在車外人的身上，離得這麼近，鳳珣憔悴的臉色和滿布血絲的眼睛一下子撲進她的視野。

鳳珣明顯地按捺了一下自己的煩躁，向車裡的原夫人勉強問了聲好，才一把從車裡扯出月箏，力道之大讓鬆鬆插在她髮髻上的珠花都掉落下來。

原家的馬車後跟著其他兩家待選美人的車駕，跟隨太子來的侍衛十分冷靜地示意為她們牽引馬匹的護衛們，不動聲色地繞過原家馬車繼續行進。

鳳珣一路拉扯著月箏走向集秀門前的影壁後，月箏人小，被他拖得十分狼狽。明知他為什麼這樣生氣，也怕驚動了後面馬車裡的其他女眷，月箏忍耐地一語不發，順從地與他到人少的僻靜角落。

鳳珣把她圈在圍牆的死角裡，沈默地盯著豔光四射的她，半晌才低沈地命令說：「別去集秀殿！別去參選！」一旦出現在梁王妃的內選儀式上，就等於失去參選太子妃的資格。連藩王選妃都落選的女子，當然絕無資格再入選太子妃嬪了。

月箏靜靜地看著他，淡漠的眼神刺痛了鳳珣的心。「妳是故意的吧？」他賭氣地質問。

「嗯。」月箏毫不猶豫地承認。「我早說過，我就是想當梁王妃才來的。」

鳳珣倒吸了一口氣，臉色蒼白，好像承受不了她這句話帶來的心痛似的，過了一會兒才滿眼怒火。「妳一直都是盤算好的吧，一直都在利用我！」

月箏心虛地垂下頭。

鳳珣深呼吸了一下，終於抑制住了種種情緒，抓住她的雙肩，仍舊是不容反駁的命令語氣。「別去廷選了！」他皺眉猶疑了一下，還是決定直說。「太子妃之位我給不了妳，但我可以給妳一生專寵！」

月箏愣了一下才苦笑出聲，只有鳳珣才能把這樣的話說得如此坦白真誠。一生專寵……

雖然無意於他，他的話仍然讓她片刻失神。一個男人用如此眼神、如此口氣鄭重承諾，任是哪個少女都會心旌搖動一下吧。

鳳珣以為她的恍惚是在動搖，有些急切地晃了她一下。「北疆那般貧瘠，天寒地凍，連人煙都稀少，鳳璘他又……妳跟著他，只有吃苦！哪能與京中富盛……」月箏瞧著他的眼神越來越冷，刺得他竟然吶吶中斷了話語。

「你也知道北疆貧瘠？你也知道鳳璘這麼多年度日艱難？若非因為你與皇后娘娘……」月箏被他的話激怒了，只圖一時暢快，口氣極其譏諷。「鳳璘將會在物阜民豐、氣候適宜的廣陵頤養終生！」

鳳珣受傷地皺眉看她，她這麼護著鳳璘讓他心痛神傷。「我不和妳吵！妳可知……」他極為不願把壓在心底的秘密說出來，這也是他的恥辱，可是為了讓她死心，他無所顧忌。「妳可知鳳璘和杜絲雨早就兩情相悅?!」

月箏臉色瞬間青白，強作鎮靜地冷聲發笑。「你為了讓我不去集秀殿真是煞費苦心，這樣的話都說出口來了！杜絲雨不是你的太子妃嗎？鳳璘和她六年沒見，他倆兩情相悅?!」

「妳不知道吧，杜尚書鎮守北疆的時候，杜絲雨不顧家人反對，偷偷跑去父親的駐地，也就是鳳璘的封國。母后幾個月後才知曉，勃然大怒，親自下密旨給杜夫人，讓她把女兒接回來……」

「別說了！」月箏俏面生寒。「隨便你怎麼說，杜絲雨仍然會是你的太子妃！」她絕不會為他這幾句話而動搖。鳳璘和杜絲雨到底是不是情愫暗生又怎麼樣？還是該選妃的選妃，該嫁太子的嫁太子！

她不當梁王妃也會有別人當，鳳璘的人生裡根本就不該有也不會有杜絲雨的一席之地，這個消息對她……毫無意義。

她的心……是有點兒疼，那又怎麼樣？這條路，是她早就選好的，在看見鳳璘悄悄落淚的那個瞬間就決定好的。她別無他途！

「不行！我就不讓妳去！」講不通道理，鳳珣耍起了脾氣。

被他逼出倔勁的月箏哼笑一聲。「太子殿下，你也別太貪心了，江山你已經搶去了，美人也要嗎？人生總要有取捨得失，貪得無厭難免一場空歡！」

鳳珣驟然瞪大眼睛，腳步虛浮地鬆開她後退半步，她說話時鄙夷的神態，她話裡的那個「搶」字……這麼多年來深埋在他心底的痛楚白卑驟然被她無情掘開。是的，在月箏的心裡，在世人的眼中……他搶了原本該屬於鳳璘的一切。

鳳璘這麼多年等同流放，他這個做哥哥的只能硬著心腸不管不顧，全部只是因為他想牢牢守住搶奪來的成果。

鳳珣踉蹌離開時，腦中一片昏沉，怎麼會呢？小時候與他情投意合、成年後讓他一見鍾情的月箏怎會對他說這樣的話？她的心裡……半分也沒有他。

月箏確定自己神色恢復常態了才從角落裡走出來，馬車還在原地等她，那朵被鳳珣弄掉的珠花也還靜默地置於甬道地面。她輕盈走去拾起，面無表情地插回髮髻……似乎一切都恢復了原狀。

是的，對她來說，什麼都沒發生。

第九章 進退兩難

陪伴女兒入宮的夫人們在集秀殿的臺階下就被攔住，由太監從側門帶入殿中，參選的少女們則由宮人帶領從正殿門魚貫入內。月箏偷眼四顧了一下，今日應旨而來的不過十人左右，她並不全都認識，只識得尚書右丞李家姑娘，還有一個同屬廣陵郡的屬員之女。大致全是這樣虛職無權人家的女孩，就連孫萱兒之流都留下入選太子妃嬪了，可見即將選出的梁王妃家世之平凡。月箏突然替鳳璘覺得不平！孫皇后的心胸未免太狹窄了些，生怕鳳璘得到半點兒朝堂助益，連選妃都如此，可見平日對鳳璘的苛刻。

不過這位皇后娘娘自有她的慧黠之處，待選王妃的十幾個少女個個容顏俏麗，皇上看了估計也挑不出毛病，至少皇后娘娘還顧全了鳳璘「好色」的偏嗜。

即使內選的儀制簡薄，帝后還是宣召了一些內官臣工前來壯聲勢，坐在順乾帝下首的是個氣質超凡的中年男子，月箏依稀認得他竟然是才子曹淳。月箏心裡冷笑，肯定又是孫皇后要的門面功夫，回頭說起來梁王妃還是經過曹謫仙慧眼青睞的。

鳳璘坐在皇后下首，懶散地用手撐著腮斜倚桌案，挑著眉一個一個細細打量廳裡的少女，似乎完全沒察覺孫皇后的小肚雞腸，反而很是滿意的模樣。他看過來的時候，月箏故意低低垂首，他……真的喜歡杜絲雨嗎？鳳珣很成功地在她心裡留下一根刺。

因為是內廷私選，項目不多，氣氛不太鄭重，帝后還隨意地和身邊的臣屬交談說笑，少女們簡直就像來赴宴前獻藝娛樂。月箏幾乎不費吹灰之力就在書畫這兩項成功勝出，她在詩詞方面不甚專長，好在平時暗暗記誦了不少師父的習作，這時候隨便拿出來抄襲一首，清逸詞句配上她苦練出的上佳筆跡，連曹謫仙都大為驚豔，拿在手上反覆端詳。

折騰半天，已到午膳時刻，皇后似乎對這次內選極為滿意，滿面春風地吩咐擺宴款待參選的少女和她們的母親。席間只吩咐月箏一人奏曲助興，帝后的決定不言而喻。月箏坐定後輕撥絲弦試音，心情竟比獻畫那日怠懣很多，也沒了六年辛苦只為一朝的感慨。鳳珣對她的打擊，比她想像的要嚴重，直接洩了她的士氣。

「等一等！」就在月箏屏息片刻抬起雙手去撥動琴弦的剎那，杜絲雨嬌柔的嗓音喊出阻止的話語時，仍帶出尖銳的冷肅。月箏僵住，沒有回頭去看殿門口的人，不知為何，她不看竟也能鉅細靡遺地想像出杜絲雨此刻當殿而立的情景。纖弱的身形因為決絕的態度更顯得嬌柔，蒼白的臉色讓她絕美的容顏更讓人心疼，她的眼睛……月箏的心劇烈抽痛，杜絲雨的眼睛裡閃爍的是不是對鳳璘誓不背棄的情意？

她也突然失去了抬眼看鳳璘的勇氣，雖然他就坐在她前方不足幾步的地方。在鳳璘和杜絲雨之間，她竟顯得如此膽怯懦弱，詭異得連她自己都陌生。或許，鳳璘喜歡杜絲雨勝過原月箏，一直是她明明知曉卻絕對不願承認的秘密。

孫皇后的臉色在看見突然出現的杜絲雨時變得十分陰冷，雷霆之怒簡直無法掩藏。「絲雨，妳也來品鑑小姐們的才藝？快坐到妳師父身邊吧。」鎮靜了一會兒，孫皇后才極其勉強地笑了笑，生澀地為杜絲雨找了個藉口，語氣裡卻明顯地露出脅迫意味。

「不！」杜絲雨立刻反駁，沒有半分遲疑。

月箏為這個「不」字而渾身劇烈一顫，向來溫順嫻雅的杜小姐竟然能在這樣的情況下鏗鏘有力地對皇后娘娘說出不字？月箏覺得自己算得上膽大妄為，但易地而處，在皇后娘娘這般威懾下，她也未必能這樣決然無畏。

曹淳有些坐不住了，白著臉焦慮地看著愛徒站了起來，責備的語氣裡竟然摻雜了些許懇求。「絲雨，別胡鬧。過來。」

杜絲雨沒有回答師父的話，背對著她的月箏聽力變得異常敏感，聽見輕輕的釵環搖曳之聲，杜絲雨在搖頭。

「我是來參選梁王妃的。」

殿上一片死寂，所有人都呆呆地望著殿門口的杜絲雨，就連她這句石破天驚的表白也沒引發任何竊竊私語。

月箏的手緩緩落在琴邊的桌案上，因為用力，指甲微微陷入木漆之中。她知道，不該去看鳳璘的神情，他此刻的任何情緒都將成為她記憶裡永遠抹不去的晦暗，可是……她仍然忍不住緩緩地抬起了雙眼。

她竟然覺得眼前有些模糊，她也委屈，她也不甘！

杜絲雨出現在這裡，說了這樣的話……不僅成了皇后娘娘眼中的罪人，恐怕也會成為整個家族的罪人。皇后娘娘再想拉攏杜家，也不可能忍受太子妃曾主動想成為梁王妃這個污點，更何況，作為未來的國母，這個污點是永遠掩不住的恥辱。杜絲雨放棄的……幾乎是她人生的全部。以皇后娘娘的性格，杜絲雨這樣拂逆她的意願，幾乎是連命都豁出去了！

她原月箏呢？原月箏何嘗不是放棄了太子承諾的「一生專寵」？原月箏爭取的，何嘗不是她人生的全部？可是，她的犧牲比起杜絲雨……顯得那麼微不足道。鳳璘，他能不能明白，她為了這一刻付出了怎樣的努力？她對他的心意，絕不會比杜絲雨淺薄。可是，她沒機會……沒機會像杜絲雨那樣，大聲的、堅決的說出自己的心意。

鳳璘沒有看杜絲雨，只是漠無表情地虛浮著眼神，不知道在想些什麼，他握著酒杯的手，骨節泛白。

只看這一眼，月箏也後悔了，重重收回了目光。鳳璘濃密眼睫下掩藏的情緒，她絕不要去猜測品味！

她和杜絲雨一樣，都沒有回頭路走。

孫皇后一直沒說話，順乾帝輕咳一聲，打破了極為緊繃的氣氛。「既然這樣……不如絲雨也彈奏一曲，就讓曹先生做個評斷吧。」

皇后的手捏出骨節的輕響，多年的籌劃竟然這樣一瞬崩毀，她惱恨得連一句敷衍的話都說不出來。她千算萬算也想不到杜絲雨能這樣發瘋！皇上讓曹淳評斷，簡直是暗中偏幫杜絲雨。

六年來，皇上為了鳳璘，一直對她有說不出的怨責，無端遷怒，對鳳珣的百般挑剔就是一例。雖然為了穩定國祚而遠遣鳳璘，卻對他抱有深深愧疚，對他萬般包容，就連前一陣子盛傳京城的名妓事件也裝聾作啞。換成鳳珣，早就要雷嗔電怒了。她自己的兒子有多少膿水她會不知道？平空給鳳璘拿出六千金而不來向她求援，這錢到底是誰出的，她還能猜不到嗎？

如今杜絲雨這番癡情舉動，看來是打動了聖上的心，明知鳳璘獲得了杜家的幫助後患無窮，還是不顧後果地想成全這對小兒女。

皇上這樣輕易地暗許，難道……孫皇后幾乎不敢深想下去，這幾日把鳳珣關在宮中，鳳珣怒極，曾試圖闖入曦鳳宮大鬧，被皇上撞見後，皇上的神情那麼失望，恨聲說：「你就只會在這裡發脾氣胡鬧嗎？你就只能被你母后死死攥在手心裡嗎？」

她躲在宮門後聽見這句話的時候，簡直絕望得要失儀尖叫！所以今日杜絲雨做出這樣驚人之舉，她就格外惱恨。連老天爺都在和她作對嗎?!

孫皇后深深地看向曹淳，眼神幾乎是哀求的，她現在只能指望他了。前日她曾召見曹淳面授機宜，讓他在內選中舉薦原月箏，曹淳恭敬應諾，半點沒有名士的孤高清僻，顯然是個深諳世故的靈透人物，所以她深信曹淳能助她一臂之力。

曹淳垂頭避過孫皇后的目光，眉頭深皺，如坐針氈。

「妳二人同奏一首〈雪塞〉吧。」曹淳沈吟了半晌，低低說道。

還是一廳靜寂，所有人再愚鈍都看得明白，皇后娘娘十分震怒，好好一個內選，因為杜絲雨變得微妙複雜，甚至殺機叢生。

比之其他人屏息凝氣，原夫人倒是神色如常，甚至還能輕搖團扇。對箏兒來說，贏算不得幸運，輸算不得悲哀，原夫人輕聲嘆息，聽天由命吧。

月箏努力地平復自己的心情，她不去看鳳璘，不去看杜絲雨，她要全神貫注地奏好這曲〈雪塞〉。曹淳果然是個行家，兩人同奏一曲，琴藝高低聖手一聽即知。他挑的曲子也好，很符合她和杜絲雨眼下的心境。

〈雪塞〉是首蒼涼磅礴的曲子，月箏彈奏過無數次，卻只有這一次與杜絲雨同奏時才真正體察了曲調悲淒的意境，壯士戍關人不還的悲壯決絕。她甚至聽不到杜絲雨的琴聲，只覺得自己變成了那個在風雪邊關絕望駐守家國的軍士，望不見家鄉，盼不到止戈，前路茫茫。

一曲奏罷，良久無聲，整個殿宇都好像還迴旋著淒清悲嘆的樂音。

順乾帝半晌才讚許長嘆。「所謂天籟，不過如此。」好奇地看向出神的曹淳。「曹卿家認為如何？絲雨月箏哪個技高一籌？」

曹淳皺眉不語，這樣沈默地對待聖上的問話簡直失儀。好在順乾帝並不嗔怪，也沒出聲催促，只是靜靜等待。

曹淳煩亂地抬眼看了看殿中的杜絲雨，她直直挺著脊背，還是那副無懼無畏的倔強表情。眼睛沒了往日的溫柔神采，只剩幽黑空茫。

若論琴技，的確是原家小姐更勝一籌。可絲雨癡情至此，做師父的違心偏幫於她，若能成全她一生幸福，他也甘受良心責備；不過，皇后娘娘心機深沈，氣量又極為狹小，絲雨違逆她心願事小，讓梁王有了杜家臂助事大，這是皇后娘娘斷斷不能容忍的，只怕……絲雨要有性命之憂啊！

皇后眼中閃過凜凜寒意，生硬地笑了笑，出聲圓場。「看來，曹先生實難評斷，那……」她拿起案上的玉如意，緩緩向鳳璘一舉。「還是梁王親自決定吧。」極力掩飾著心裡翻湧的殺意，孫皇后深目注視著鳳璘。她倒要瞧瞧，在這樣好的機會面前，這位梁王平時是真沒野心還是裝沒野心。

鳳璘起身接過玉如意，微微一笑說：「也好。」

月箏覺得呼吸都要停止了。

鳳璘可以公平地對待她和杜絲雨嗎？

他走過來的時候還是那麼徐緩安然，他甚至還能粲然而笑。

月箏空洞地抬眼瞧他，她已經沒了喜怒，沒了任何情緒。她曾經以為一切都在她的算計之中，胸有成竹沾沾自喜，可笑啊，她只有被命運算計的分。撞進他黑眸的瞬間，她驚得一顫，悠然舉步走過來的他，幽瞳深處隱抑的盡是忿恨和怨怒。

鳳璘似乎沒料到她會突然抬眼看他，極快的怔忡後，淺淺對她挑眉一笑，似乎想安撫她的心緒。

月箏知道皇后娘娘正死盯著這兒瞧，極力壓下自己的煩亂。他騙不了她，果然……他和六年前離開京城時一樣滿心怨懟，只是學會了隱藏。

鳳璘在月箏面前站定，看都沒看旁邊臉色死白的杜絲雨，輕鬆無比地笑著說：「我自然會選月箏。」

杜絲雨也許是生平第一次如此失態，她踉蹌退後時把琴凳都撞翻了。

月箏恍恍惚惚地接過鳳璘交給她的如意，沈甸甸，觸手冰涼……這就是她追逐的夢想嗎？為什麼她覺得如此虛幻？用力握緊那柄白玉，心裡仍然一片空蕩，鳳璘的那個眼神，讓她連自欺的幸運都沒有。

皇后娘娘推說頭疼，早早離去，這餐宮宴所有人都吃得如同嚼蠟。

宴畢，眾人退出集秀殿，齊齊等在殿外的漢白玉石階下，片刻就有內監捧出聖旨，高聲宣唱原氏女兒賜婚梁王。

月箏一直沈默不語。

她從沒想過，願望實現後，竟是這樣的心情。

杜絲雨將來會怎麼樣？

鳳璘明明有機會讓杜絲雨成為他的妻子，為什麼……她想不出答案。

第十章　第二顆結

月箏一直忍不住觀察著杜絲雨。

鳳璘被皇上叫去定元殿，杜絲雨神思恍惚地站在集秀殿臺階圍欄下的陰影裡，曹淳走過去和她說了什麼，她就好像沒聽見一樣，曹先生嘆著氣搖頭走了，並沒強行帶她離開。

參選的女眷們散去得很快，原夫人瞥了一眼自己的女兒就知道她還有沒了的事情，不言聲地拿走了月箏手裡的玉如意，原夫人頭也不回地揚長而去。

月箏從小就在皇廷瘋玩，邊邊角角都摸遍了，輕而易舉地避開宮女太監的耳目，往通向定元殿的小路上躲躲藏藏地走去。

定元殿離宮門並不遠，途中只有福安門邊有一座小小的花園，草木繁盛，月箏找了個極為隱蔽的花籬後潛藏妥當。過不久便看見杜絲雨臉色蒼白，雙目無神地緩步走過來坐在牽牛花架下。

月箏咬著嘴唇，放緩呼吸，生怕被杜絲雨發覺。她就知道杜絲雨一定會找鳳璘問個明白，一定會來鳳璘出宮的必經之路上等他。

這樣蓄意偷聽窺探她和鳳璘……的確可恥，她也不是沒有小小地動搖過一下；可是，與其好奇一生，不如卑鄙一時。她也很想知道原因……真正的原因，她生怕以後盤問鳳璘，得到的不過是他敷衍的藉口。

蹲在花叢中，頭上又金寶玉釧一堆，時不時還有趁火打劫的蚊蟲飛來吸血，她還不敢動，生怕發出珠翠搖曳的響聲，腿痲蟲咬備受荼毒。

還好鳳璘來得並不算太遲，杜絲雨遠遠就聽見他的腳步聲，俏臉更加沒有血色地慢慢站起身。

鳳璘看見了路邊花架下的她，腳步頓了頓，終於還是面色沈鬱地走了過來。

兩個人相對沈默了一會兒，似乎彼此都不知道如何開口。

「你……還是不肯原諒我，對不對？」杜絲雨輕聲問，卻不像心存疑惑，鳳璘一定還在怪她，不然不可能是這樣的結局。「我都闖進集秀殿了，你還是不能原諒我嗎？」杜絲雨的聲調尖厲了些，也帶了哽咽。

「絲雨……」鳳璘欲言又止，語氣沈痛。

「當初我離開北疆回京，不是貪圖太子妃的尊崇！你該知道的，皇后娘娘給我娘親下了密旨，我不能拖累我娘！我不能拖累杜家！」

「如今妳這麼做，不也拖累了妳雙親，拖累了杜家？」鳳璘反問，情緒已經不似剛才波動，平淡克制而無奈。

「我奉旨回京了，皇后娘娘就沒理由再給我母親降罪，父親也班師回京，杜家應當安全無虞。」

「妳可知——」鳳璘打斷了她的話，似乎又抑制不住怒氣，終不忍怪責杜絲雨，他深吸口氣，冷冷說道：「妳母親、杜家或能倖免，可妳這樣胡來，有性命之憂的是妳自己！」

「我不管！」那麼溫順的杜小姐也能用任性的語氣低喊，她突然頓住了。「你是……是因為怕我遭遇不測才選月箏的嗎？」

月箏覺得齒間湧出一股潮潤，淡淡的血腥讓她有些反胃，咬破的嘴唇並不疼，疼的是……她攥緊拳頭，死死克制因為越來越艱難而加速的呼吸。

鳳璘沈默。

「你說啊！鳳璘！你親口對我說！」杜絲雨抓住鳳璘的胳膊，有點兒瘋狂地搖動，她的全部希望彷彿都在鳳璘要說的話裡。

「絲雨……」鳳璘沈沈地低喊了她一聲。「我們……」他說得十分艱難，每一個字都好像有千斤重，這重量全壓在了月箏的心上。「當初妳離開了鏡川，我們就沒有回頭路了。」

杜絲雨僵直地保持死死抓著他胳膊的姿態，整個人卻好像瞬間冰冷了。

「我選月箏，」鳳璘微微地別開臉，不忍看杜絲雨的表情。「是因為她合適。」

合適……

月箏和杜絲雨同時在回味著這個詞。

「鳳璘，」杜絲雨定定地仰頭看他。「我不管你到底是因為什麼理由！我今天這麼做，就是要你知道，即使不能嫁給你，我也不要嫁給鳳珣！我不要當太子妃，不要當皇后，我……可以一生一世等你。」

杜絲雨的聲音並不大，也不激動，一字一頓，卻好像極為尖銳的長釘鑿穿了月箏的心臟。她竟然為杜絲雨而心痛了，當這個美麗而癡情的女孩說出一生一世的時候，她就好像看見了她自己，就好像是她在向鳳璘做這樣天荒地老的承諾。因為能體會杜絲雨的感情，所以她更明白杜絲雨的悲哀。

鳳璘的臉色極為蒼白，他的嘴唇褪去了血色，月箏絕望地覺得，他一定會被杜絲雨感動了，即便當初杜絲雨棄他而去真的是因為貪圖榮華富貴，他也會原諒她，什麼都不再計較。

「我都明白。」他深深地看著杜絲雨，眼中的光亮讓杜絲雨頓時十分鼓舞，但是他說：「我已經選了月箏做我的妻子。」

杜絲雨再也沒有說任何話，甚至也沒有再哭泣，再沒什麼比這句話傷她更重。

「為了妳……和我，我們不要再見面了。」鳳璘轉身背對著杜絲雨，不想讓她再看見自己的表情。

「好。」杜絲雨木然應聲。

月箏以為他會就此快步而去，但他沒有，輕顫了一下肩膀，他說：「以後……要好好聽杜將軍的話。」

「好。」杜絲雨仍舊飛快而空洞地回答。

「絲雨……」這一聲呼喚極度隱忍，絕望卻深情，雖然他並沒轉身再看杜絲雨一眼，鳳璘的這一聲低喚，比他說剛才的任何話都更讓月箏心痛。這個即將成為她丈夫的人，曾經如此呼喚過另一個女人的名字，讓她很疼，心很疼。

月箏深深地垂下頭，額頭幾乎埋入了雙膝，果然卑鄙是要付出代價的，她現在也搞不清，是被好奇折磨一生好呢，還是被這些真心話折磨一生好？

不知道過了多久，這片蔥蘢才只剩她一個人。

幾乎要靠揪扯著花枝才能緩緩走出來，坐在杜絲雨剛剛坐過的地方，艱難的等待每一處疼痛消滅。

等腿不再痠麻鑽心，月箏解開腕上的情絲，認真地細細編結，一纏一繞絲絲用心……

雖然鳳璘那樣喊過杜絲雨、那樣看過杜絲雨，她還是決定原諒他，因為他說，他選了她當妻子。

這個結，是紀念他拒絕了杜絲雨。她真怕他答應杜絲雨的等待，真怕他說等時機成熟就與她再續鴛盟。

她覺得自己還是很幸運，無論是因為「合適」也罷，因為鳳璘和杜絲雨被命運作弄而錯過也罷，她終於有了機會！

杜絲雨只能用一生去等待去遺憾，她卻可以用一生去爭取去幸福。

這個結，是鳳璘肯選她，肯在杜絲雨面前說出她是他的妻，更是她的決心。

鳳璘和杜絲雨的過去雖然慘痛，但也給了原月箏很好的開始。

從第二顆結以後……就全是屬於鳳璘和月箏的歲月了。

月箏笑了，她不後悔偷聽了他們的分手，她一定能夠徹底遺忘今天的傷痛。

回到原府已是日光西斜，一路從皇宮走回家，月箏覺得所有煩惱都被她沒心沒肺地沿途丟棄了。

月闕似乎正要出門，收拾得溜光水滑，沒有帶長劍反而附庸風雅地拿了把摺扇。

「喲，回來啦，梁王妃娘娘。」瞧見妹妹，月闕嘿嘿一笑。

「這是幹麼去啊？」月箏瞥著喜笑顏開的哥哥，準沒好事。

「喝花酒。」月闕倒也實在，把扇子旋出一個團花，笑得一臉奸詐。「妳猜和誰？」

月箏嗤了一聲。「太子唄。」月闕京中的朋友沒剩幾個，除了鳳珣還能有誰？鳳珣眼下的確很需要借酒澆愁一下，杜絲雨也棄他而去，皇后娘娘肯定會遷怒於他，真是淒涼無比啊。

月闕優雅地從她身邊閃過，十分得意地回身說：「還有新妹夫。」

這聲妹夫當真入耳，月箏瞪他的時候眼中已經帶了笑意。

月闕渾身一抖，嘴角抽搐。「瞅妳那德行，肉麻死了。這麼想鳳璘，走啊，一起喝花酒去不就見著了？」壞心地加重花酒兩個字，不等月箏回答，人已經搖頭擺尾地跑遠了。

月箏冷笑著磨了磨牙，原月闕，你等著。

根據多年對自己無良兄長的瞭解，入夜洗漱完畢後月箏沒有就寢，一邊晾乾頭髮，一邊在燈下看新從月闕房裡順手拿來的下流小書，這幾天她忙著應選，月闕搜羅來不少好東西她都無暇過目。

衣袂輕響，月闕翻牆回家的身影在月光裡還是瀟灑悅目的。

「還沒睡哪？」逕自闖入妹妹的閨房，月闕一臉遺憾，他最喜歡的事情之一就是把妹妹從甜睡中吵醒。

月箏早就不動聲色地把小書坐在屁股底下，眼神淡定地落在書案上擺的琴譜，冷聲說：「你不顯擺完了，我能睡踏實嗎？」

「那倒是。」月闕點頭贊同妹妹的觀點，回身坐到八仙桌邊倒茶給自己喝。「妹，鳳璘給妳多少聘禮妳都別挑揀啊，他不容易。」月闕搖頭嘆息。

月箏瞥了他一眼。「怎麼了？」

「北疆窮啊，還連年打仗遭災，皇上皇后對他又摳門，鳳璘沒錢。」月闕語重心長，十分維護新任妹夫的樣子。

「他說的？」月箏挑眉。

「不是。」月闕皺眉，很同情地說：「妳沒瞧見，笑紅仙跟了他以後那叫一個寒磣，渾身上下沒個值錢的，還不如來陪酒的小花娘。」

月箏的牙齒喀喀輕響，從牙縫裡擠出幾聲冷笑。「或許人家從良後洗淨鉛華，偏愛素雅。」

月闕不以為然地嗤了一聲。「偏愛什麼素雅！她瞧著太子打賞給唱曲丫頭的玉珮差點眼饞得哭了，我的耳力妳是知道的，什麼悄悄話聽不見啊？鳳璘看她那樣子有點兒坐不住了，湊到她耳邊說等父皇把置辦婚禮的錢撥下來就給她買幾件好東西。妹啊，這就是妳的命啊，嫁雞隨雞，嫁狗隨狗，妳不要為難人家。」

月箏微笑的時候眼角一個勁兒的抽搐，一字一頓地說：「我謝謝你的忠告呢。」

好啊，她的小黑帳上除了月闕這個殺千刀的，還要記上她的新夫君和那個什麼笑紅仙！

第十一章　心意相通

原家出了個王妃，原學士又升遷回京，上門賀喜的人絡繹不絕，很多久未走動的親戚也奇異地紛紛冒了出來，進京小住，等著參加梁王和月箏的婚禮。

孫皇后看來十分急於趕鳳璘回北疆，命欽天監「卦算」出十日後便是極為難得的大吉之日，適宜婚嫁。婚期如此靠近，原家上下本就繁忙，再加上不斷投奔來的親眷，讓原夫人格外頭疼。

各懷目的的勢利親戚原夫人懶於應酬，藉口幫女兒置辦嫁妝，有事沒事也非帶著月箏出門採買避個清靜，未來梁王妃於是成了最悲情的陪逛人等，一聽「買嫁妝」就頭疼躁狂。

一上午耗在錦石齋，月箏都打算跳窗逃生了，趁夥計下樓去拿首飾圖樣，撲在母親身邊苦苦哀求。「娘，妳就放我一條生路吧！再這麼挑下去，我就要活活被逼瘋了！」

原夫人瞪了她一眼。「大喜的日子不要說什麼生死瘋癲，不吉利。我就妳這麼一個女兒，原家雖然不是大富大貴的人家，也要樣樣精挑細選，絲毫不能馬虎敷衍。」

月箏就差淚流滿面。「娘啊，妳也知道是我出嫁呀？讓我自己挑吧，可以了，我看這些就完全可以了。」顫抖地指著堆積攤放了一桌面的簪環首飾，她太佩服招呼她娘的夥計了，要是她碰見這麼個挑剔的客人，早就要跳起來當場掐死了事。

「妳就是不知輕重！娘家對女兒有多重視，全在嫁妝上體現，這只是娘家私下為妳置辦的，明天梁王的聘禮送來，那才是真正開始購買置辦。」

月箏瞇眼瞧著娘親微笑。「娘，妳別以為我不知道妳是成心不願回家。」揭發完了，繼續諂媚哀求。「娘挑選的我都中意，樣樣都是稀世珍寶，您就替我挑著，放我出去透透氣吧，嫁了人……」月箏繼而皺眉，又哀愁起來。「就不像在您身邊當姑娘那麼無憂無慮了。」

原夫人不為所動地細瞧手中的玉簪，閒閒地點評。「今天演得還不夠懇切。」

「娘！」月箏拍案而起，氣急敗壞的樣子十分懇切。

「放妳出去，不是問題。」原夫人放下玉簪，又拿起珠釵。「怕就怕妳做什麼不合時宜的事情，比如……跑去找梁王。」

月箏飛快地眨了眨眼，娘真是千年老妖，能看穿她的心事。從回京到現在，她就沒私下見過鳳璘一面，她還真是這麼打算的。

原夫人淡淡瞥了女兒一眼。「沒過門的媳婦趕著找去王府，傳出去會讓人笑的，而且婆家也會看不起，好像急不可待似的。」

「……」月箏嘴角抽搐。「知道了，娘，我走了啊。」只要放她走就好。

「香蘭，跟小姐一起去。」原夫人高聲吩咐等在房門外的心腹丫鬟。

月箏不敢拒絕，這個猴精的小丫頭就是娘親的耳目啊，不帶著恐怕沒那麼容易逃離。

出了錦石齋，整條街都是首飾古玩店鋪，人頭攢動車馬紛紛，很多來挑選飾物的婦人少女。月箏這兩天飽受置買苦惱，根本不願多瞧，快步向街角走去。

「咦？」一直亦步亦趨跟著她的香蘭突然大力地扯住她的袖子。「小姐，快看！」

月箏被她嚇了一跳，順著她遮遮掩掩的指點看見的不過是輛普通馬車，瞧不出有什麼值得香蘭大驚小怪的。

「是笑紅仙。」大人派她和管家去梁王府送宴客名單，正好碰見笑紅仙出門，她就認得這輛車了，雖然車身普通，但車轅上鑲嵌了鎏銅的裝飾，這是王族才有資格用的。

笑紅仙？月箏眯眼抿嘴而笑，好啊，真是無心插柳柳成蔭。

笑紅仙只帶了兩個丫鬟，衣著也不扎眼，毫不引人注目地進入了一家玉石行。

月箏一仰下巴，伶俐的香蘭心領神會，趕緊跟著她狀似無心地走進那家店。

笑紅仙不在一樓，香蘭立刻滿面莊嚴地走到掌櫃面前說：「我家小姐婚事在即，要看些好貨。」

月箏暗暗點頭，娘親的心腹果然不同凡響，她很中意這個小丫頭，用著順手啊。

掌櫃一聽婚事，再看月箏氣度不凡，知道這樣的人錢最好賺，立刻笑容滿面地把主僕二人往樓上請。二樓相比清靜，也沒隔開，笑紅仙正一臉不滿意地看著夥計拿來的手鐲。

夥計見掌櫃也上樓來像見了救星，迎上來擠眉弄眼地說：「笑姑娘不太中意咱們的鎮店之寶呢。」

月箏瞧他倆的樣子就知道是價錢談不攏。

掌櫃的讓夥計招呼月箏主僕，自己陪笑著湊到笑紅仙跟前。「笑姑娘啊，您嫁入梁王府後見慣了好東西，我家這些物件自然就看不入眼啦。」

月箏被夥計引著坐下，也不急看貨，冷眼瞧著這位「嫁」入王府的名妓，這個字怎麼就這麼刺耳呢？笑紅仙大概二十左右年紀，相貌自然是上佳的，只是風塵味太濃，即便做了這般樸素的打扮，那股俗豔媚人的勁兒還是從眉梢眼角滿溢出來，美得有些不入流。

月箏挑了挑嘴角，越發印證了自己的猜測。

笑紅仙撇嘴冷笑，她見慣好東西？當初梁王肯出那麼高的價錢為她贖身，連她自己都覺得他會待她如珍似寶。沒想到這俊俏的小王爺卻是個冷心腸的薄情郎，把她接回王府後態度反倒不如在青樓親熱，王爺的架子也給端了起來，哪還是當初迷暈她的風流公子？

笑紅仙冷著臉。「王老闆，我也是老主顧了，這個鐲子一百金賣不賣？多了我也買不起了！」

「您真能說笑。堂堂的梁王側妃，您還有買不起的東西？」掌櫃笑得勉強，一百金……笑紅仙也不是個不識貨的人，這價錢還不如從他這兒搶。「這鐲子是老坑的翡翠，也就是您，我才肯拿出來，少了五百金小的寧可留下鎮店。」

笑紅仙也知道自己開的價錢絕無可能，又有其他顧客在旁，她也不好自跌身分，緊蹙眉頭嬌聲訓斥身邊的丫鬟。「要妳們去找王爺來，怎麼到現在還不見？」

丫鬟惶恐躬身。「小廝早已前往，夫人稍等。」

月箏緩緩撫摸著自己的鐲子，側妃？夫人？極力壓制自己別露出猙獰的笑容。鳳璘要來嗎？很好，很好。

掌櫃和夥計見笑紅仙放出話來等梁王，便都過來招呼月箏。

識玉是謝涵白的拿手絕技，作為他的徒弟，月箏當然也能算個行家裡手，幾句內行話點評掌櫃拿來的首飾就讓掌櫃刮目相看，後來竟是拿出所有好貨與月箏一起品評鑑定。

月箏有意拖延時間，難得耐心地和掌櫃一起細細評判店內貨物，她的解說頗有見地，笑紅仙雖然不屑走過來請教，卻也側耳傾聽，當月箏和掌櫃品鑑某一物件時也極目細看。

樓梯噔噔響起，月箏攥著一塊玉珮的手緊了緊，人來了？

快步走上二樓的卻是個面目清秀的青年男子，臉上雖然帶著笑，眼裡卻帶著明顯的厭倦不耐。他瞧見月箏有些意外，畢竟月箏這樣的美貌少女並不常見，但還是頗為守禮地適時收回眼光，逕自走向笑紅仙，敷衍地抱了抱拳。

「怎麼是你?!」笑紅仙本已醞釀好一臉甜笑嫵媚，嬌嬌柔柔地站起身，瞧見清秀男子臉色一變，重重地坐回身去。「你主子呢？」

「王爺還在宮內，見紅夫人找得急，先派我來了。」清秀男子對笑紅仙的壞臉色視若無睹。

「我非要鳳璘來！我非要這個鐲子！」笑紅仙身為名妓，撒嬌胡鬧固然駕輕就熟。

「王爺便是派子期前來為夫人付帳的。」清秀男人冷淡一笑，顯然瞧不上笑紅仙這套青樓裡練就的本事。

月箏慢悠悠地含笑喝茶，香蘭侍立在她身後露出鄙夷的神色，夥計和掌櫃也饒有興味地瞧著。

「五百金，你有嗎？」笑紅仙斜眼瞥著容子期，諷意十足。

容子期顯然被這個價錢小怒了一下，當著這麼多外人他克制地勉強笑了笑。「夫人的首飾堆積如山，怕是還沒完全戴遍吧？王爺今日公務在身，不如夫人且先隨子期回府，改日再來。」

被容子期當眾虛誇得很有面子，笑紅仙臉色也緩下來，可還是絕不鬆口。「買不買，也要鳳璘親自來決定。我就在這兒等他，他不來，今天我就不走了！」說著還在椅子裡扭了扭，表示坐到底的決心。鳳璘越是對她冷淡，她越是不想讓他省心，鐲子事小，賭的就是這口氣。

容子期看來被這位紅夫人折磨了不短的時間，知她甚深，不再廢話，皺著眉快步離去，想是去找他主子來收場了。

月箏把玩著面前的玉器，笑容詭異，掌櫃和夥計知道這場好戲人人想看，也不好意思趕她走。月箏時不時看笑紅仙兩眼，暗暗搖頭，作為一個名動京城的花魁，笑紅仙在氣度、心計上差的不是一點半點，至少她摸不清現任金主的脾性。不過，從另一個角度看，她「配合」得非常好，至少全京城都對梁王的荒唐留下深刻印象。

得到小道快報的人們熙熙攘攘地湧入店中，小店盛況空前，夥計們百般維持，終於沒讓看熱鬧的人衝上二樓。

月箏聽著滿耳嘈雜，磨牙淡笑，看來梁王和名妓的號召力非同凡響！

鼎沸的人聲突然一低，月箏眼梢一挑，來了。

果然片刻間，鳳璘就冷著臉走上二樓，無論何時看過去都俊美無匹的容貌，就算在這樣的情況下都讓店堂為之一亮。月箏好整以暇地斜眼瞥著他微笑，鳳璘頓了頓腳步，眉頭蹙得更深，沒想到她竟然會在。面無表情地再瞧了瞧笑紅仙，看樣子兩人還未正面交鋒，他並沒貿然說話，見招拆招吧。

「王爺——」笑紅仙有些幽怨地站起身，疾步靠近，話裡有話。「紅仙還以為王爺不管紅仙、不要紅仙了。」

鳳璘眯眼，瞧了瞧月箏，被她眼中的譏嘲和殺氣螫了一下，沒扶笑紅仙偎過來的身子，只低聲道：「先回府再說。」

「不！」笑紅仙噘嘴搖頭。「紅仙要那個鐲子。」

鳳璘的臉色陰了陰，嘴唇不悅地抿起，月箏瞧他那副隱忍不發的樣子就知道，肯定兜裡沒錢。

「鳳璘，你這位側妃真是好大的手面。」月箏瞧準時機，陰惻惻地微笑開口。「連我都還沒跟你要五百金的鐲子呢，果真是妻不如妾。」
她尖酸的口氣和幽怨憤懣的神態十分逼真，周圍耳尖心靈的人們頓時一片譁然，難不成坐這兒冷眼看半天笑話的小美人兒就是新任梁王妃？今天來著了，大事件，大熱鬧啊！
鳳璘的眼中掠過狐疑的光亮，嘴角抽了抽。「月箏……妳聽我說……」
「不聽！」月箏虎虎生威地站起身，一甩袍袖。「你我婚事是聖上御賜，你竟然養了個這樣的女子在王府之中，你置我於何地？我還有何顏面？」
鳳璘秋水鳳目中此刻有抹心領神會的欣喜，剎那便沈入眸底的深冥幽暗，他輕微地挑了下眉頭，有些左右為難地支吾開口。「月箏，我……」
月箏俏目圓睜地轉回身，直直盯著已經呆了的笑紅仙。「你選吧，有我沒她，有她沒我！三天內把她趕出王府，不然別想娶我過門！你自己去和聖上解釋吧！」聲色俱厲地開頭，含冤帶悲的結束，末了還悲不自抑地用袖子掩了梨花帶雨的俏面，一路奔下樓去。
看熱鬧的眾人極其自覺地讓開一條路，瞠目結舌地瞧著她嫋娜奔過。
「月箏！」梁王慘白著臉，含情脈脈地呼喚。
笑紅仙一把拉住鳳璘舉步欲追的身形。「王爺！別走。」
梁王殿下回頭深深看著這個讓他名噪一時的佳人，冷俏雙目裡難得波瀾起伏，瞧得笑紅仙背脊一涼，手抽筋似的一鬆，不敢再拖著他。
梁王顯然喜新厭舊，冷冷道：「與其留下妳而讓月箏傷心，不如……送妳離開吧。」說完人也疾步下樓，不負樓下萬眾期待地做出焦急神態，追尋未婚愛妻離去方向，邊走邊低聲呼喚。「月箏，月箏……」

這一幕被迅速傳遍京城，街頭巷尾無人不曉，新任梁王妃不容名妓笑紅仙，梁王對新王妃百般遷就，竟立刻捨下愛姬，急追王妃而去。及至次日，笑紅仙黯然離開王府，京城上下更是又沸了一沸，梁王爺對王妃極端寵愛的傳聞甚囂塵上。梁王妃的美貌和善妒也廣為流傳。

月箏跑了一段路程，果然見鳳璘似笑非笑地追了過來，不若剛才表現的為難傷感，月箏暗暗撇嘴，在店裡眾人面前，他果然是裝的，此刻的清冷才是她熟悉的鳳璘。

兩人不曾交談，很有默契地繼續前行，直奔人煙僻靜之處。

梁王的其他隨從並沒跟來，只有容子期鍥而不捨地緊隨主子身後，被一臉不屑的香蘭突然伸腳絆了個趔趄，險些撲街。

「妳幹麼?!」容子期瞧著一臉奸猾的小姑娘，目眥盡裂。

「傻子。」香蘭鼻子裡冷哼一聲，轉身悠閒折返。

容子期皺眉瞧梁王和原小姐已經走遠的背影，若有所思地沒再追趕上去。

拐進一條少人走動的小巷，月箏才停步，輕喘著歪頭邀功地看著跟在身後的鳳璘。

「喂，梁王殿下，我這麼幫你，不惜揹上善妒黑鍋，要怎麼謝我？」

鳳璘氣定神閒地抱起臂，笑容冷峭。「謝妳？妳趕走的可是我萬金買回的大美人。」

「哦？」月箏瞪眼，一副知錯就改的謙遜樣子，很熱心地想要回去。「那我趕緊去把她留下。」

鳳璘一笑，攔住月箏，那笑容讓無心抬頭瞧他的月箏一窒，心臟狂跳，她十分抱怨，太媚人了，這傢伙！

「好了，請妳吃頓好的。」他不動聲色地鬆開她的手，舉步先行。「清闕樓怎麼樣？」月箏嘿嘿笑著跟上。「不錯，不錯。」

鳳璘向來話少，和他一起，月箏還和小時候一樣習慣沒話找話，她自說自笑，一路才不致尷尬沈默。

鳳璘歪頭看了眼她笑容滿面的俏美小臉，和剛才潑辣吃醋的樣子天淵之別，他也不覺微微而笑，挑眉問她：「妳怎知我有心趕走笑紅仙？」

月箏骨碌一下眼珠，她只是堅信他不是淺薄到會喜歡這樣女子的人，但嘴巴仍滿含諷誚地一撇說：「你養不起她唄，那麼燒錢的女人。」

鳳璘聞言輕哼了一聲，鬱鬱的臉色月箏看來十分可笑可愛，一下子親近不少，這樣的他才不再高在雲端，她的心情好上加好。

「喂，梁王殿下，當初怎麼就那麼肯下血本為人家贖身啊？」她故意壞壞的奸笑。

「還不是鳳珣『熱心仗義』，主動拿出六千金來作媒，我騎虎難下嘛！」鳳璘瞥了她一眼，嘴角下拉。

他的臉色月箏看得心花怒放，噗哧笑出聲來，能和他這樣輕鬆聊天更是讓她的心情錦上添花。想也知道那是鳳珦的小算盤，希望鳳璘身邊多個名妓來增添風流豔名，讓杜絲雨對他更加死心絕望，或者讓朝堂上鳳璘的名望蒙塵。

「我這回可虧大了，妒婦的名聲就算落下了。」月箏唏噓。「我說，你既然對笑紅仙痛心疾首，幹麼不早早打發了她呀？除非你對她的本事……」不懷好意地拉長調子，曖昧地嘿嘿笑。

鳳璘沒好氣地瞪了她一眼，還是和小時候一樣沒羞沒臊，什麼話都能說出口，立刻打斷她道：「忙，沒顧上。」他也戲謔地挑眉瞧她。「愛妃，就看妳的了，這位京城名妓不是那麼好揭的狗皮膏藥。」

輕聲一句「愛妃」真是麻進她的骨子裡去了，也知道該矜持一些，可不知怎麼就十分誠實地眉開眼笑說：「放心吧，夫君，萬事有我！」

月箏的一聲夫君，讓鳳璘微微怔忡，他怎麼如此輕易地就和她戲謔談笑？少年時他嗤之以鼻的情誼似乎還在的……他冷冷皺起眉。

第十二章　義陵夫人

聽見下人們漸漸出來灑掃院子，月箏輕輕翻了個身面向床裡，若被猴精的香蘭發現她因為今天鳳璘要來下聘禮而興奮得一夜沒睡，不知會怎麼明槍暗箭地笑話她呢。

因為今天是大日子，丫鬟們格外殷勤，月箏聽見外屋叮叮咚咚很是熱鬧，小姑娘們還嘻嘻小聲說笑，很盼望見一見回京不到月餘就惹得全城關注的梁王殿下，還不停地追問見過梁王一面的香蘭，梁王是不是真長得花容月貌、風流倜儻？比家裡的美男少爺又誰高誰低？

身為夫人特意調撥給小姐陪嫁的「大丫鬟」，香蘭自有她的威風，斜睨著一干同僚後輩，她公允地評價說：「少爺和梁王殿下比，就像田裡的向日葵和山巔的雪蓮花，沒法比，不是一種東西，配小姐——」

屋裡的月箏豎尖耳朵，細細聆聽，心裡冒出來的詞是：俊男美女，天作之合。

香蘭思索了一下，似乎在組織詞語，終於想到合適的。「就好像把太太最喜歡的秋苓配給前院打更的大冬。」

月箏氣得渾身哆嗦，嗯，香蘭，這句話她記下了！等著吧！

所有的聽眾都發出深深嘆息，腦內出現嬌美的秋苓和猥瑣的大冬站在一起的畫面，發自肺腑地說：「啊？那可真太糟蹋了！」

月箏咬牙切齒鎮定了一會兒，重重翻身坐起，床榻發出聲響，外屋靜了靜，突然錦簾一撩，一群人全湧進內室，個個喜氣洋洋地說著祝福的話，討賞錢。月箏披頭散髮地坐在床上，一臉怔忡，她沒想過下聘這日也要打賞下人……香蘭不緊不慢，從腰裡摸出一疊紅包，笑咪咪地發給小丫鬟們，還要她們更大聲地說吉利話。

月箏搖頭嘆息，愛恨交加啊……被香蘭伺候的日子，也不容易。

下聘的儀式其實和她沒什麼關係，主要是原老爺和夫人在前廳接受未來女婿的問安和聘禮。

月箏還是被打扮得花枝招展，半推半拉地被趕去廳後小廊旁觀。

聘金早由皇上賞下，今日鳳璘前來只是叩拜岳父母並送上精心置辦的彩禮。原家的親眷也都歡天喜地的擠在前院，說笑等候梁王前來。

這樣眾目睽睽，原學士十分緊張，在上首的椅子上坐不多一會兒就起身，問旁邊的夫人他有沒有不宜之處。

大門起了低低的喧鬧，人們都興致盎然地踮起腳張望，人群裡一片「來了，來了！」的驚喜低呼。

跑進來的卻是月闕，難得他沒有嬉皮笑臉，沈著臉一路奔到父母身前，低低稟報著什麼，原夫人聽了尚且鎮定地皺眉不語，原學士卻一屁股跌坐回椅子裡臉色發白。

大喜之日但凡出現這樣的場面準是了不得的大災禍，擠在院中的親戚們先是瞠目結舌地看著原家人，後是三三兩兩交頭接耳，甚至有人猜測梁王遭遇不幸，恐怕已不在人世。

月闕向父母解說完畢，知道妹妹著急，立刻衝到小廊上，拍了拍月箏的肩膀。「別著急，鳳璘沒什麼大事，就是昨夜遇刺受傷了。」

月箏沒有說話，靜靜地看著哥哥，月闕被她看得發毛，趕緊解釋說：「真的不要緊！皇上已經把他接進宮裡，太醫看過了，也說只是皮肉傷，不過需要時日將養，絕無大礙。」看妹妹表情並沒放鬆，更壓低聲音，神神秘秘地靠在月箏頭側說：「是猛邑人幹的，昨夜鳳璘約我喝酒，我也在的。也幸虧我在，不然妳相公現在肯定不會只是腰上被劃了一下。」報功地撇撇嘴，很是替鳳璘慶幸的樣子。

月箏終於嘆出一口長氣，繼而雙眉緊皺。

「今天下聘鳳璘來不了，還挺著急，非要掙扎著來，怕妳覺得不風光，生氣。皇上不讓，派大總管和嚴丞相來，也夠面子了吧？妳就別不高興了。」月闕低頭瞪妹妹，好像月箏必定會不識大體地胡鬧一番似的。

「我要進宮去看他！」月箏雙眉一展，不容拒絕地說。

「哼哼。」月闕壞笑。「我的新妹夫真有兩下，什麼都猜得到。」

月箏沒好氣地瞪他，因為他好歹是在誇鳳璘，才沒一手刀劈過去，這麼緊張的時刻他還能笑得這麼欠揍。

「皇上和皇后都說了，還有三天你們就要拜堂了，現在見面不吉利。他就猜到妳很急色地要跑去找他，違背了皇上皇后的旨意不好，讓妳擔心也不好，就給了我這個，說妳見了就知道他沒事。」

急色……月箏面目抽搐，月闕把一個小環珮塞給她，她接過來的時候乘機在月闕的手上狠狠就是一口，月闕立刻叫得像殺豬，還好此時爆竹驟響，丞相和宮裡的大總管前來替梁王下聘，說來也是少有的風光，眾人雖然猜測紛紛，還是都露出喜慶的表情，氣氛重新熱鬧了起來。

趁所有人都在看前廳的熱鬧，月箏低頭攤開手掌，鳳璘捎來的是他隨身多年的小玉珮，以前先生授課無聊，她經常偷偷從他腰間扯過來摩挲把玩。翻過玉珮……背面果然有她熟悉不過的篆字，鳳璘，他的名字。

一切喧鬧繁雜都好像是道遠遠的迷障，她握著這塊小珮，走路都覺得輕飄飄的，握得久了，不知道是她暖了玉，還是玉暖了她，從手掌一直熱進心扉。

在這麼緊急的情況下，他還能顧慮到她的擔憂，託月闕捎來信物讓她安心……他的心裡已經有她了吧？

坐在自己的小窗前，她笑咪咪地編結了第三顆繩結。師父真是奇人，早就算到三顆結足以定終身。

月闕頻頻從宮裡傳回消息，月箏知道鳳璘的傷勢無甚大礙，幸得年輕，恢復也快，並不會耽誤婚期，即便如此這三天還是過得萬般煎熬。

她已經這麼擔心了，向日葵美男還總一臉嚮往地對她講述：猛邑人刺殺鳳璘失敗後並不死心，還多次潛入宮中企圖刺殺聖上和在宮中養傷的鳳璘。

鳳璘在北疆鎮守多年，很瞭解猛邑國的行事，對皇上建言說要立刻增兵北疆，猛邑這樣急切莽撞地多次刺殺，證明他們蓄謀南侵，此舉是為了製造恐慌和企圖僥倖行刺成功。皇后娘娘也乘機進言，同意鳳璘的提議，讓北疆藩主速速回封地主持大局，趕鳳璘離開的嘴臉都不屑再掩飾了。

月闕少爺信誓旦旦地聲稱要傾力保護新任妹夫，跟他們前往北疆，為國盡忠，為妹妹盡力。月箏對他的豪言壯語嗤之以鼻，好像誰看不出這人就是哪兒有熱鬧往哪兒鑽似的！

大婚之日一切順利，因為新郎官負傷在身，順乾帝特意指派了太子和嚴相之子在喜宴上代為招呼賀客，婚儀的細枝末節也都由宮裡經驗豐富的內官安排，毫無紕漏。

月箏端坐在偌大的新房中，因為蓋頭遮住臉面，盡可隨心而笑，這麼多年，她的夢終於實現了。蓋頭外的紅燭把周遭照得一派喜慶，聽著周圍喜娘們的祝禱、前廳鼎沸的人聲，她所體會的幸福和滿足無比真實。

喜娘和下人們漸漸退去，屋裡不過兩、三個王府的丫鬟和香蘭守著，新房外響起沈重躑躅的腳步聲，香蘭奇怪地咦了一聲，嘀咕說：「不應該是王爺回來啊，喜宴剛到一半。」

月箏喜憂參半，或許是鳳璘的傷勢讓他不堪應酬，提前退席。明明已經等待很久早就放鬆下來的她倏地繃直了脊背。
「你們……都下去！」來人口齒有些纏綿，想來喝了不少，的確不是鳳璘。
香蘭太過愕然，因此有些結巴，但還是能義正詞嚴地說：「太子……太子殿下，這是喜房，您這麼闖進來似乎不合禮數。」
「滾出去！」鳳珣口氣極壞，根本不屑和下人們多講。
月箏呼地掀開蓋頭，蹦起來氣得豎眉瞪眼。「你鬧夠了沒有?!」這幾天鳳珣沒有來找她，也沒做什麼讓她煩心的事，她還以為他認了命，順當過去了。沒想到竟然在她新婚之夜鬧這麼一齣，傳出去大伯子比新郎官先一步闖進洞房，這算什麼回事！
鳳珣愣愣地盯著她瞧，全然不顧下人們驚恐疑惑的眼光。「月箏……妳真美。」
月箏氣得鼻子眼睛都要湊到一塊兒了，她自己估摸著都挺猙獰的，鳳珣還是看得發癡，喃喃叫著她的名字。
「趕緊出去，趕緊！」月箏指著門口的手都哆嗦。
鳳珣瞧著瞧著，突然就淒然一笑。「月箏，妳對我真的太狠心。」他自嘲自鄙地閉了下眼。「若我不是真心喜歡妳，我……」他絕不會拚盡所有勇氣甚至不怕擔上一世罵名衝過來找她！明知機會渺茫，他也不能就這樣讓她成為鳳璘的妻子。忍了這許多天，在看著她和鳳璘夫妻對拜的時候，還是掙斷了最後一絲理智。
見她一副趕瘟神的樣子，他突然明白，他最悲慘的不是被她拒絕，是她的心裡從來沒有他。

月箏僵直地保持著向門外指的動作，鳳珣的眼神、鳳珣的話……何嘗不讓她突然苦遍了整顆心。她和鳳珣何嘗沒有一絲感情？他對她的百般呵護嬌寵她又如何能毫無感覺？但是，這與她對鳳璘的執著相比，就好像路上的砂礫，磨痛了她的腳心，卻阻不住她的步伐。而且，她的眼睛只盯著路的終點，那就是鳳璘，她甚至不願低下頭瞧一瞧，她不要一絲猶豫、一絲動搖。

鳳珣冷笑，月箏第一次看他露出這麼怨恨的表情。「妳的鳳璘……不過就是個小藩王！總有一日，妳也不過是位義陵夫人！」

「混帳！」不等月箏說話，門外傳來厲聲斷喝，皇后娘娘的臉色在紅彤彤的燈籠下越發青白。孫皇后怒到極處，額頭的青筋都迸出來，眼角的皺紋也格外顯眼，月箏小小的驚悚了一下，這副嘴臉太可怕了。

「你喝多了酒，如此胡言亂語，不怕你父皇得知震怒嗎?!」孫皇后的嗓子尖厲得讓所有人心臟都縮了縮，跟著她來的心腹太監趕忙上前拉扯鳳珣，描補解說太子喝多了，糊塗了，趕緊回宮休息。

鳳珣也知道自己在急怒中失了口，惹得母后如此雷霆大怒，失魂落魄地被太監一路拉走。

孫皇后冷冷地瞧著月箏，又逐一看喜房中的幾個丫鬟，月箏打了個哆嗦，難道皇后想殺人滅口？

義陵夫人的典故的確太惡劣了，難怪皇后起了殺心。義陵夫人原本是翥鳳世宗之兄河間王的正妃，世宗愛之甚深，竟毒殺河間王，弟納兄媳，召河間王妃入宮，甚至還想封她為后，招致朝廷一片反對，五個言官當殿觸柱而亡。世宗無法，只能封她為義陵夫人專寵一生。世宗不失為翥鳳朝一代英主，只此一件卻青史蒙羞，留千載罵名。今日鳳珣酒後失言，不僅自己惹禍上身，甚至隱隱流露出殺戮手足之意，若被順乾帝知曉，恐怕太子地位都會動搖，無怪皇后震怒異常。

「今日之事……」孫皇后低低地拉長著調子，陰冷得讓人難受。

「今日之事月箏全都忘記了。」月箏立刻表明態度，她本想說，今日何事？又怕裝得太傻，讓孫皇后更加怨怒。

孫皇后冷笑點頭。「這幾個下人，我瞧著甚是伶俐，就隨我入宮伺候吧。」

幾個丫鬟簡直是癱倒在地，連連叩首，這擺明了是要命啊。

月箏趕緊對著皇后福了福身。「皇后娘娘，這幾個丫鬟近日就要隨我返回北疆，月箏的清白也牽連在此，斷不容有人胡言亂語，還請娘娘把這幾人留下繼續伺候月箏吧。」

孫皇后沈思不語，顯然還在衡量利弊。

剛才席間得知鳳珣竟幹出這樣混帳失儀之事，她情急之中趕來時來不及掩人耳目，皇上怕也察覺了這些動靜，如今再滅五、六個人的口，難免事情曝露，引火焚身。為今之計，只要「義陵夫人」之語不被揭破，其他都算小事。

「也好。梁王妃，哀家應妳一回。」雖是賣了個情面，月箏覺得孫皇后看她的眼神比以死威脅更甚。

皇后一行人消失在夜色中後，屋裡的丫鬟們才敢哭出聲來，連連磕頭叩謝月箏的活命之恩。

「快別哭了，大喜之日。」香蘭一邊吸著鼻子，一邊說別人，眾丫鬟也趕緊止了哭。

月箏不懷好意地斜眼瞟香蘭，香蘭察覺了，滿腹狐疑地觀察著自己的主子。

「我突然想起秋苓和大冬的典故來，香蘭，妳如此伶俐，還是去服侍皇后娘娘為好，我明日就送妳進宮。」月箏笑如狐媚，眼中水波漾漾。

「王妃娘娘……」香蘭苦下臉，很認命地絞了絞手中的絹帕。「您聽錯了，我的意思是您是秋苓，梁王是大冬。」

「哦？誰是大冬？」

香蘭嚇得跳了一跳，今天真是「驚喜」不斷，梁王殿下在一身喜服映襯下，美若仙人，幽黑的鳳目正凜凜有光，似笑非笑地看著她，淡然詢問。

第十三章 如火焚身

輕風微微搖曳廊上的紅紗燈籠，光影交錯中，他就好像夜歸天庭的仙人，俊美無比的面容帶了淺淡的倦怠，長睫掩映下的瀲瀲幽瞳明明無波無瀾，卻讓人覺得似乎帶著戲謔的笑意。紅燭透過羽紗，照在他光潔的面龐上，每一條輪廓都是絕美弧線。

月箏一下子就陷入迷醉的澤國，穿著喜服的他……終於成了她的丈夫。她贊同了香蘭的描述，被人稱為美男子的月闕與他相比……鳳璘的確是雪山上孤寂高傲的蓮花。

他被她這麼直直地盯著瞧，突然輕輕笑了出來。

他笑的時候，左邊竟然有梨渦啊……月箏下意識地竟想瞇起眼，他的笑容實在太耀目了，只是過去他笑得太少了。

「這……這……」香蘭這次回魂得很快，因為她終於覺得自家小姐這麼直白又花癡地一直盯著美男看真的很失禮，以人為鏡理智就回來得快一些。「小姐，妳的蓋頭……」

月箏如夢初醒，急得跳了跳腳，雙目圓睜。「重新再進來一遍！」她終於緩過一口氣，人也急匆匆衝回床邊，抓起蓋頭就往自己頭上罩，她聽喜娘說的，新娘子自己掀蓋頭不吉利，新郎官要用秤桿挑，寓意稱心如意，這樣才行。

鳳璘瞧她慌慌張張又十分在意的樣子，終於忍不住噗哧一笑，很配合地向後閃了閃身，再舉步跨過門檻，裝作剛到的樣子說：「我回來了。」

總算回到正常程序，丫鬟們戰戰兢兢地用錦袱盤子托來秤桿，顫聲說喜娘反覆教過的祝福套話，只求這對新人再別出什麼餿主意了。

即便是刻意而為，當他緩慢挑開她的蓋頭時，月箏仍然感到了意動神搖的震撼，怪異地紅了臉頰。她居然沒勇氣再抬眼直直瞧他，雖然她很想知道，此刻他的臉上是什麼樣的表情？他也會像剛才鳳珣看見她時露出那麼驚豔的神色，低低誇她一聲妳真美嗎？

鳳璘沈默久久，一邊兒的丫鬟們扶起月箏，攙到桌邊共飲合巹酒，她才在端起杯與他手臂相纏時偷眼細瞧他，他……怎麼會沒有笑容？他的眼睛裡為什麼會閃著那麼深冥的幽光？

月箏閉起眼，仰頭喝下了祝福他們天長地久的美酒。他是不是想起了杜絲雨？

如果這一切是她從小到大的夢，鳳璘的夢……又是什麼樣的呢？

重重放下酒杯，月箏抿嘴而笑，不管鳳璘的夢中人是誰，從今往後，他的妻子就是她了！她絕不為虛無縹緲的東西苦惱，她只相信現實，只相信決心。

「笑什麼？」直到下人們退出去，密密掩上房門，鳳璘才微笑著問她。

月箏瞪了他一眼。「笑還不行？高興唄。還記得你去北疆那天我說的話嗎？我說要當你的妻子。」

聽了這話，鳳璘微笑著恍了下神，似乎在回想，長睫的陰影慢慢攏住黑眸。

月箏皺眉，瞇著眼觀察他，不知道為什麼，她對他的情緒異常敏感，難道這就是心有靈犀？「你不高興啊……」也對，被鳳珣那麼一鬧，他要是高興得起來才怪了。他有沒有聽見鳳珣說的氣話呢？「你聽見啦？」她沒頭沒尾地問，鬼鬼祟祟的心虛樣子看起來十分頑皮可愛。

鳳璘瞧了她一眼，抿住嘴角泛起的笑意，故作不豫地嗯了一聲，走到床沿冷著臉坐了下來。

看吧，還是不高興了！她懊惱痛恨，該死的鳳珣，不遲不早鬧這麼一齣，被皇后娘娘抓回去拆皮扒骨也是活該！「這個吧……」她咂了咂嘴巴，走過去坐在他身邊語重心長地深沈分析。「你不會是河間王，我更不會是義陵夫人。世宗能得逞，那是義陵夫人自己願意。我就絕不願意！如果鳳珣毒殺了你，他就是大仇人，天天琢磨怎麼宰了他還來不及呢。」

鳳璘失笑。「妳的衷腸怎麼訴得這麼讓我毛骨悚然呢。」

月箏也覺悟到洞房花燭夜說這樣的話題不是一般的殺風景，嘿嘿訕笑幾聲。

「睡吧。」鳳璘雲淡風輕地說，自己不緊不慢地脫了喜服，從容躺下，居然還躺進床帳裡側，用意明顯地把床沿讓給了她。

月箏呆愣地坐在床沿上，就這麼睡了？她的新婚之夜……看了那麼多月闕的珍藏，她當然知道洞房花燭夜要發生些什麼，可是鳳璘平靜得太過理所應當，簡直讓她不知所措。

「嗯……」背對她面朝帳裡的鳳璘終於出聲了。「我有傷在身，妳我夫妻日長，不急在朝夕。」

「哦。」她放心釋慮了，點頭同意。突然想到什麼，臉色一變，撲通跳上床，不由分說地掀鳳璘後背的衣服。「傷得這麼重嗎？讓我看看！」

鳳璘極快地起身反手抓住她的雙腕，哭笑不得地瞪著她瞧，口氣裡竟有一絲忍耐的痛苦。「好了！」輕輕甩開她的雙手。「別胡鬧，好好睡下就是幫我了。」他又僵著身子背對她躺下，最後一句說得極輕。

月箏順從地下床，自己摘除鳳冠脫下喜服時竟無端感到一陣淒涼，雖然知道自己如果怨怪他的話很不講道理，畢竟他受了傷，可是哪個女孩子不盼望享受花燭照映下，丈夫溫柔為自己卸妝脫衣的幸福呢？噘著嘴巴瞪了瞪高臥榻上的英挺背影，他受了傷不能那個也就罷了，她雖然好奇，總歸還是心存恐懼和羞澀的，但幫她卸妝脫衣總還可以吧？居然就這麼睡下了。

真要鬧脾氣叫他起來……她又捨不得。

算了，悶悶踅到床邊，輕手輕腳地躺下，活像個給主子守夜的丫鬟。原本以為自己會氣憤得久一點兒，可折騰了一整天，她也確實累壞了，在陌生的喜房裡，縮在床沿邊的這一覺居然無比香甜。

醒來時天已大亮，一睜眼便看見鳳璘俊美妖嬈的面孔，月箏十分不習慣，愣愣地盯著他看了一會兒，自己笑了，原來醒來就看見他的心情是這麼愉快的。

鳳璘無奈地苦笑了一下，月箏的確與小時候有了很大改變，比如她那一身才藝、她嬌豔萬方的容貌……但是自說自笑這毛病完全沒變，他也沒再問她笑什麼，略含抱怨地輕聲道：

「妳也真能睡，都快巳時了。」

她有點兒不好意思。「昨天太累了嘛，你幾時醒的啊？」她在枕頭上蹭了蹭，大眼睛撲閃撲閃地盯著他笑，與他同榻聊天，比醒來就看見他還讓她開心。

「卯時。」他瞥了她一眼，躺平，不再與她對視。

啊？他就這麼乾耗了兩個時辰等她醒來？她還來不及感動，立刻風馳電掣地坐起身。

「我們是不是要進宮去覲見帝后？」她臉色發白，她的公婆可不是一般人哪，不會也等了她好幾個時辰了吧？

鳳璘輕笑了一聲，淡淡道：「不必了，明日太子選妃，我又有傷在身，父皇早就宣免了。」

月箏眼神黯了黯，她怎麼會聽不出鳳璘冷淡語氣裡的苦澀，他沒了娘親，連爹也像後爹了。

故意歡呼了一聲，她又慵懶躺倒。「哎呀，沒人管的日子就是神仙過的啊！平常我想睡到辰時，不是娘就是師父，比公雞都盡職盡責地叫醒我，我恨死他們。現在我是梁王妃，王府我最大，我要睡懶覺，誰也管不著啦！」

鳳璘冷眼瞥著她，嘴角卻出賣了他的好心情。「王府妳最大？那我在哪兒啊？」

「你不會不讓我睡懶覺的吧？」她又撲閃大眼睛了，伸手圈住了他的胳膊，像撒嬌的貓兒。

他閃了下神，不疾不徐地坐起身，不露痕跡地收回被她扯住的胳膊。「還是起來吧。」

她看著他悠然下床的身影，感受到了他的疏離。

他瞧了瞧桌上沒動的飯菜。「一夜沒吃東西，餓了嗎？」

「餓！」月箏又笑嘻嘻了，她也明白欲速則不達的道理。

太子選妃是朝堂大事，儀式極為隆重，新婚的梁王夫婦被早早請到宮中，端坐在帝后座下。

趁宮女上茶，月箏偷偷湊在鳳璘耳邊抱怨。「今天我們就是人肉屏風，能不能早點兒溜走啊？」

鳳璘點頭同意她的說法，小聲回應她。「怎麼也要定出人選，領完賜宴。」

月箏絕望，還好這時待選少女列隊進入，月箏可以名正言順地盯著她們瞧，自然是環肥燕瘦，賞心悅目。杜絲雨……果然沒來。孫萱兒在裡面毫不起眼，若非月箏賣力尋找，根本瞧不見她，不由得又偷笑了幾聲。

鳳璘轉頭瞧了瞧她，無奈地抿了下嘴唇。

少女人數眾多，即使是重點人物獻藝，那也是個漫長的過程，帝后二人當然看得津津有味，陪同的臣屬也鄭重其事，月箏卻覺得無聊乏味，趁人不注意溜出大殿透透氣，卻意外地在殿外遇見了月闕。

「宮裡最近不太平，上次鳳璘遇刺，我小露了一手，皇上讓我在這裡護衛幾天。」月闕洋洋得意，賣弄完了，突然現出鬼鬼祟祟的表情，拉扯著妹妹到四顧少人的角落，難得有支支吾吾、想問又問不出的樣子。

「有話趕緊說！」月箏翻白眼瞥他。

月闕一挺脊背。「鳳璘和妳那個了嗎？」

月箏和他吵嘴慣了，順口反問。「哪個？」問完自己也紅了臉，恨恨地別開臉。

月闕很認真。「就是圓房，圓房……」

月箏趕緊打斷他。「你管那麼寬幹麼?!送子觀音啊？」

月闕鍥而不捨。「妳就說他有沒有吧！」口氣還很嚴肅。

「他有傷在身！」月箏仰起下巴為鳳璘辯護，也覺得花燭之夜沒那個並不光彩。

「看看！看看！」月闕像沒頭蒼蠅一樣圍著妹妹飛了兩圈，右手在左手心重重一捶。

「我就知道那一下壞事了！」

月箏瞇著眼瞧他，保持鎮定。

「那天來刺殺的猛邑人當真不少，我拖住兩個，鳳璘的功夫不錯，就是當敵經驗太少，我解決完手邊的，一回身就看見他的命根子中了一招。當時鳳璘的臉都青了，我就覺得要糟，後來太醫來看也沒提這事，我又把了把他的脈象，不應該有大問題啊。可今天一問妳，還是……」

月箏臉紅，羞得不敢正眼看哥哥，也只有這麼沒心沒肺的人才能和妹妹說得如此直白。

「他有傷！」她其實不想解釋，但月闕這麼危言聳聽下去她也受不了。

月闕還沈入深深的憂慮。「妳懂什麼？男人啊，那個心思就是死前剩最後一口氣也滅不了！妳傻是傻了點兒，皮相是絕對沒得挑的，這方面絕不會出問題。」他分析得更深入了。「還是傷了那裡！妹妹啊——」當哥哥的語重心長。「男人最痛苦的就是有心無力，那滋味如火焚身哪。」

月箏努力讓自己看上去沒那麼窘迫，怎麼會陷入這樣莫名其妙的境地？和自己的哥哥談論閨房之秘！「怎麼，你體會過？」她故意冷笑，鄙夷地瞟他。

月闕瞪了她一眼，口氣戚戚。「都是男人，感同身受啊！妹妹，我看他也是一時之傷，妳現在千萬別撩撥他，讓他安心養病，這樣才會好得快一點兒。妳要再著急……那他真是如墮地獄啊。」

月箏忍無可忍朝他臉就是吐一口唾沫。「你才著急！」

月闕閃得飛快，還熱心地安慰道：「妳先耐心等一等，實在不行我就去找師父。」

月箏掉頭就走，再不想理他。

太子妃的印綬最終頒賜給了左司徒孔瑜的三女孔芳晨，鳳珣從臺階上親自捧下來交予孔女。月箏看著他，自始至終鳳珣都目不旁視，包括端坐在帝后身旁觀賞獻藝的時候，反倒是她總偷眼瞧他。看來他是被皇后娘娘收拾慘了，臉色十分不好，表情太過莊嚴了反而生硬。他……在怨恨她嗎？月箏微微嘆息，兒時的情意終於還是敵不過愛情。鳳珣對她再好，她也不能讓自己變成義陵夫人。

孔女接過印綬，嬌聲謝恩的時候，月箏發覺身邊的鳳璘極不易被人察覺地顫了顫，她的心卻因為這微弱的顫動而重重一震。這本應是屬於杜絲雨的榮耀，杜絲雨為了鳳璘捨棄得太多，任是誰背負起來都太過沈重了。月箏也看向紅著臉謝恩的孔芳晨，無論是容貌還是氣度，她都無法和杜絲雨相比，絲雨……連她都覺得有愧於絲雨，更何況鳳璘。

她悄悄伸手握住鳳璘冰冷的手，現在的他需要安慰和支援吧。

鳳璘的手明顯地抖了抖，月箏覺得他是下意識地想掙脫，終於還是忍了下來。她抬頭看了看他，他也在看她，眼神卻太過複雜了，她看不明白。她也覺得奇怪，他的情緒她明明可以輕易感知，為何當她用眼去看的時候卻會一片迷茫呢？

過了一會兒，他終於輕緩地反握了她的手，月箏偷偷地笑了，無論愧疚還是傷痛，兩個人分擔就輕了很多。

她不怨鳳璘起初的抗拒，六年來，他過得如同遺孤，或者連他自己都不習慣親人的溫暖了。

他的手心慢慢熱起來，她卻想起了月闕的話……她這算是撩撥他嗎？主動接觸他、靠近他，讓他動念卻力所不及……這麼想來，這兩天他的疏冷和喜怒無常倒能解釋了。月箏小心翼翼地抽回手，還不自覺地藏在身後。

鳳璘皺眉，側過臉來瞧她，見她反而一臉擔憂地盯著他瞧，滿眼同情，他嗆了一下，想到她剛剛偷溜出去，想來是碰見了月闕。他垂下眼，這樣……也很好。

第十四章　兔死狐悲

因為太子選妃，月箏的回門都晚了一天。

站在圍廊下，看鳳璘在院中認真地檢查有樣回門贈禮，時不時小聲吩咐下人什麼，月箏抑不住心頭的甜蜜，笑容滿面。

鳳璘一一查看完畢，回身有些抱歉地皺起眉。「今天父皇召集大司馬和將軍們商議增兵北疆的事，我沒辦法在妳家多待，妳怕是要自己回來了。」

月箏趕緊笑著搖頭，表示自己不介意。「你忙你的。」增兵北疆是何等大事，鳳璘這個北疆之主當然要參與討論，不然一個人意，皇后娘娘的手又插進來，什麼好事都變壞了。在皇后娘娘眼中，增兵北疆不是抵禦猛邑，而是助長了鳳璘的實力，是她心口一把尖刀。

回門儀式鳳璘十分看重，不僅精心準備了禮物，還對岳父母恭敬有加，行禮如儀。原學士原夫人都深感滿意，重視女兒才會重視岳家，看得出梁王對箏兒還是很上心的。

見父母這樣高興，月箏也覺得心滿意足，甚至很感激鳳璘。只有月闕憂心忡忡，時不時愁眉苦臉地看看鳳璘，一副有口難言的樣子，被月箏狠狠掐了幾把，露出的笑容越發詭異了。還好他向來詭異慣了，原家夫婦還覺得兒子今天表現得很正常，甚至非常合宜，十分穩重。

廷議定在未時，鳳璘遲遲不願動身入宮，還是月箏反覆催了他幾遍，他才歉然向岳父母道別，承諾過幾日再陪月箏歸寧，原氏夫婦對這個女婿更加滿意了。

月闕也跟著他一起入宮，晚上回來還笑嘻嘻地傳回一則笑話：皇上見鳳璘遲到，也知道他是陪王妃回門才來晚了，當著文武重臣開鳳璘的玩笑，說他疼愛媳婦超過疼愛北疆的土地，把鳳璘弄得面紅耳赤。

鳳璘走後，月箏又待了會兒才從娘家出來，鳳璘帶著容子期一同進宮，留下另一個心腹屬下衛皓送月箏回家，衛皓是個沈默寡言的黝黑少年，月箏發現香蘭總是紅著臉偷瞧人家，看來很有詭異。可也真讓她想不明白，明明是容子期更英俊一些，心細斯文，辦事牢靠，鳳璘總派他辦理內宅事務，和香蘭接觸更加頻密，香蘭這小丫頭卻偏偏色迷迷地盯上衛皓，對容子期卻從來沒有好臉色，還背地裡叫人家容二愣。在月箏看來，衛皓更像二愣子。所以說各花入各眼，這真是毫無道理可言的。

月箏別有用心地提議去南城商鋪逛逛再回家，香蘭雀躍歡呼，衛皓卻冷眉冷眼，一副壯士赴死的慘烈模樣。月箏緩步從一家店鋪出來又進另一家店鋪，不看貨物反而一臉壞笑地瞧著香蘭向衛皓發動各種進攻。

回府的路上，月箏提議步行，衛皓向來堅決執行主子的命令毫無推諉，鐵青著臉打發轎伕隨從先行回府，神情越發殘酷。月箏邊走邊吃花生酥，忍笑瞥著香蘭非要讓冷血家臣衛大人當街吃酥糖，衛大人太陽穴的青筋都爆出來了。

從南城回府走王府後巷更近，月箏心情大好地走近胡同口的時候卻發現一隊王府護衛面色肅殺地守住巷口，平時在後巷擺攤的小販都被驅趕出來，在巷口擠作一堆繼續買賣，還頻頻小聲議論著往巷子裡張望。

衛皓的神情明顯地一變，難得開口說：「請王妃改行西門。」還半脅迫地跨前一步，擋住月箏去路。

月箏眯眼，這黑小子肯定知道點兒什麼，而且還不想讓她發現。眼風若無其事地掃過也一臉狐疑的香蘭，香蘭立刻心領神會，手裡抓著的各種剛買的小物件頓時唏哩嘩啦掉落在地，嘴裡還哎呀呀地驚叫著，泫然欲泣地瞧著月箏說：「王妃，我真是太不小心了。」神態極其逼真。

月箏被她的演技和反應驚到，果然是娘親訓練的精兵強將，吸了口氣才配合著豎起柳眉。「妳就是笨！還不快幫著撿！」後面這句是吊著眼梢對衛皓說的。

衛大人的青筋再次爆出來，咬了咬牙，還是和香蘭一起蹲下身子。

機不可失！月箏一步就從矮了半截的衛皓身邊竄過，香蘭也一把摔下剛撿起的紙包跳起身，不忘囑咐衛皓。「你撿吧，一樣也不許少。」

衛皓鐵青著臉招呼兩個護衛來撿東西時，那一主一僕已經身手敏捷地跑進巷子，把守的衛兵面露難色卻也不敢阻攔。

「瞧瞧那是誰。」月箏在小巷拐角停住腳步，挑起嘴角冷笑。

香蘭不贊同地看著自家小姐，她這麼笑的時候陰毒不夠，還狐媚兮兮的，和皇后娘娘不是一個段數？

坐在後門石階上一臉憤恨的笑紅仙也看見了月箏，緩慢地站起身。她個子比月箏高，又站在最後一級臺階上，傲兀怨憤地抬著下巴，自然而然形成了居高臨下的情勢。

月箏很是不爽，一翻眼，好像沒瞧見她似的昂首挺胸往王府裡面走，守在門裡的管家很有眼色，帶著守門的家丁點頭哈腰地迎了出來，眾星拱月地把月箏往府裡引，笑紅仙的氣勢不攻自破。

眼看著月箏在眾人圍隨下就快跨入府內，笑紅仙不得不尖聲喝道：「站住！」

月箏冷哼，繼續前行。

「你們休想就這樣打發了我！」笑紅仙氣白了臉。「反正我耗得起，也不怕死！我天天來。」

月箏停住腳步，回頭甜甜向她一笑。「好，妳來吧。」

笑紅仙頓時炸了肺，瞪著月箏婀娜而去的背影無可奈何。

回房換了家常裝扮，小睡片刻，日影已經西斜，月箏信步走到小園中，深深呼吸傍晚和暖的空氣，這一覺她睡得極不踏實。

天空飛過幾隻回巢的鳥兒，雲朵的顏色橙黃中微微泛著古怪的淺綠，無端有些淒涼。

「她走了沒？」她問身後的香蘭。

「沒，我打聽了，笑紅仙自從被趕出王府就一直不死心，隔三差五地守在後門口，每次都會待到入夜，如果不讓她靠近，她就在大街上呼天搶地，王爺也沒辦法，乾脆就讓她在門口耗著，封鎖小巷了事，大概是想拖到返回北疆，不了了之。」

月箏嘆氣，果然請神容易送神難，鳳璘早就料到的，而且坦然地把這件「家務事」推給了她。

走去後門的時候，笑紅仙的丫鬟正從大街上買了包子回來，準備遞給主子，笑紅仙看見月箏來，冷著臉站起身，推開丫鬟的手。

也許是她來的次數太多，除了看門的四個護衛，府裡連個路過看熱鬧的人都沒有，越發顯得她這番舉動的失敗。

月箏看了看笑紅仙丫鬟手中粗劣的包子，慢慢地皺攏柳眉，笑紅仙雖然墮入風塵，卻一直過著錦衣玉食的生活，如今這樣堅持，怕是賭氣鑽了牛角尖。

「妳……這是何必？」月箏不明白笑紅仙是怎麼想的，她正是年輕貌美的時候，雖然鳳璘為她贖身的事全城盡知，名妓的名氣還是相當響亮的，她現在重獲自由，遠走高飛嫁人也罷，重操舊業也好，斷不至於要這樣自毀尊嚴，死纏爛打；更何況像她這樣貪圖享受的人，鳳璘也不見得很中她的意。

笑紅仙揚起下巴。「我豈是讓你們召之即來揮之即去的人？」

月箏簡直哭笑不得地看著她，這人腦袋裡全是漿糊吧？她死死黏在王府門口就是要證明不能「揮之即去」？

「是鳳璘給的價錢妳不滿意？」月箏清冷地一笑。

笑紅仙聞言愣一下，像是被人重重地搧了個巴掌，眼裡流露出受傷的神情，月箏的心莫名其妙一刺，這句話怕是的確太傷人了。

笑紅仙咬了咬嘴唇，哼哼冷笑。「妳莫得意。」

月箏被她這樣直視，渾身不舒坦，脊梁骨冒出陣陣寒氣。

「妳嫁的男人……」笑紅仙露出幸災樂禍的猙獰表情。「我肯贖身跟他，自然對他有份情意，希望跟著他過些安穩日子。入府數天，我百般取悅他，他也很是享受，如今轉眼就將我掃地出門，我這樣沒皮沒臉苦纏多日，他卻是置若罔聞，看都沒來看上一眼，說都沒來說過一句，可見心腸冷硬！梁王妃，妳吃苦的日子還在後面！」

月箏不願聽她數落鳳璘，冷著臉問：「妳到底想怎麼樣？」

笑紅仙的眼神飄忽了一下。「我想怎樣……」在這裡受盡冷遇，她漸漸也不知道自己到底在幹什麼了。起初是覺得自己被這樣冷酷地對待十分氣苦，既然無情於她，又何必贖她出來給她一份希望？她痛恨這個男人的冷酷，卻又不知道該怎麼報復他，只能這樣無賴地煩擾他。

看著她迷茫的眼神，月箏不由得軟了軟心腸。一直覺得笑紅仙淺薄勢利，十分討厭，如今看著她被涼涼地丟棄在這兒，苦苦掙扎，又覺得她挺可悲。

笑紅仙突然雙目一凜，冷冷一笑。「我也算想明白了！一口價，再給我黃金萬兩，讓我後半生衣食無憂，也不枉瞎眼一回！」

聽她開口要錢，月箏一邊鄙夷一邊安了心，笑紅仙滿身風塵銅臭，把鳳璘說得那麼殘忍，不過是為了多要些錢財。這般苦苦糾纏，不是鳳璘冷漠丟棄她而忿忿不甘，還是錢沒給夠！

「王爺已經沒少給妳，妳還獅子大開口?!」香蘭忍不住鄙夷地出聲質問，一萬兩！自從小姐嫁過來，接手王府帳房，整個梁王府的餘錢都不到一千金，還是因為婚禮諸事皇上額外賞賜的。

「不給？不給咱就耗下去！反正我的臉都已經丟到姥姥家了，不弄個夠本，我窩囊下半輩子！要回北疆是吧？我一路跟著去！」笑紅仙也豁出去了，不再一臉抑鬱，反而趾高氣揚起來，撒潑地一屁股又坐回石階上。

月箏看著她眼中的淚光，雖然笑紅仙這副嘴臉十分可憎，她卻恨不起來。

鳳璘對杜絲雨算是情深義重，她雖然吃醋嫉妒，卻還是能理解同情，鳳璘對笑紅仙這樣冷酷寡情，她本來覺得解氣爽快，可又說不出的感到悲哀。

「五千金，要就拿著，不要妳就耗下去吧。」月箏面無表情。

「小姐！」香蘭急了，小姐不是傻了吧？不給，笑紅仙又能怎麼樣？耗不下去的是她。

月箏看了香蘭一眼，輕輕搖頭阻止香蘭繼續說。她也知道自己這麼做很可笑，她同情笑紅仙真是兔死狐悲，誰都覺得假惺惺，笑紅仙也不會領這情，還把她當成冤大頭；可是……這個半生坎坷的女人，既然她還愛錢，就讓她也從了心願吧。

笑紅仙垂頭想了一會兒，終於緩緩站起身向月箏點了點頭。

月箏小聲吩咐香蘭回房把銀票取來，這五千金是皇上賜下的聘金，娘給她置辦嫁妝並沒動用，過門前叮囑她說北疆貧瘠，鳳璘身家也算不得豐厚，這錢讓她帶著應付不時之需。

笑紅仙看著手中的銀票，久久不語，剛才張口要錢也是半真半假，她當然深知梁王窘迫，不過是想藉由撒潑胡鬧出口怨氣，沒想到月箏能真的給她。抬眼看月箏，這個出身官宦人家的幸運女孩，眼裡有她妒羨不已的清澈，眸底深處是豁達通透。

幸運？未必！

「沒想到，我打算託付終身的男人捨不得給我錢，妳卻給了我。」笑紅仙有些哽咽，真是可悲可笑的結局。不管原月箏出於什麼理由給她錢，她還是感激她的，至少她比那個男人心軟。

「妳……也好自為之吧。」笑紅仙嘆息般地輕聲說，她當初期待在鳳璘這裡得到安穩庇護，是傻。這個心無雜念的姑娘，何嘗不傻？今日她悽惶離開還有個傻子同情她，不知他日，這傻子悽惶離去時，可還有人這樣憐憫她？

見月箏張了張嘴，又恨恨抿緊，欲言又止的樣子，笑紅仙一笑。「看在錢的分上，妳有什麼話就問吧。」

月箏猶疑了一會兒，終於前行幾步和笑紅仙走到小巷拐角，香蘭和笑紅仙的丫鬟都很有眼色的站在原地沒動。

「那個……那個……」月箏脹紅了臉，這要怎麼問出口？剛才當家主母的威風全沒了，支支吾吾才像她這個年紀的少女。

「妳是想問我，鳳璘和我的房事吧？」笑紅仙是何等人物，一看月箏的樣子就知道她想問什麼，她倒說得坦然大方。「正想告訴妳，梁王爺勇猛得很呢。」笑紅仙嗤嗤冷笑。

月箏聽了一邊泛噁心，一邊放下了心頭大石，至少鳳璘在身體方面以前是正常的，那毛病不是天生的。

笑紅仙又開始怨毒無比地嘮叨。「我傾盡渾身本事，把他伺候得那樣舒坦，他竟然毫不留戀。梁王妃，妳可要加小心，一個連肉體之慾都能捨棄的人，絕非良善之輩！」

這亦是她覺得原月箏這位梁王妃將來也沒好果子吃的原因。朝堂大事什麼的她不懂，但她見的男人多了，梁王這樣的……絕不簡單。

「快走不送！」月箏聽了她的話掉頭就走，不貪肉慾的倒成了「絕非良善」，貪的卻是聖人嗎？笑紅仙腦子有病！

第十五章　言聽計從

終於打發走了笑紅仙，月箏卻一直高興不起來，一時悲天憫人卻當了冤大頭，五千金啊，現在回過神來真是痛心疾首！那是她的聘禮啊……更何況，她越來越覺得自己問笑紅仙鳳璘那方面的情況是傻到極點的舉動，正好給了笑紅仙一個嘲笑她的大好機會，簡直是揚著臉討打。

越想越懊惱，連吃飯都不香了。

回府用飯的鳳璘也察覺了，看了她一會兒，淡淡地說：「還生我氣？不是都解釋過了嗎？」

「我不是生氣。」月箏愁眉苦臉，她是心疼。而且借她個膽子也不敢告訴鳳璘，因為她親眼瞧見他連給笑紅仙買鐲子五百都拿不出來，要是他知道她一轉眼敗掉了五千金，估計會一劍捅死她。

下人們撤去碗盤，容子期一臉凝重地走進來，稟報說：「王爺，按照您的吩咐，把他們召集到內院來了。」

鳳璘點了點頭，站起身走向門外的小院。

月箏和香蘭輕手輕腳地躲在窗邊偷看，院子裡聚集著約莫五、六十名壯年男子，英武地站在那裡，個個身手不凡的樣子。鳳璘站在他們面前，背影顯得有些單薄，可就是這麼一副不壯碩不肌肉糾結的身體所散發出來的氣勢，卻壓倒了對面數十個昂藏男子，他才是主人，他們全是俯首聽命於他的奴才。

「你們也都得知了吧，皇上下旨通緝猛邑刺客。」鳳璘的聲音不高，清清朗朗卻威嚴無比。「這批刺客對我們北疆來說，更是至關重要。所以，我們必須搶在官府之前抓獲刺客，活捉最好，情況緊急的話就地格殺，有功者賞金五千。」

原本正為鳳璘傲視獨立而沾沾自喜的月箏，聽見五千這兩個字時，渾身劇烈哆嗦。一邊的香蘭很解氣地哼哼兩聲，小聲自言自語。「假大方，真活該。」

月箏瞪了眼自己這個刁鑽的丫鬟，也無心偷看了，悶悶走回內室，安慰自己鳳璘肯定也有私房錢的，而且他也不知道娘親把聘金當嫁妝給她帶過門，五千金這個數字完全只是巧合。

鳳璘訓示完畢，悠閒自若地走回內室，坐在桌邊用蠟針撥亮燭火。「月箏……」他笑的時候，永遠是眼睛裡星光爛漫，嘴角微微一挑，梨渦就淺淺地浮在俊俏的臉頰上，讓人一看就癡癡迷迷，魂飛魄散。

月箏瞪著眼睛瞧他，吶吶無語，鳳璘眼中的星光一閃一閃，晃得她心中一片空白。

他說：「月闕告訴我，岳母把沒用完的聘金給了妳，先借我應急吧，回了北疆加倍還妳。」

一道霹靂擊中了沈迷在美色中的月箏，她頓時清醒了，還冒出一頭冷汗。

鳳璘發現她又開始無聲地開合嘴唇，像條可愛的小魚，她心虛、故作聰明、悔恨無比的時候就會這樣，非常明顯。鳳璘挑起眉毛，好整以暇地托起下巴等她解釋。

「那個……鳳璘……」她原本是坐在床邊上的，現在站起身，手背在身後來回絞手指，還有點兒諂媚地看著他笑。「今天晚上天氣真好啊，月亮很圓。」

鳳璘不答，看著她，絲毫不為她的打岔迷惑，似笑非笑地沒轉開目光。

「你覺不覺得也很安靜？」月箏瞪大眼，笑咪咪地提問，沒人回答，只好訕訕地自己宣佈答案。「笑紅仙再也不會來啦！我給了她五千金讓她永遠消失。」

鳳璘沒有驚訝地瞪大眼，反而長睫一垂，半遮住了粼粼黑瞳，沒有跳起來掐她，也沒破口大罵。月箏瞧著他這麼平靜的俊容，脊背上的汗又滲出新的一層。「你……你還好吧？」

她忐忑不安地覷著他的臉色，他要嘛是氣懵了，要嘛就是早就知道，故意為難她。

鳳璘輕笑了一聲。「我還好。」他淡定地說。「梁王妃，妳好大的手面，趕走笑紅仙就只有這一個辦法？」

月箏垂著頭，他果然一早知道。「是，還有其他辦法，派人偷偷殺了她對你來說也是易如反掌，可她畢竟……」她頓了頓，雖然這是她的真實想法，可當著他的面說出來，他該不會覺得她虛情假意故作賢淑吧？「她畢竟跟了你一場，不該太薄情。」

鳳璘黑瞳深處有星光微微一閃，沒有應聲，也不再責備她。

他的沈默讓月箏惴惴，怯怯地瞟了瞟他。「賞金要怎麼辦啊……」

「沒關係，」鳳璘站起身，揉了揉太陽穴。「反正那也是額外省下的，沒了就沒了。妳睡吧。」轉身就要向外走。

月箏快步上前一把扯住了他袖子，她寧可他跳腳罵她、埋怨她，也不想看見他強忍憂心轉身離去。「我錯了。」她垂下頭，眼睛漫起水意。她明知鳳璘度日艱難，上有皇后苛扣刁難，下有北疆艱窘財政，還這麼任性胡來，因為自己一時感觸就花掉了鳳璘打算用來做正事的金子。

鳳璘看她這樣反倒輕笑了。「怎麼還哭了？」他轉過身，微微側頭瞧她。「沒關係的，我出去是辦其他的事情，這筆錢我早就有了著落。」

月箏眨了眨眼，睫毛上還沾著淚珠，嘴巴卻嘟了起來，他果然是成心教訓她。

「妳先睡吧，我怕是要晚些回來。」他笑笑，囑咐了她一聲才轉身離去。

接近黎明，鳳璘才回府，內室的燭火昏暗，即使他不在，月箏還是堪堪睡在床外側，留了很大的地方給他。

即使他的腳步那樣輕淺，她還是立刻察覺了，騰地坐起身顯得有些冒失，轉過頭來卻是一臉得意笑容。「你回來啦？」語氣不帶一絲倦意，想來是一直熬著沒睡在等他。「我想到一個好主意彌補損失！」

看著這樣的她，鳳璘皺了皺眉，想如平時那樣淡淡而笑終於沒能成功。「幹麼不睡？不累？」

月箏顯然心情大好，神氣十足地跳下床來為他寬衣。「太得意了，睡不著。」她坦白地呵呵笑起來，感覺到觸碰他領口的玉扣時，他的身體顫了顫。她慌了一下神，竟沒能一下子解開，難道這樣的接觸也讓他難受嗎？她真的已經非常注意了，躺在床上恨不能貼著床沿睡，離他遠點兒是點兒，天天睡得腰痠腿疼。若不是怕下人們胡說八道，她真的寧可躲到別的房間去睡。她也想過打地鋪，終於還是放棄了，讓人看見比分房睡還糟糕。

「我自己來吧。」他舉步走向床榻，這回月箏明顯地感覺到他對她的抗拒，又一次不著痕跡地閃開了她的手。

「我給你說說明天的計劃。」她重重按下心中的苦澀，他病了嘛，這時候她不體諒他，他不更可憐了？為了表現自己的不介意，她摩拳擦掌得幾乎有些誇張。「明天不是要進宮去給帝后請安辭行嗎？哈哈，看我的！」

鳳璘把外袍隨意地扔在床頭的矮几上，狐疑地盯著她看了幾眼，不放心地說：「妳該不是又要給我惹什麼禍吧？」

月箏咧嘴嘻嘻笑。「放心，是福不是禍。」

鳳璘還是一副很不放心的樣子。

難得一夜不得安眠，梁王妃娘娘清早起來還是神采奕奕，鳳璘有些困倦地梳洗完畢靠在床欄上看月箏打扮，平時都是他起床很久，事情處理了大半，他的這位王妃才意猶未盡地醒來，今天很是反常，他不祥的預感更強烈了。月箏還曾用說驚天秘密的神情告訴他，其實她的師父就是謝涵白，他將信將疑，若論月箏這一身的造詣，他倒還能夠說服自己相信，可月箏這懶散的做派，他真無法想像也是出自謝大師的調教。

「走吧！」月箏對鏡中的自己很是滿意，非常雀躍地跑過來想拉他起來，手都將將地搭上他的手，卻生硬地轉了方向，抓起搭在另一側的絲帕。「快走，快走！今天要早點去埋伏！」

鳳璘苦苦一笑，卻還是配合地跟她一起走去外面。

進宮太早，順乾帝還在妃嬪的寢宮沒有去曦鳳宮，月箏在竹林甬道的拐角略顯緊張地探頭探腦，鳳璘卻若無其事地坐在竹下石桌邊閒閒品茶。香蘭快步從女牆那邊跑過來，向月箏一個勁兒點頭示意。

「來了！」月箏非常激動，幾步竄過去粗魯地搶下鳳璘的茶杯，甩在石几上，把他拉扯站起，還緊張地連連清嗓子。

香蘭站在月箏剛才張望的地方勻著氣兒把風，這個拐角簡直像個被竹子屏風擋住的小空地，從女牆那兒走過來看不見拐角這邊的景物。香蘭突然站直身體，好像恭敬侍立，眼睛卻使勁眨動。

月箏深吸一口氣，抓住鳳璘的胳膊使勁搖，聲音嬌嗲還別有用心的洪亮。「鳳璘——王爺——給我表舅買下那個宅子不行嗎？才二百金！表舅從小疼我，第一次向我開口。」

鳳璘用餘光確定順乾帝聽見月箏說話後隱在竹屏那側，真沒想到她的胡鬧還管了些用。他眨了下眼，入戲地重重嘆了口氣，為難地說：「月箏，妳也知道王府的情況，我……」

「我不管！」月箏跺腳。「我要不是嫁你梁王，表舅能來拜託我嗎？是，王府現在帳房裡就剩二、三百金，可說出去誰信啊？你是一藩之主，梁王殿下，我表舅也沒長期要你救濟，不就是在京中買所宅子嗎？你給笑紅仙贖身都拿出二千金，怎麼？我這個正妃還不如一個妓女嗎？」

「胡鬧！」鳳璘板起臉。「妳說的都是什麼話?!」訓斥完了，似乎又心疼。「我……唉，箏兒，我那也是一時糊塗。若回了北疆，拿出王府全部用度幫補妳親戚我也絕不猶豫，苦幾個月就捱過去了，可眼下……咱們還要千里迢迢地回北疆，這點兒錢都不夠，我還打算再跟三舅借點兒，妳親戚的宅子，我是真的沒辦法。」

月箏高聲哭泣。「你就是捨不得給我娘家人花錢！說起來我還當了王妃，親戚都看我們家風光無比，結果二百金你都不肯給！都說我嫁得好，皇親國戚，好什麼好啊，跟著你吃苦受窮！我不管，你不出錢，我也不去窮巴巴的北疆了！聽說連水果都沒得吃，請安我也不去了！」扭來扭去，哭得肝腸寸斷。

「箏兒，唉，好吧，好吧，我再跟大舅舅借點。」鳳璘無奈。「別哭了，一會兒當著父皇千萬別胡言亂語，知道嗎？快走，遲了不敬。」

問。

「你不是騙我吧？等向父皇母后告辭完了，你就耍賴不出錢了吧？」月箏抽抽噎噎地質問。

「不是！」鳳璘也火了。「我再窮，也不至於誆騙一個女人！快走！」

夫妻倆相視一笑，帶著忍笑得快要抽筋的香蘭和容子期快步直奔曦鳳宮而去。

在正殿等了好半晌，順乾帝和孫皇后才姍姍而來，皇后的臉黑得嚇人，冷冰冰地沒有半絲笑容，順乾帝也不算太高興，好歹還妝點了些笑紋。

請安完畢，鳳璘說了些告別的套話，帝后也按禮回覆了幾句。

順乾帝向身邊的太監一使眼色，太監立刻捧了卷聖旨出來，高聲唱誦著要梁王和王妃接旨。

鳳璘和月箏很默契地表現出莫名其妙的樣子，驚訝地互相看了看。

順乾帝下旨把北疆以南的豐樂郡也劃為梁王封地，豐樂郡號稱「塞上江南」，物阜民豐，商業繁盛，原本是順乾帝胞弟吉昌王的封地，能有這樣的決定，順乾帝也是下了巨大的決心。

鳳璘得了豐樂，又統領了新增的北疆守軍，怪不得皇后娘娘惱成這副樣子。

除了增加封地，還賞賜了黃金萬兩，找的藉口也十分有趣，梁王成家立業了，賞金子修繕王府。

鳳璘雖然驚喜，還算鎮定，月箏除了真高興，還有表演成分，歡天喜地的連連叩謝父皇，感激得無以復加。

順乾帝看著她微微一笑，低低道：「這下有水果吃了。」

月箏立刻配合地表現出驚恐之色，收了狂喜，拉著鳳璘慌忙告辭。

出宮的路上月箏呵呵笑個不停，鳳璘瞧她小臉因為興奮而染上的粉暈也忍不住輕笑出聲。「傻不傻？一直笑。」

月箏得意忘形地挽上他的胳膊。「現在相信我足智多謀了吧？沒水果吃真是點睛之筆，豐樂郡啊！大驚喜！」

鳳璘眼眸閃了下，任她抱著胳膊緩緩前行，微笑調侃道：「是啊，王妃英明，順口胡說也能為北疆立下如此大功，小王感激不盡。」

月箏也是歪打正著，如今北疆防禦任務吃重，他這個北疆之主在朝堂上分量增加，父皇心中又本就對他有愧，見兒子被妻子這般數落，又為銀錢之事束手無策，正觸痛處，才終於鐵了心扛住皇后的百般阻撓，下了這樣的旨意。

「所以啊！」月箏高興得都要蹦跳走路了。「以後你要對我言聽計從。」

鳳璘噗哧失笑出聲，抿著嘴連連點頭。「是了，要言聽計從，說不定父皇再賞個豐樂給我呢。」

第十六章　北歸之路

歸期將至，王府上下忙碌不堪，月箏真沒想到自己嫁來王府才幾天，行李居然積攢了這麼多箱。

鳳璘整日奔忙，親自帶著容子期和衛皓追緝刺客的下落，希望在離開京城之前能有所收穫。

香蘭小心翼翼地整理裝箱著月箏的嫁妝首飾，嘮嘮叨叨地說要把這個箱子隨身放在乘坐的馬車裡才安心。

月箏瞧著面前大大一箱，眼珠骨碌碌轉。

香蘭已經十分瞭解自己這位主子，撲在箱子上戒備地看著月箏。「小姐……妳別動這些首飾的主意，夫人知道會宰了妳的，這裡很多是夫人的嫁妝。」

月箏嘆了口氣。「我當然知道了。」可她更知道皇上賞的一萬金，鳳璘支付歸途花費、打賞得力屬下……已經所剩無幾。北疆增兵，皇后娘娘的爪牙百般刁難，她躲在屏風後聽見容子期向鳳璘稟報過，鳳珣的新岳丈硬生生把軍費減掉五分之一，就算鳳璘得到了豐樂，也不可能一夕暴富解決燃眉之急。

天色擦黑，鳳璘才臉色鬱鬱地回到房中，連晚飯都沒吃，看來還是一無所獲。

月箏趕忙為他張羅飯菜，猶豫了一下，還是急於獻寶地從懷裡掏出幾張銀票遞到他眼前。

鳳璘掃了眼銀票上的數字，疑惑地皺起眉。「妳怎麼會有這麼多錢？」

月箏歪頭笑。「這你別管，有了這筆錢，應付回北疆還是十分寬裕的。」

鳳璘低頭，沈默而緩慢地吃著飯，月箏愕然地發現他並不因為這額外的收入而歡喜。難道他又怪她自作主張嗎？「嗯……嗯……」她又開始支支吾吾。「我是想著在京裡能賣個好價錢，所以就……」

「月箏……」鳳璘放下碗，卻沒抬起頭。「嫁了我，妳就一直跟著我吃苦……連嫁妝都要變賣。」

「沒沒沒！」月箏沒想到自己這麼一來竟然傷害了他的尊嚴。「我一點兒都不覺得苦！能和你在一起，怎麼樣我都很高興。」

鳳璘的手慢慢握成拳，頭也一直沒有抬起，突然就起身快步走出室外，月箏著急要追，被門口的香蘭拉住。「讓王爺靜一會兒吧。一個男人，要老婆變賣首飾幫襯，心裡好受不了。」

月箏愁眉苦臉地看著他消失的方向，是鳳璘想得多了，還是她想得少了？夫妻間患難與共為什麼會這麼複雜呢？

夜裡輾轉難眠，月箏時不時從床上跳起身跑到房門口向外張望，天亮就要啟程回北疆，鳳璘能去哪兒呢？

天終於慢慢地透了亮，忍耐已久的月箏親自跑到西院去找容子期，容子期不在房裡，隔壁的衛皓聽見敲門出來瞧看，告訴她容子期也一夜未歸，並且王爺出門前吩咐過，今早如果沒在動身前趕回，讓他護衛內眷啟程，北城門外十里亭會合。

月箏聽了喜憂參半，悶悶地走回內院，鳳璘看來是去辦公事，並不是被她氣得一夜不回來，可什麼事要臨行前連夜處理呢？他們的行期是早就定好的，不應該有什麼特別緊急的事情啊。他這樣……還怎麼帶隊趕路？

因為月闕也隨隊前往北疆，原家夫妻一直送子女到北城門外十里長亭。

一路上月箏在母親的車裡聽夠了訓話，無非讓她別再如閨女時驕縱懶散，勤儉持家。月箏聽得頭疼腦脹，而且越來越不明白，她是這樣做了啊，處處為鳳璘想，可他還是不高興。

接近十里亭，月箏有點兒坐不住，總是撩起車簾向前觀望，當她看見鳳璘帶著幾個心腹隨從在亭裡等待，頓時笑容滿面，連聲喊車伕停車，急不可待地跳下地。

車裡的原夫人瞧著女兒飛跑向丈夫的背影長嘆一聲。「養女兒有什麼用呢？」

鳳璘臉色疲憊，見她跑來還是笑了笑。

月箏見他微笑，終於平復了忐忑的心情，他果然是去辦公而不是和她賭氣。

鳳璘身後的容子期笑嘻嘻地向月箏打眼色，向亭中放的一個木箱努嘴，站在箱子邊的護衛很機靈，輕輕把箱子掀開一線。

月箏瞪大眼，忍不住雙手捂住嘴巴，是她的嫁妝！鳳璘連夜奔忙，就是為她買回賣掉的首飾！

鳳璘阻止地向她搖頭，因為原家夫婦的馬車已經一前一後地到了亭外路邊。「別讓岳母知道，惹她生氣。」他小聲地在月箏耳邊說，率先出了亭子恭敬地向岳父母請安，用讓人心安的懇切語氣安慰岳父母不要擔憂遠行的兒女，他會盡力照顧好月箏兄妹的。

與細心的女婿相比，習慣離開父母的原家兄妹顯得無可救藥的沒心沒肺，從早上見面到現在，一個魂不守舍一個歡天喜地，沒半句寬慰父母的話或者表現出離情別緒。瞪了眼自己那對無良的子女，原夫人突然惡毒的感到一陣輕鬆，她也別擔心這兩人了，都扔了算了。

馬車行進在北去的驛道上，看著車廂角落的首飾箱子，月箏的嘴角就沒辦法不上翹。解下情絲甜蜜編結，鳳璘這次真太讓她感動了。

坐在一邊的香蘭十分懷疑地盯著月箏看。「王妃，妳的這條繩子是幹麼用的？」她湊前細看情絲。「不像是裝飾品，不然一口氣就編完了。」

月箏心情好，笑著回答：「結繩記事知道吧？」

身為從小跟在學士夫人身邊的丫鬟，香蘭當然也頗有知識。「記事？記什麼事呢……」她發現月箏又笑咪咪地看了首飾箱一眼，靈光一閃。「我知道了！妳結繩記的是王爺欠妳的錢！」

月箏盯了她一眼，懶得和她解釋。她記的是她欠鳳璘的情！

中午用飯的時候，一隊人拐入驛道邊的空地，野炊休息。

鳳璘在馬車裡補眠，月箏不忍去打擾，樂呵呵地去找月闕聊天，月闕坐在一株柳樹下難得沈默地想著什麼。

月箏停在離他三步遠的地方，耳力極佳的他竟然沒有察覺，月箏摸著下巴細瞧哥哥八百年才出現一次的深思表情，有點兒驕傲地承認，自家哥哥不說不動、面無表情的時候的確算是個俊俏的男人。

笑咪咪地看夠了，她才大跨一步，猛地「喂」了一聲，月闕果然被嚇了一跳，橫眉豎目地瞪了妹妹一眼，卻沒出聲針鋒相對，悶悶地轉了身，背對妹妹。

「怎麼了？」月箏才意識到問題的嚴重，能讓月闕都發愁的事件一定是極為聳人聽聞的。她一臉打探地擠到哥哥身邊，瞪著眼睛使勁眨巴，循循善誘。「說說，說說。」

月闕煩惱地吸了口氣，扭頭看著妹妹嬌俏生動的小臉，她還一副幸災樂禍的樣子呢！

「妳……」月闕抿了下嘴唇，向來和妹妹無話不談，但這件事他沒確認前，真的不想和她說。「……妳和鳳璘還好嗎？」

月箏眯眼抿了抿嘴唇，哥哥在岔開話題。「很好，非常好！說說你的煩心事。」

「他的那個病好了嗎？」月闕瞧著妹妹，十分認真。

月箏懷疑地看著他，猜不透他是真的關心還是想把她的注意力引開。

「算了。」月闕也不等妹妹回答，皺眉站起身。「我自己去弄清楚。」快步走開。

月箏滿腹懷疑，也很是憂心，但見他直奔篝火，湊到正在烤肉的家丁身邊細細地囑咐什麼，還不停指著火上的肉，一顆心又落回原地了。

飯罷趕路，一直急行入夜，趕到廣青驛才停下，隊伍裡人人疲倦不堪，草草用過驛站的飯食都各自歇下。

月箏被馬車顛得頭暈腦脹，腳踩了實地非常享受，容子期還安排人送來沐浴用的熱水，夏末的夜晚本就涼爽，再洗上一個熱水澡就越發渾身舒坦了。鳳璘和她一起吃過晚飯後就不見了蹤影，月箏在房裡等了一會兒就有點兒著急，也想鬆散鬆散疲疼的筋骨，便出了驛站，且行且尋。

容子期和衛皓都在房裡，她出門的時候留心看了，難道鳳璘是一個人出去的？

天色如墨，驛站的燈籠光亮有限，四外荒郊月箏也不敢遠走，正想回去，聽見二樓窗子開闔的吱嘎聲，衣袂迎風，月闕穿著月白長衫在燈籠的映照下驟然從樓上飛掠到樹頂，顯眼而嚇人。明知那是哥哥，月箏還是被嚇得心臟一沈，正想出聲責罵幾句，急於飛掠的月闕並沒發現掩沒在夜色中的她。

想起白天月闕反常的舉止，她猜想他趁夜外出肯定有詭異，好奇心戰勝了膽怯，她輕手輕腳地沿著月闕前往的方向行走。還好沿路只是花草茂密，樹林卻稀疏，月亮漸漸昇高，柔和的光華照亮了四野，周遭也不至於太過嚇人。月闕輕功絕佳，幾個飛躍人便消失在清澈夜色裡；月箏摸索著走了一會兒，還是害怕起來，剛想打退堂鼓飛奔回驛站，卻十分意外的看見月闕鬼鬼祟祟地躲在草叢前的大樹後面，似乎在偷窺什麼。

樹影稀疏，隱隱看見水面反射的星點月光，前面有水！難道……月箏撇嘴，心裡無比鄙視月闕，他在偷看人家洗澡嗎？

月箏不會武功，腳步相對沈重，月闕又賊人警覺，倏然回頭看見了妹妹，立刻焦急地向她做噤聲的手勢。

「誰?!」一聲熟悉的斷喝，月箏大吃一驚，月闕偷看的人竟然是鳳璘？

月闕狠狠瞪了妹妹一眼，被人發現這樣噁心的行徑居然面無愧色，反而氣急敗壞地用手使勁向月箏比劃，理直氣壯地埋怨她壞他好事。

月箏一面為他的無恥感到佩服，一面很有默契地原地蹲下隱藏。

「出來！」樹叢外傳來了拔劍的聲響，鳳璘的聲音離他們更近了一些。

「是我，是我。」月闕變臉很快，若無其事地嘻嘻笑著走出樹叢。「不好意思啊，我聽說這裡有水潭也想來洗澡，看見你已經來了，怕你不好意思，想等你洗完再出來。」

鳳璘顯然非常無語，沈默了一會兒才嗯了一聲。

月箏死命地減輕呼吸，若被鳳璘發現他們兄妹這樣無聊的舉動簡直丟臉到家了，該死的月闕，害她都不用成心的。

「你洗完了沒？要不就再一起洗洗？我不介意。」月闕十分大方，躲在密實草叢裡的月箏都能想像得出他毫無羞恥的可憎嘴臉。

鳳璘再次沈默，一會兒淡淡地笑了笑說：「你洗吧，我洗完了，先走一步。」

月箏安然，到底自家相公是個正常人。

「哦，那走好！你……別是不好意思吧，都是男人，沒事的。」鳳璘都快步離開了，月闕還很實在地招呼。「對了，我妹說她顛得渾身骨頭疼，要散散步，你能碰見她最好，碰不見也不用著急。」

鳳璘嗯了一聲，頭也不回地走了。他從月箏藏身的草叢邊走過時，月箏緊張得連呼吸都停頓了，還好鳳璘急於逃開月闕的視線，行路匆忙，沒有發現異樣。

確定鳳璘已經走遠，月箏才暴跳如雷地跳出來，月闕已經竄進水潭洗得暢快淋漓。以前在渡白山，月箏洗澡常讓月闕把風，月闕雖然不用讓人把風，但為了不吃虧，也總要月箏把風回報，所以這樣的場面兄妹倆見怪不怪，毫不尷尬。月箏甚至氣急敗壞地從潭邊雙手托起一塊大石頭奮力砸向月闕。

「你到底想幹麼啊？偷看鳳璘洗澡！」

月闕被濺了一臉水花卻不惱，從容淡定地撩水洗後背。「狗咬呂洞賓！妳以為我不害臊嗎？都是為了妳這個好妹妹啊！」

他害臊？還真沒看出來。「為了我偷看鳳璘洗澡啊？看出什麼來了嗎？」月箏抱起雙臂，冷笑著看洗得如魚得水的哥哥。

「看出來了。」月闕轉過身背對妹妹。「他病好了。」月箏很慶幸現在天色深沈，她面紅耳赤可以不被發現。「你真無恥。」她極力平靜著聲音誇獎哥哥。

「妳好好琢磨琢磨吧，看來問題還是出在妳這裡。」月闕背對妹妹，也不想讓她看見自己擔憂的臉色，儘量戲謔地說。

月箏強作平靜地嗤了一聲，害羞地掉頭跑了。

月闕這才停下撩水的動作，靜靜站在水中，看著月光下水面圈圈漣漪……

應該是他多心了，一定是。

事到如今，他這個當哥哥的除了裝糊塗還能做什麼？月箏已經嫁給鳳璘，還天天一副歡天喜地的樣子，他怎麼能對她說他發現隊伍裡有個不起眼的隨從，無論是體型還是身手都酷似那個被他追殺過的猛邑刺客？因為當時他對那個刺客格外仇視，交手中發現那人右手拇指關節處有一道傷疤，他裝作不經意地細看過那個隨從的手……一模一樣的疤痕。

其實他在宮裡護衛時就發現了不對，企圖刺殺皇上的猛邑刺客所用功夫和那天刺殺鳳璘的完全不是一個路數，只是當時他並沒多想。如今想來，猛邑人要來刺殺皇上，駐守北疆多年，總和猛邑人打交道的鳳璘必定已經暗地得知，他派自己手下假扮刺客刺傷自己，博得皇上的重視和擔憂，所以此行他賺得缽滿盆溢，得到了朝廷的增兵甚至還擴張了封地。

可是……鳳璘為什麼要假裝那裡受傷還特意讓他看見呢？

月闕慢慢走上岸，夜風吹在濕透的長衫上，一片冰涼。
他對月箏說的沒錯，問題還是在她身上。

第十七章　所問非人

月箏一路小跑，回到驛站的客房還喘吁吁的，鳳璘正坐在燈下隨意地翻一本書，見她匆匆忙忙地跑回來露出意外的神色，似乎有些擔心，問：「怎麼了？」

「嗯……」月箏也覺得自己傻兮兮的，跑什麼呢？雖然月闕說的讓她又驚又羞，這麼趕著回來還能當面問鳳璘不成？骨碌一下眼珠，她咂咂嘴。「剛才樹上突然飛過一隻大鳥，把我嚇一跳。」倒了杯茶灌下去，呼吸和思緒都平復了很多。

「樹？」鳳璘的眉頭微微蹙起，眼睛裡掠起一絲猶疑。

月箏一激靈，好端端地她說什麼樹啊?!鳳璘現在肯定懷疑她和月闕一起去偷窺了他。這可冤枉死了，她什麼都沒看見。「就是旁邊那棵掛著串燈籠的大樹啊！」她瞪大眼，指著窗外，儘量真誠地表現出怨氣。「你說，那麼亮的地方怎麼會落了隻大鳥呢？」

鳳璘笑了笑，沒有回答她的問題，站起身往床邊走。「歇了吧，明天還要起早趕路。」

「我……我……」月箏結結巴巴，站在桌邊沒動。剛和月闕討論過那樣的話題，現在讓她若無其事地和鳳璘躺在一張床上還真做不到。「我跑了一身汗，再去洗一下。」她轉身往香蘭房間走的時候非常懊惱自己怎麼想出這麼爛的藉口，哪像個閨秀說的？更別提「舉世無雙」的女人了。是不是她嫁給鳳璘以後覺得可以高枕無憂了，原形畢露，才讓鳳璘「病上加病」？

香蘭作為陪嫁丫鬟的待遇非常好，還單獨有間小客房，月箏本以為跑去打擾她休息，增加她活計，會遭她幾句抱怨幾個白眼，沒想到香蘭卻任勞任怨地應承下來，還十分踴躍的樣子。見她歡天喜地的跑去找衛皓安排熱水，月箏釋然了。香蘭因為「房間被占」而扯著衛皓在樓下廳堂聊天更不足為奇。

月箏邊洗澡邊感慨，娘親總說自己出身書香世家什麼的，生出她和月闕是悲慘的意外，可怎麼教出來的丫鬟也這麼帶有「原氏」特色呢？大概原家祖墳的風水不好。

香蘭送衣服進來，伺候她梳頭，月箏愣了一會兒，明知香蘭不是個好軍師，還是忍不住喃喃問：「什麼樣的女人對男人最有誘惑力呢？」

香蘭停下手裡的動作，彎腰審視地看了自己的主子一眼，月箏對她翻了個白眼。「王妃，妳沒嫁人之前就挺好的，妖妖嬈嬈，媚得很，嫁了王爺以後吧……總瘋瘋癲癲的。」

月箏咬牙切齒地笑了笑。「是嗎？」

香蘭非常肯定地點了下頭。「是。」絲毫不為主子威脅性質的冷笑所動，麻利地梳著月箏的長髮。「王妃啊，妳雖然花容月貌，但是身材實在……」又停手鄭重其事地嘖嘖搖頭，月箏再次切齒而笑。「王妃，我總覺得妳嫁人以後吧，好像篤定是皇上賜婚，概不退換，對王爺就很大意。我都沒見妳和他拉過手，或者有什麼羞人答答的舉動。阿一她們總問我看見你們什麼什麼沒？我都沒什麼內幕跟她們說，沒面子啊。」

月箏面目抽搐。「阿一是誰啊？」她要牢牢記下她們！

「王府的丫鬟唄，以前還總偷談笑夫人和王爺的事，據說挺精彩的。」香蘭綰好了簡單俏麗的花髻，淡淡地說，可那語氣偏偏讓月箏覺得她和鳳璘之間至今算不得真正夫妻這事，香蘭這鬼丫頭知道得十分清楚。

「我覺得對男人最有誘惑力的是會撒嬌的女人。」香蘭收拾妝盒，總結一句。

月箏站起身，臨到門口又很不甘心地轉回身，挑著眉瞧香蘭。「妳說得這麼在行，也沒見衛皓給妳什麼好臉色。」她必須報復一下，不然今晚絕對氣得睡不著。

香蘭不以為意，自顧自鋪床展被，信心滿滿地說：「給我一點兒時間嘛。」

月箏報復失敗，氣哼哼地噘嘴回房，原本以為鳳璘已經睡下了，還輕手輕腳地推開門，沒想到他還在桌邊看書，眉梢眼角帶了淡淡倦意。「回來啦？」他站起身，走到床邊卻沒如往常一樣佔據裡側，反而轉身向她笑了一笑。「妳睡裡面吧，驛站比不得家裡安全。」

月箏心頭一熱，生怕自己的臉紅被他發現，趕緊垂頭點了點。他對她這麼好，月闕一定是在瞎說！

驛站的床榻狹小，即使鳳璘側身躺著，兩人間的距離也並不大。月箏藉著幽幽的月光看著他挺直優美的脊背，他真的是「不想」與她成為真正的夫妻而不是「不能」嗎？一個她不願意承認，卻壓不住從心底翻湧上來的想法讓她感到有些酸澀，他不會是……忘不了杜絲雨吧？

如果是真的……她閉上眼，她除了給他時間，又能怎麼辦呢？

笑紅仙與他有肌膚之親，可他丟棄她的時候，一絲留戀都沒有。她還沒卑微到千方百計只想與他有夫妻之實，她想要的……一直是他的心。

香蘭或許有一句話說對了，她對他不夠用心。以為他病了，她想得太多，怕他難受，怕他無助，反而忽略了很多東西。她相信他沒有騙她，月闕的話……她也無法完全置之腦後。鳳璘沒好的，怕是心裡那道傷，這不光是他的傷口，也是她的……她不該迴避，不該讓他一個人面對。

不能急躁，又不能放任……夫妻之道，還真難，她不由得輕輕嘆了一口氣。

這聲輕而無奈的綿綿嘆息落入了他的耳中，心底驟然泛起無盡酸楚，對不起……他除了對不起，還能對她說什麼呢？

隔日仍是個晴朗天，趕路的人都起得早，簡單用過飯，隊伍就出發了。將近中午的時候正好到了泉山城，鳳璘體恤眾人勞苦，決定在泉山比較大的飯館吃中飯，大家都很雀躍。席間月闕吃得非常匆忙，不一會兒竟然不見了，月箏覺得十分反常，命香蘭打包了一些飯菜，回頭月闕一定會嚷嚷餓的。

隊伍出發前，月闕很及時地趕了回來，一腦門的汗，臉居然還有些微紅。月箏確定這不是趕路所致，月闕功夫了得，根本不會跑得臉紅脖子粗，害羞……就更不可能了。

「給我留飯菜沒？一折騰肚子又餓了。」月闕四下瞟，香蘭一臉不以為然地拿了飯盒給他，月闕頓時喜笑顏開，竄進月箏的馬車裡吃。

隊伍啟程，月箏坐在馬車的角落裡看月闕吃得津津有味。「你剛才幹什麼去了？」

月闕扒完最後一口飯，擦擦嘴淡然說：「幫妳解決問題。」

月箏哼了一聲。「我沒問題！」

月闕把食盒胡亂歸置到飯籃裡。「少耍嘴皮了。」他不屑地瞪了她一眼。「這個給妳。」從懷裡摸出一個瓷瓶塞在她手裡。

月箏低頭細看，瓶身上沒有任何標籤。

月闕的臉上又泛起可疑的紅暈，表情卻因此而更加忿忿。「妳不是挺會的嗎，把太子爺都迷成什麼樣啦？怎麼輪到自己相公就不行，還要我這當哥哥的買這種東西給妳。倒進他喝的水裡，包妳什麼問題都解決了！真是的！」他抱怨著跳下馬車，居然還失衡地晃了一下。

香蘭涼涼的聲音立刻響起。「喲，少爺，你搶我們家王妃的錢啦？這麼慌慌張張的。」

月箏覺得臉脹得都腫起來了，胡亂把那瓶藥塞進身邊的小包袱，又怕一會兒香蘭上來發現，熱山芋一樣又撈起來塞進衣襟裡。該死的月闕！他這好心也太讓人無法消受了，竟然買這種東西給她，她和鳳璘的閨房之事都快成公開的秘密了，誰都來攪和一下。

路過一條小河，隊伍在河灘邊休整小憩。

月箏站在河邊，望著臨近傍晚而有些湍急的水流，只要拿出瓶子這麼一丟，就完全毀屍滅跡了。揣著這瓶子春藥，一下午她都緊張地不敢閉眼，生怕同車的香蘭會發現。

可是……這的確不失為一條捷徑。

先有夫妻之實，再有夫妻之情嘛。

但鳳璘也不是個傻子，他要是發覺她竟然這麼對他，會不會又傷了自尊，很生她氣呢？她這不是欲速則不達嗎？掙扎了很久，她還是把瓷瓶扔進河裡。

她太在乎鳳璘，所以賭不起。而且，也不甘心，時間久一點沒關係，她要的是兩情相悅，水到渠成。

「妳扔的是什麼東西？」月闕無聲無息地走到她身邊，寒著臉問。

「你給的那瓶藥。」月箏好像扔掉的是塊心病，粲然向他笑道。

「妳知道我是丟了多大臉、費了多大勁兒才買到的嗎？」月闕簡直要怒髮衝冠了。

「哥——」月箏又開始向他諂媚地笑了。「我知道你對我好。」

「少來這套！」月闕不依不饒。

月箏一眼看見鳳璘正坐在上游的一塊大石上出神，立刻就丟下哥哥跑了過去，剛才她太專心考慮藥的事，都沒發現。突然一陣慶幸，好在鳳璘是在上游，不然那個瓶子不是要漂漂浮浮地從他眼前路過嗎？

「妳給我站住！」月闕一口怨氣沒出，也追了上來。「我還沒說完呢！」

離他越來越近，她看清了，他的眼睛裡是孤寂、是怨恨……和他六年前離開京城的時候一模一樣。他發覺了向他跑來的兄妹倆，幽冷的雙瞳微微一縮，又換成了波瀾不興的淺淡笑意。

他……還在埋怨他父皇吧。他失去的是親情，給他多少財富和權力都無法彌補，更何況他得到「補償」還要看著皇后娘娘那副嘰娘臉孔，這些補償……和他本應得到的天差地遠！

「在看什麼？」她故意喜笑顏開地跑到他身邊，親暱地挽住他的胳膊。

月闕也追到了，月箏挑釁地笑著睨他，料準他當著鳳璘什麼抱怨都說不出來。月闕嗤了一聲。「拉手就算一夥嗎？」他轉過去拉住鳳璘的另一隻胳膊。「妹夫，我將來是你的前鋒大將軍，你站在我這邊的啊！我跟你說啊，你老婆她……」

生怕他胡言亂語顛倒黑白，月箏趕緊伸過胳膊，隔著鳳璘死死掐了月闕一把，月闕慘叫。

鳳璘被兄妹倆拉來扯去，滿耳聒噪，苦笑著一手抓了一個。「好了，趕路吧，不然天黑前趕不到驛站。」

騎上馬，鳳璘幽幽再看了眼那片河灘……六年前，他只是個孤苦無依的少年，來到這荒涼的河邊，深深感到命運的淒苦，前路茫茫，後路絕斷。

「真狠啊！都紫了。」並騎在側的月闕撩著袖子看被妹妹掐的胳膊。「鳳璘，你上當了，還以為娶了什麼色藝俱佳的美人兒，簡直就是個山大王！」

鳳璘被他說得一笑，六年後有他們相伴……他竟被吵得無心傷感。

「走吧。」他招呼月闕，忽視掉心裡泛起的溫暖。

第十八章　官嶺香珠

馬車行進在上山的坡道，傾斜的角度把月箏和香蘭不停地往車後甩，為了避免撞上後椽，要緊緊抓住身邊的木樑，真比走路還要辛苦。還好驛站修在山腰的坡地，在月箏筋疲力盡之前終於可以停車休息。

簡直是從車裡爬出來，月箏大口呼吸山間清新的空氣，放鬆自己已經僵直的身體。

驛站因為依山而建，十分簡陋，房間也不是很多，衛皓帶人騎馬先到，命令驛館驅離了其他旅人，務必讓梁王的隊伍能有房可住。

放眼盡是自己人，月箏對這座山間小驛格外親切，坡地樹木稀疏，卻連山遍野的草叢和野花，景致雖不大氣，卻別有恬淡風味。

鳳璘走過來，低低的語氣略帶歉意。「一路受苦了。」

他能這樣說上一句體諒的話，她就心滿意足了，微笑搖頭。「能這樣四處走走，也是我夢寐以求的。」一陣清風吹來，原本似有若無的香味一下子變得濃郁起來。月箏聞了聞。「什麼香味？」她原本以為是野花的香味，可花香怎能這樣清雅綿長？

鳳璘笑了笑。「這裡是官嶺，有種獨特的香料，只是皇后娘娘不喜歡，下令官嶺百姓不得採摘製香，所以近十幾年裡漸漸被人遺忘了。」

月箏使勁嗅嗅，突然想起了什麼，後知後覺地驚喜起來。「官嶺？這裡居然就是官嶺？」記得以前看過師父珍藏的一本古書，上面記載了官嶺香珠，加入幾種配料後能調製出一種香丸，令女子肌膚生香，吐氣如蘭，終生不散。當初她就心嚮往之，拚命追問師父官嶺在哪兒，師父竟然說在東海的島嶼上！她當時就很懷疑，因為古書上提起官嶺香珠似乎極為司空見慣，關鍵是要用秘方搭配，並不像師父說的那麼難得。師父撒謊的時候會特別一本正經，她不死心地追問很久也沒問出什麼，漸漸就淡忘了，現在想想，一定是師父怕她得知官嶺離渡白山其實並不算天南地北，肯定會拉上月闕私下跑來。

「皇后娘娘真是奇怪，這麼好聞的香味都不喜歡。」她深呼吸，貪戀地聞著這種似花香又很清冽的味道，喃喃自語。

鳳璘譏嘲而又苦澀地笑了笑。「因為我娘喜歡官嶺香料。」

月箏的心驟然發痛，彷彿又看見了當年遙望曦鳳宮流淚的男孩，他一直深深思念著自己的娘親吧？自從孫皇后受封，他甚至連稱呼自己娘親一聲「母后」都會招來孫皇后的責難。明明天色還早，加緊趕路完全可以走出官嶺，他卻非要在山裡住上一晚，或許就是想多多沈浸在母親喜歡的香味之中吧。

「這次趕得正好……」鳳璘閉上眼，山風吹動他的髮梢，錦袍的下襬也微微飛掀，他似乎要愉悅地乘風而去。

濃密的長睫在俊俏的臉上勾勒出動人心魄的弧線，微翹的嘴角邊鑲嵌著溺斃她的一朵梨渦，月箏看得癡了，這麼美好的他卻讓她心酸得想流淚。

「上回路過，香珠還沒開花……」他輕聲嘆息。

月箏默默把視線垂落到不遠處那片結滿殷紅小果的香珠草上，以前她想做香丸不過是想身懷異香令人豔羨，現在……她想為他留住對母親的思念。機緣巧合讓她清楚記得那個配方，或許就是天意。

吃過飯，除了輪值的護衛和刷洗馬匹的隨從，大家都各自回房歇下，月箏拿了個小布袋，蹲在山崖邊香珠草最密集的地方小心翼翼地採集著，香珠細小嬌嫩，採摘半天也沒多少。

鳳璘從驛站裡踱了過來，想是回房不見她出來尋找。「收集香珠？」他在她身邊蹲下來，修長白皙的手撫上掛滿紅珠的香草時，那棵平凡的植物立刻妖嬈了起來。「我來幫妳……」

「騎了一天馬，」月箏強迫自己從他的手上挪開目光，對他的眷戀像是種毒癮，居然會日漸加深。「你不累啊？」

鳳璘摘得很有耐心。「在這樣美麗的景色中採集香珠，也是很好的休息。」他微笑著說。

月箏笑起來，點頭同意。

蹲得腿都發了麻，她站起來舒展一下，山間薄薄起了霧靄，半遮半掩平添了許多仙風道骨。「哈哈，我們好像在仙境裡一樣。」她呵呵笑著環視周遭的山谷。

「仙境？」鳳璘也緩緩站起身，失笑地看了看，小山雖秀，還不至於像她說的那麼美好。

聽他語帶戲謔，她微笑搖頭，鳳璘啊鳳璘，他不懂……對她來說，有他的地方就是仙境。

「將來，我們在山上蓋座小院吧。」她滿眼希冀地抬頭看他，不用太大，讓她和他總能享受靜謐恬淡的時光。

「將來？」他的眼中閃過深冥的幽光，斂去後，他無可不可地笑了笑。「好啊。」

夜裡，她感覺到他的滿腹心事，儘管安然地躺在床上，那緊繃的身體沒有一刻是放鬆的。雖然也為兩人間不知怎麼跨越的障礙感到焦急無助，但她實在不忍心勉強他一分一毫。她緊貼著床帳背對著他，什麼時候，他無法入眠的夜晚能對她傾訴心中憂慮呢？她希望分擔他心裡的苦，急切得甚過盼望成為他真正的妻子。

過了官嶺，便到了豐樂最南邊的華湖縣，即便只是個縣城，也人煙繁盛，商鋪林立。安頓下來後，月箏幾乎立刻就帶著香蘭直撲附近的藥鋪。豐樂山巒環繞，本就盛產藥材，華湖又恰巧是豐樂最大的藥材交易商埠，所需的幾味藥材非常順利的買到。

月箏喜孜孜地和香蘭回客棧的時候，意外碰見鳳璘和月闕只帶了容子期也來逛藥市。因為大軍隨後就要入駐北疆，鳳璘又擔心大戰馬上爆發，軍中會藥材緊缺，正打算在華湖大量購買所需藥材囤積待用，月闕發揮了很大的作用，他對草藥的認知很有天分，聞聞嚐嚐就能辨別優劣，謝涵白又教了他一些常用藥方，鳳璘十分信賴他，全權交由月闕負責採買。

藥市擁擠，月箏又急於製藥，難得沒纏著鳳璘，自己先跑回客棧。

香蘭雖然滿心疑惑，還是認真仔細地幫月箏研磨藥材，她的表情非常明確地表達了她的想法，她的這位主子每次興高采烈地鼓搗什麼玩意兒，通常都不是好事。為了驗證自己的猜測，她問了問月箏這是打算做什麼藥，月箏果然笑而不答，香蘭了然，這果真是給王爺「強身健體」的藥啊。

她研磨得更加仔細，月箏吩咐她什麼也極其殷勤地答應，作為王妃的陪嫁丫鬟，她早就為自家小姐擔憂不已了，她沒嫁人也很懂得，這夫妻沒有圓房就好像大樹沒有樹根，一切都不穩當，別說開枝散葉了，抵禦和風細雨都成問題。她支持王妃，不擇手段也必須打牢基礎。

藥丸很快就做好了，月箏瞧著那兩顆烏漆抹黑的丸子突然膽怯，吃下去沒事吧？看著怎麼這麼噁心呢！尤其目睹香蘭那麼用力地揉搓它們，雖然明知她手洗乾淨了，還是覺得噁心。

香蘭大功告成，十分期待地頻頻趴到窗臺張望，還不停叨唸。「王爺怎麼還不回來啊？這個是飯前吃還是飯後吃呢？」

月箏在吃與不吃的問題上已經十分掙扎了，懶得理會她反常的熱情，終於下定決心，拿起一顆緊閉雙眼塞進嘴巴。

「哎呀！」香蘭大驚失色。「王妃，妳怎麼吃起來了?!」難道王妃打算「鼓舞」自己，硬上弓王爺？快步跑過來，她用力拍月箏的脊背。「快吐出來！快吐出來呀！」要不夫人怎麼總說小姐傻呢，幹麼這麼不矜持啊?!應該給王爺吃，讓王爺無法自持，然後還應該羞怯不堪地說「不要啦不要啦」才對啊！

月箏被她拍得就快斷氣，藥丸反而更快地滑落下肚。推開香蘭，月箏咂咂嘴，好像並不太難吃，一不做二不休，她又伸手去拿桌上剩的一顆。

香蘭簡直氣急敗壞了，撲上去搶奪藥丸。「這顆妳也要吃?!不行啊，王妃，這個必須給王爺吃！」

月箏滿頭霧水，這個給鳳璘吃?!香蘭不是瘋了吧？鳳璘長得就夠要人命了，再讓他遍體生香吐氣如蘭，還讓不讓人活了?!「放手，放手！妳跟著起什麼鬨！」她用力想躲開香蘭。

香蘭情急，不顧主僕有別，用力來搶月箏手中的藥丸，月箏也急了，飛快地把藥塞進嘴巴，咕嚕嚥下。

香蘭都哭了。「王妃，妳真傻啊！」

「妳們這是幹什麼呢？」鳳璘回到客棧，一上樓就看見主僕倆在房間裡形同鬥毆。

月闕一副興致勃勃的樣子，明顯沒看夠，容子期則是瞠目結舌，原家的任何一個人都不是正常的……

香蘭自責地抽噎著，凶惡地把月闕和容子期推出房門，只留下莫名其妙的鳳璘。她自己也滿懷對夫人的歉疚退出房間，從外面緊緊掩住房門……虧得當初夫人殷殷囑咐她好好照顧小姐，她卻沒有做到，讓小姐這樣丟原家書香世家的臉面。算了，事已至此，為了穩妥起見，還是把房門從外面閂住吧，免得王爺受不了從房間裡逃出來。

擦了擦眼淚，把滿臉驚駭的月闕和容子期驅趕到樓下，為小姐做好所有周邊工作。

「怎麼啦？」月闕伸著脖子向樓上張望，兩眼放光。

「吃飯了沒？」香蘭正中要害，月闕立刻轉移了注意，容子期還滿臉疑慮，又被香蘭不客氣地推了一把，悻悻地走去前面店堂用飯。

吃了沒兩口，就聽鳳璘在房裡大聲叫。「香蘭！香蘭！」

香蘭臉色沈肅，專心吃飯，筷子都不抖，聽不見聽不見，王爺你就從了我們小姐吧，她都那麼豁出去了。

「香蘭！香蘭！」鳳璘開始不客氣地拍房門，整個客棧都聽見他高聲呼喝。

「叫妳呢。」月闕淡定地挾著菜，眼皮都不抬。

整張桌子就容子期如坐針氈。

終於鳳璘忍無可忍地喊了聲：「子期！」容子期立刻臨危受命，輕功都用上了，幾個借力躍上二樓為主子打開了房門，一股特別的味道撲面而來，說香還臭……容子期嗆了一下。

「快去請郎中！月箏腹瀉腹痛！」鳳璘臉色焦急，又帶著薄怒，站在門口擋住容子期的視線。

月箏坐在馬桶上雙手拽著床欄疼得嗚嗚哭，極其傷心，大部分是因為覺得丟臉。當著自己的相公拉肚子，該死的香蘭還把門鎖住，想讓鳳璘避開都不行！什麼臉都丟光了！她造了什麼孽才遇上這麼個好丫鬟啊。

香蘭心慌意亂地跑進房間時被鳳璘狠狠瞪了一眼，立刻毛骨悚然了。

「再有下次定斬不饒！」鳳璘冷冷撂下一句，轉身還想問月箏怎麼樣了，月箏哭得更大聲，一臉是淚滿頭是汗，身子抖得厲害，更顯嬌弱無依。

「出去！出去！」她難得對鳳璘發了脾氣，門都開了，他還想看她怎麼丟臉啊？

香蘭終於意識到自己犯下怎樣大錯，善後工作做得一不怕髒二不怕累，兢兢業業任勞任怨。

鳳璘月闕跟著郎中一起回到房間的時候，月箏已經能躺在床上哭了，還是哭得那麼痛徹心腑，這麼半天也沒有紓解半點悲痛。

郎中見這場面也有點兒懵，把了把脈也沒大事，泛泛地說就是吃壞了肚子，開了止瀉的藥，拿了診金就匆匆溜了。

熬了藥月箏也不喝，還是發脾氣哭泣不絕。哭泣是羞惱的，不吃藥是生怕這藥攪和了剛吃下去的香丸。

等月闕已經在樓下吃宵夜的時候，月箏還在堅持哭泣，不過已經從嚎啕大哭變成嚶嚶低泣，中間又拉了好幾次，漸漸也就止住了。

天色已晚，鳳璘回房，香蘭被他恐嚇得暫時十分怕他，也不敢阻攔。

「你去別的房間睡吧！」見他進房，月箏儘管拉得虛脫仍然十分俐落地翻身背對他，抽抽泣泣地說。

鳳璘笑了一下，在床邊坐下。「害羞啊？」他忍住笑。「也不是小孩子了，還發脾氣大哭。」

月箏堅持繼續哭，鳳璘估計是和月闕那混蛋一起久了，也變得沒心沒肺，一個女孩家，碰見這樣的事能不哭嗎？死的心都有！

「好了，起來喝點米湯。」鳳璘抿著嘴摟她坐起。

月箏覺得腦袋頓時暈暈乎乎，鳳璘第一次對她這般溫柔親密，溫潤的米湯灌進肚子，不適也緩解了許多。

「你……」軟軟偎在他懷裡，她十分忐忑。「你還覺得……還覺得……」這麼自誇的話還真說不出口，他看見了她那麼窘迫的時候，還能覺得她美嗎？

鳳璘終於忍不住笑了，放下湯碗，看著她撲閃的眼睛，心裡一軟，她竟然還在擔心這個。「我還覺得妳很美，比我在集秀殿看見妳的時候更美。」他脫口而出，原本只是想安慰她一下，卻不料說得那麼真摯，自己都愣了一愣。

月箏心滿意足，被他摟在懷裡，聽了這樣的讚美，真是幸福無比。心一寬，體力嚴重消耗，她沈沈睡去。

他靜靜地摟著她，直到她睡熟了才輕輕把她放在床上平躺，她睡著的時候竟然會微微嘟嘴，可愛而俏皮。

他生硬地挪開眼光，雙手緊緊握起，隱忍而無奈。

第十九章　震北元帥

昨天睡得早，月箏醒來的時候天剛濛濛亮，客棧外的街道上隱隱傳來人行市聲。

鳳璘還在沈睡，月箏不敢動彈，生怕驚醒了他，他睡眠極淺，心事又沈，難得睡得如此安穩香甜。她輕輕吸了吸鼻子，香丸成功了嗎？她還真沒勇氣細聞自己，昨天那樣丟臉，肚子疼得出了好幾身汗……真不希望此刻與他同榻而眠。

清空了肚子，又只喝了半碗米湯，她的腸胃很不給面子的咕嚕嚕響起來，她很氣憤地去捂，肚子卻照舊響得沒受半點阻礙。

果然，鳳璘眉頭輕蹙，緩緩睜開了眼睛。

月箏因為昨天長時間痛哭，眼睛腫脹，連臉頰都有些浮腫，吵醒了他又兀自一臉懊惱，那神情異常可愛，看得鳳璘噗哧一笑。她肚子又咕嚕幾聲，表情就更可愛了些。他忍不住笑著坐起身，盯著她看。「餓了？我去叫他們備飯。我已經吩咐了他們，就在華湖歇下，等妳身體好些了再說。」

「嗯……」她拉住他。「我想先洗澡再吃飯。」

甜膩的低語讓他的心不由得柔軟如水，她怎麼說，他都願意答應。

他笑的時候，眼睛像幽潭裡燃起磷火，月箏愣愣地看著，覺得天底下再沒有讓她不開心的事。「你等我一起吃。」她撒嬌了，扯著他的袖子不放手。這個美麗的男人是她丈夫呢，這世上她是最可以名正言順向他撒嬌撒癡的人。

鳳璘笑著點頭，起身下樓。

月箏洗了很長時間，月闕在樓下等她吃早飯等得都開始敲碗抗議了，鳳璘只得苦笑著讓大舅子先吃。

月闕目不斜視地吃著飯，好像很專心，鳳璘等待月箏的樣子卻兀自瞧得仔細，自己之前的猜測似乎不對，若說這兩人情投意合……還是不像。要不是鳳珣有個那樣的媽，他還是更中意他當妹夫的，絕不至於怎麼都看不透月箏的丈夫到底心裡在想什麼，而且總有一種自家傻姑娘被玩於股掌的感覺。

樓上客房開了門，香蘭招呼人進去收拾，看著下人把浴具抬走才小心翼翼地請鳳璘進屋，鳳璘吩咐她備飯，她也恭敬答應。見識過皇后娘娘的「勾魂」利眼，香蘭有些懷疑，當初宮裡的太監怕不是搞錯了，梁王爺才是皇后娘娘親生的。

鳳璘一進房就看見月箏笑咪咪地站在窗前，眼睛彎彎的，像隻剛吃飽魚的小貓。一身清爽的她，早無剛才頹然疲態，長髮披散帶了幾分天生的嬌慵，亮若星辰的雙眸裡閃耀著明顯的狂喜，臉頰都興奮地染了櫻花顏色。

「開窗做什麼？」他皺了皺眉，不知道她在高興什麼，還大敞著窗子。豐樂到底緊鄰北疆，初秋的天氣已經十分寒涼，她濕著頭髮，很容易感染風寒。

月箏聞言，乖巧順從地回身掩上窗，再轉回身的時候已是一臉璀璨笑容，她衝過來，握住他的雙臂開心地直跳。「鳳璘，我成功了！」

一股清冽恬雅的香味隨著她的雀躍縈繞在他的周身，似花香卻帶了雪的清寒，綿綿悠悠卻似有若無，不濃郁也不寡淡，是極品之香。太沁人心脾，他忍不住低下頭靠近她細細聞了聞。

他靠近輕嗅的動作太可愛，也太迷人，月箏不知道自己哪兒來的勇氣，順勢柔柔勾住他秀美的脖頸，她覺得輕輕親吻他的臉頰是發自內心的親暱，更是對夢中之人的虔誠膜拜。唇上的觸感微涼，她一凜，這……這……她都幹了什麼啊？難道官嶺的香料除了讓人拉肚子還有催情的功效？僵直地掛在他的脖頸上，她簡直要自燃了，沒臉看他，只好用額頭抵著他的下巴，琢磨自己是不是該落荒而逃，然後找個坑把自己埋了。

幽香……似乎已經滲入了她的呼吸，他第一次感覺懷裡的她這般纖小，她勾著他的脖子吻他的面頰時，還微微踮起了腳。這樣孩子氣的一個吻，竟然讓他沸騰了！多少晚，這副嬌軀就在他觸手可及之處，他對自己說，這身子太瘦、太稚嫩，乏善可陳，他完全可以視而不見，可就是這麼生澀的一個吻，就讓他所有的自制轟然崩潰。

就在她決定掩面奔逃的前一秒，他重重地摟住她，他急劇的呼吸吹拂到她的唇上，然後……她覺得她的世界瞬間白霧濛濛，一片混沌，他的吻……這才是吻吧？佔據，撩撥，凶狠，好像要把她整個吞噬了一般，她軟成一縷飛絮，被他圈在懷中任意揉扯。呼吸倉促得幾乎就要停止，他抱起她了，還……還……

月箏緊緊地閉起眼，雖然這是她早就期待的激情，但來得太突然、太劇烈，他把她按在床上，整個人都覆上來的時候，她還是感到恐懼，他好像陷入了一種瘋狂的狀態，沒有溫柔的撫慰，也沒有憐惜的鼓舞。他的動作太過蠻橫，像是被壓制很久的困獸突然掙破牢籠，殘暴而生硬。她緊緊地攥著拳，他不像是要佔有……更像是要摧毀。她儘量穩住自己不要抖得太厲害，或許只是他的「病」讓他急切得有些粗暴。

閉著眼，感覺就更明晰了。

他的唇齒咬囓著她胸前的嬌軟時，那尖銳的刺痛像是要穿透她的胸腔，她顫抖得太厲害了，他扯脫她衣衫時她緊張得都沒感覺到涼意，沒有任何愛撫，他就把他的炙熱抵向她的柔軟，似乎半點拖延都會讓他產生退卻的動搖，理智雖然暫時被燒毀卻不代表不存在……

窗外馬嘶聲聲，街道好像滾油上被扔了個爆竹。「容大人，衛大人！速速報於王爺，猛邑擁兵二十萬已佔領北疆邊陲內東關！」

嘈雜如沸水漫進了客棧，樓上樓下本就通連，房內的鳳璘幾乎是瞬間就扼住了慾望的崩決，僵直地停止在沈腰而入的最後一刻。

像是燒沸的鐵水上活活潑了堅冰，他的身體絲絲冒出痛苦的掙扎，但他終於是鐵青著臉退了開去，動作生硬地穿攏了衣衫。他坐在床邊，沒有回頭看還陷入混亂的她，不能看，不敢看。平復了許久，他才站起身，幾乎是從胸膛深處發出的沈冷低語。「月箏，對不起。」

疾步下樓，還不忘為她緊緊關上房門。

月箏覺得四肢一絲力氣都沒了，喘了半天才緩過氣來，對大聲傳報的那個傢伙有點兒痛恨，再晚一點點……她又脹得滿臉通紅，雖然很遺憾，卻又有點兒死裡逃生的僥倖，她還以為自己能從容應付那一刻的到來，原來還不可以。那麼俊俏斯文的鳳璘怎麼突然就好像變成凶獸了……都不像要成夫妻之禮，倒像要把她扯成碎片似的。

為了不讓樓下的眾人看出端倪，她換了身裙子，還花了很久梳頭，確保自己看上去神色坦然。

開門下樓……樓下竟然只剩香蘭！

「人呢？」她站在樓梯口，覺得自己有必要馬上回房收拾東西上路。

「都跑了。」香蘭淡定，覺得留下王妃和她不緊不慢地趕去北疆王府是理所應當的，不然光是那番急行軍，非把她們的五臟六腑給顛出來不可。即便那樣，她們的馬車也跟不上男人們的駿馬，還不是給半途扔下。

「跑了？」月箏愣愣看著空蕩蕩的樓下大堂，鳳璘就在……那麼一番激情以後，連告別的話都沒和她說一句，就走了？

「王妃，雖然我們不用太趕，也立即動身吧。朝廷的援兵隨後就到了，到時候住宿打尖都困難。」香蘭皺眉，王爺留下保護她們的下人，裡裡外外也有一、二十人，不走快點兒，大兵趕過來後著實麻煩。

月箏沈下眼，心不在焉地點了點頭。

北疆王府一如月箏想像般「樸實」，占地雖然廣大，還是因為久未粉飾修繕而顯得十分粗陋，幸好府內樹木森森，平添了幾許生氣。內東關大戰，距離不足百里的北疆首府武勝郡戒備森嚴，梁王府更是衛兵重重，簡直像座兵寨。

月箏滿懷好奇地走遍王府的每個院落，畢竟這是鳳璘六年來居住的府邸，是他從一個少年成長為男人的地方。

更進一步瞭解鳳璘的雀躍很快被一種複雜的情緒壓服。

這座樸實堅固的府第，隱隱透露出一個訊息：主人尚武。狀似荒蕪的後院裡，有箭場、馬道、木人陣、摔角場，甚至有個小小的校臺。後院廣植松杉，高峻挺拔，遠遠看去宛似一片幽暗的荒林，遮擋住府外窺伺進來的一切視線。謝涵白興趣廣泛，兵書逸聞也稍有涉獵，月箏幫他收拾書房時無心翻看過幾本，所以對後院的設置也能看出些門道，這分明是訓育刺客的地方。

沈默寡言的老管家原本遠遠地把她帶離後院，告訴她那是片荒蕪的場地，恰巧陣前有信使急來，老管家匆匆前往，香蘭又突然想要小解，月箏才發現了密實樹林裡的秘密。

香蘭沒看出異樣，箭場馬道在她眼中還是荒地一片。

月箏默默離開，回到前院臥房。見識了樹林裡的秘密，再看質樸簡拙的前院，那股漫不經心過日子的疏漏便顯得太過刻意。月箏坐在窗前細細回想，從鳳璘回京招惹了滿城風雨，到離開時志得意滿卻依然淡漠自持。

這座府邸與它的主人一樣，讓人無來由地感到心驚。

順乾帝的聖旨來得十分突然，幾乎毫無預兆，月箏這邊還沒把行李安頓好，那邊聖旨已經到了。

特使和隨衛差不多是呼哧帶喘地騎馬衝進王府，高舉聖旨大聲嚷嚷，嚇得月箏以為是來抄家的，不過內容倒是十分驚喜，任命鳳璘為震北大元帥，統禦翥鳳三十萬大軍，加封豐疆親王。

因為特使還要去陣前宣旨，只能在梁王府暫宿一夜，王府大喜，王妃自然要親自招待報喜人等。

特使酒量淺，趕路又勞累，幾杯北疆烈酒下肚，就醉得胡言亂語。

月箏自然是別有用心的，見時機已到，才細問特使皇上何以肯這樣厚待鳳璘。順乾帝這旨意，簡直把鳳璘推上翥鳳建國以來，皇子所能達到的最高峰，就算皇上是愛兒之心大發，皇后娘娘也絕不可能答應。

特使酒意濃濃，眼前又是梁王妃的花容月貌，簡直是知無不言了。「王妃……嗝……妳不知道……」特使醉眼矇矓，酒嗝連連，月箏勉強笑著，隔著兩張桌案之遙還是閉住呼吸。

「猛邑進犯，朝野震驚，嚴相上奏提議太子親任震北元帥抵禦敵軍。」

月箏暗暗點頭，鳳珣雖為太子，卻無半點功績於國於民，威信不高，此番大戰，確是個建功揚名的好時機。

「皇后娘娘就捨不得啦！差點從偏殿衝出來駁斥嚴相。」特使搖晃著身體，壓低聲音，很詭秘地說。「其實咱們號稱三十萬大軍，裡外不過十幾萬，還得算上原本北疆的五萬駐軍才夠這數，太子殿下為國祚之本，絲毫容不得半點閃失，再說……」聲音更低了點兒。「皇后娘娘素來提防梁王，怎麼可能在這種敵眾我寡的時候，把寶貝兒子送到梁王身邊？」

月箏失笑，這位特使喝醉了還真是個實在人，這種大實話都說出來了。

「可這麼一來……皇后娘娘就不怕那梁王功成名就擁兵自重嗎？」她壞笑著問，故意用疏離的口氣說起梁王。

「咳，哪可能呢，這次監軍的不就是皇后娘娘的新親家孔大人嗎？梁王爺舒坦不了。」特使發愁。「希望老天爺保佑翥鳳啊。」

月箏皺眉，這的確是皇后娘娘的作風，只顧自身得失，不顧國家大義。或許這和她出身小門小戶有關，媚帝有術卻韜略不足。她也不想想，翥鳳都沒了，她這個皇后、皇太后還當個什麼勁兒？或許皇上是對她這番狹隘舉動失望透頂，才越發覺得衝殺在前的鳳璘難能可貴，這般厚待重賞，皇后娘娘為保住兒子，也說不出什麼，只好退讓。

酒席盡興而散，月箏回房後卻沒半點歇下的意思，吩咐香蘭立刻收拾簡單行李，全帶男裝。

香蘭不贊同。「幹麼？去陣前啊？王妃，咱們就別去添亂了，妳是能替王爺帶兵打仗啊，還是押送糧草？」

月箏瞪了她一眼，決然說：「我是沒什麼大用，但怎麼能讓他單獨面對前有猛邑大軍敵眾我寡，後有皇后心腹掣肘藏針？就算替他戲耍戲耍那位孔大人也是好的。這個妳在行啊，香蘭姑娘。」

香蘭明顯心動，但還是來回搖頭。

「妳還可以天天見到黑小子衛皓。」月箏把頭髮梳攏，淡然道。

香蘭轉身就從櫃裡拿出一個包袱皮，認真地問：「什麼時候動身？」

第二十章 內東關上

瞞過老管家跑出府，主僕二人從武勝向北走，北疆的惡劣氣候就越來越顯著了。初秋的天氣，在從小生活在京城和廣陵的月箏看來簡直和冬天差不多，早上地面都落了白霜，說話會有霧氣。她第一次看見樹葉全掉光的北方植物，道路兩旁光禿禿的枝杈顯得四野格外荒涼空曠。

因為穿著普通男裝，又裹著薄棉襖，她和香蘭看上去像兩個平凡人家的文弱男孩，總有從內東關後撤的老百姓裡出現特別熱心的大爺大嬸攔住她們，凶悍地阻止她們前進，拉她們回頭，把前方的戰事描述得血肉橫飛，害得月箏更加著急。為了不再橫生枝節，月箏用王府的令鑑在一個兵驛拿了兩套兵士裝束，和香蘭穿上更顯得不倫不類，像兩個孩子兵，好在路上信差雜役都是這副打扮，老百姓也不來干擾，一路無驚無險地到了內東關。

內東關早就被重重封鎖，三里外就設置了關卡，不斷有避禍的百姓從裡面湧出來，月箏和香蘭雖然逆流而行，身穿軍服倒也順利靠近。

香蘭一出示王府令鑑就立刻引起了護衛長的注意，他留神打量了一下，臉色變了變，恭敬引領著月箏主僕通過關卡，並暗暗支派了一個兵士進城報信。

月箏並不覺奇怪，梁王府那個沈默寡言陰惻惻的老管家準是一早就向鳳璘報告了她離府的消息，鳳璘都不用猜就會知道她肯定是奔來這兒了，傳下令來守株待兔。

天空傳來陣陣大雁哀鳴，北疆此時正是北雁南歸的時節，神色凝重的難民中不少人仰頭觀望，露出哀戚表情。寒風蕭瑟，雁鳴聲聲，月箏也頓時感受到戰禍沈重、離鄉背井的愁腸，覺得那悠長的鳴叫更加不忍入耳。

突然，雁群亂了陣型，叫聲也變得短促刺耳，幾隻中箭的大雁直直墜落下來，其他的全驚慌失措地紛飛而去，令人哀愁的鳴叫瞬間消散。

跌落下來的大雁，有兩隻正落在離月箏主僕不遠的地上，月箏不由得驚嘆此人箭法卓絕。大雁機警膽小，一隻中箭必定全隊驚飛逃散，此人能同時射落數隻，定是同發數箭，她留神看了看地上的死雁，居然是穿眼而過！

馬蹄聲響起，旁邊看見這一幕讚嘆卻不驚異的護衛長，敬佩地向來人抱拳。「竇校尉，箭法更精進了。」

月箏也崇拜地細看竇校尉，他居然帶了副黑銀面具，看不出相貌和年齡。

容子期帶著兩個隨衛飛馬而來，看見他便勒馬招呼，竇校尉也不說話，點了點頭又揹著長弓揚鞭而去。

容子期翻身下馬，快步走近，苦笑著小聲向月箏抱怨。「王妃娘娘，妳真是不添亂就不安生啊。」

月箏瞪眼。「我是來報效國家的！」

容子期嘴角抽搐地瞥著她即便做兵士打扮仍難掩妖嬈俏美的容貌，這哪兒是來報效國家，分明是來擾亂軍心的。「王妃，王爺可鄭重下令給妳，要麼立刻返回武勝王府，要麼在帥帳裡寸步不離！軍中不准有女子出現，這是鐵律。」

月箏肅容點頭，這她是懂的，軍中有女人出現是大忌，她認真地盯了眼容子期。「你也別再亂稱呼我了，從現在開始，我和香蘭就是王府跟來的隨從，你就叫我……小原，我就叫你容大人，明白嗎？」

容子期齜牙咧嘴地點頭，哪有這麼橫的下人啊？不過這也合了王爺的主意。相處一段時間，他也看出來了，這位「小原」除非被王爺關進大牢，不然絕對不會讓王爺省心地待在王府，王爺也深知她的脾氣，所以根本沒提送她回去一說。

「咱們王爺大人呢？」月箏笑嘻嘻地恭聲詢問，進入角色十分快速。

「出城迎戰了唄。」容子期皺眉，最近戰事「吃緊」，王爺幾乎天天要出城督戰。

「什麼?!」月箏霎時白了臉色，人都跳起來了。「快帶我去看哪！」

「可是……王……小原，王爺吩咐……」容子期為難。

「少廢話！」小原隨從不客氣地大力推了容大人一個踉蹌。「趕緊帶路。」容大人滿臉悻悻，香蘭幸災樂禍地接聲催促，狐假虎威。

容子期多帶了幾個心腹侍衛，這樣月箏主僕陷入隊伍中也不怎麼顯眼，登上城樓時果然沒有引起任何注意。

從城牆向遠望去，月箏的心不由得一沈，遠處盡是影影綽綽連綿成片的敵營，相比之下，內東關這座壁壘顯得十分單薄。距離護城河不遠的沙場上烽煙滾滾，戰鼓廝殺之聲此起彼伏，月箏焦灼地極目在亂軍之中尋找帥纛。「這是幹什麼呢?!」她顫聲問，疑惑不解地瞪大了眼。

這仗打的不是攻城、也不是襲營，人數不多，狼煙卻濃。

容子期嗤笑了一聲，在她身邊低語。「如今猛邑領陣的這位，是猛邑的九皇子。他老爹洪成帝自早年喪妻就沒再立后，如今得寵的是貴妃權氏，二皇子是權氏所生，子憑母貴，是太子人選的大熱門，而這位九皇子是已故皇后嫡出，照道理，也是冊為太子名正言順的人選。」

「啊？」月箏瞠目點頭，這不是和鳳璘的處境差不多嗎?還真巧。

「這個九皇子長年駐守猛邑與翥鳳的邊界大彤關，算是咱們王爺的老熟人了，幾乎要算看著彼此長大的。」容子期戲謔地笑了笑。「如今猛邑大軍在百里外駐而不攻，就是在等待二皇子從京都趕來建功立業，不知為何主帥二皇子卻遲遲未到。這位打頭陣的九皇子被逼著天天來攻城擾襲，一肚子不樂意，這不就打成這樣了?」

月箏噗哧一笑，怪不得，這兩幫子人就好像在演戲耍鬧一般，嗷嗷叫得厲害，戰鼓也擂得震人，這不都在滿場亂跑，四處放煙嗎?騎了匹棗紅馬的月闕鬧騰得格外起勁，奔來跑去就數他最扎眼。這仗能打得這般兒戲，也算曠古奇談，就連鳳璘都顯得有些幼稚可笑。細細想來，這兩位不得寵的敵國皇子也都是無奈之下才互相配合。

她一路趕來內東關，也看出些門道，由孫皇后指點過的震北副元帥彭陽斌帶著十萬援軍遲遲未到邊關，這分明是想讓鳳璘的北疆駐軍先行迎戰，大受折損。鳳珣的岳父監軍孔大人更是不見前來，先軍士而行的糧草也毫無蹤影。幸虧猛邑也正是各懷鬼胎的情況，不然鳳璘的羽翼恐怕受創深重。

猛邑貴妃也必定是用盡解數逼九皇子天天出戰，以削減他的實力，鳳璘呢，也需要讓戰事「十分緊急」，這樣物資和援軍才會來得快些，所以才與猛邑九皇子一唱一和，「連日苦戰」。

兵器撞擊的叮叮銳響由遠及近，銀甲披身的鳳璘和一個黑甲青年在馬上戰成一團，兩人雖然都沒殺心，但打著打著也逼出幾分好勝之意，頻頻出現驚險殺招。鳳璘且戰且退，漸漸靠近護城河，橫槍一擋黑甲青年的長戟，用了十分力，把黑甲人震退了半步。

容子期嘿嘿一笑，小聲對月箏說：「這是王爺告訴雋祁，可以回營吃飯了。」

猛邑九皇子雋祁似乎打得並不盡興，一掄長戟，又劈山壓下；鳳璘不得不繼續迎戰，幾乎退到城下，月闕也策馬奔回，並不出手相幫，反而騎馬繞著纏鬥的兩人小跑，城樓上的月箏聽見他喊：「差不多得了，肚子餓了。」

雋祁的頭盔是猛邑式樣，遮住了大半張臉，距離這樣近也看不出相貌，月箏覺得他雖然下巴長得挺好看，不過很煩人，纏著鳳璘沒完沒了，還能隱隱聽見他嘿嘿壞笑。

彎腰撿起城牆上堆的石塊，月箏向城下的月闕吹了聲口哨，月闕和妹妹這手早就玩得爐火純青，抬頭見妹妹在掂手中的石塊，立刻心領神會，大驚小怪地抬手一指遠處高喊：「有美女！」

鳳璘和雋祁都被他嚇了一跳，月箏乘機瞄準雋祁，距離不遠，她又用了全力，石塊砰的擊中雋祁的頭盔，打得他的頭向後一仰。

威風凜凜的皇子被石塊擊中，樣子十分可笑，鳳璘也忍俊不禁，月闕更是笑得在馬上拍大腿。

雋祁回神後也不惱怒，瀟灑盤馬而去，大概也覺得有些滑稽，自己也笑了；走了不遠，他回身眺望城樓，盯著月箏看了幾眼。

月箏瞇眼，怎麼著？還想報復啊？她挑釁地向他做了個抹脖子的手勢。

雋祁在戰盔下，神情莫辨，凜然策馬遠去。

他一歸去，猛邑便響起收兵的鑼聲。

月箏皺眉嘆了口氣，這仗要是一直這麼打下去，十年八年也可以……只是，等猛邑的二皇子一到，她又抬眼遙望猛邑連綿的兵寨，真正的殺戮就要開始了吧。像鳳璘和九皇子這樣身不由己的人，能否從血雨腥風中全身而退呢？

無怪鳳璘和九皇子能這樣似敵非敵的相處，就連她，也對只見了一面的黑甲男人生出些同病相憐的悽楚。

這場狀似兒戲的交戰，包含了太多時不我與的無奈和不甘！

堂堂皇子，都是被親人刻意捨去的前卒，就算滿腔熱血為國灑盡，也不過徒惹至親幾聲不屑冷笑。

第二十一章　盲目支持

鳳璘的帥府，其實只不過是內東關裡的一座兩進小院，又住了很多心腹死衛，非常擁擠，鳳璘只占了一個套間，前廳議事後房起居。

月箏到來的第一頓飯吃得非常沈重，一屋子沒人敢喘大氣，當然不排除多數人急於看好戲而激動得屏息凝氣。

月箏扮作親兵，鳳璘極其大度地默許了這個角色，負責起居的親隨阿熊入廳擺飯，把月箏的碗筷擺在鳳璘旁邊，被他冷冷一瞧，頓時汗透脊背，身子一矮，乖覺順從地把「小原」親兵的碗筷擱在王爺腿邊的凳子上。阿熊是個憨厚人，想了想，體貼地從角落裡搬出一張矮凳，放在凳子邊。

月箏愁眉苦臉，剛才進城時不還挺高興的嗎？月闕和她得意洋洋地說起石塊事件，鳳璘也笑容滿面，怎麼這會兒又變天了？震北元帥用眼神淡淡一使，小原親兵立刻識相地竄過來，一蹲身坐在和腳踏差不多高的小凳上，很規矩地看著自己放在膝蓋上的手等待開飯。沒辦法啊，人在帥府，絕對要低頭，鳳璘鐵了心送她回去的話，她也沒轍，現在她還沒到敢和他打滾哭鬧的親密程度。不過……她極力鎮定，不讓自己露出詭異的笑容，只要她留下來，很快就可以了。

容子期毫不掩飾自己的快樂，笑咪咪地親自來給小原親兵撥飯，相比之下衛皓就善良多了，繃著嘴角的笑意表情還算正常。

容子期盛好了飯，請示地看了眼鳳璘，鳳璘的眼睛在桌面上一掃，容子期心領神會地每個菜都給小原親兵撥一點兒，充作她飯桌的凳子只有鳳璘膝蓋那麼高，容子期彎腰撥菜給她，怎麼看都像在餵狗。

一屋五人的等級是十分明顯的，大元帥和他大舅子算是主人，坐高桌圈椅，容子期和衛皓是心腹愛將，在側旁的茶几上擺了飯菜算是陪吃，小原親兵……地位真和愛犬差不多，但不用妄自菲薄，還有慘的，小蘭親兵連進屋的資格都沒有，在門外蹲著等主人吃完了才輪到她。

席間沒人說話，就連月闕都極其難得地吃得很優雅。

月箏低頭埋在自己的碗裡，看都不去看一眼那個因為她才當上元帥大舅子的無恥之人，她太知道了，他不吭聲是怕自己一說話就要爆笑出來，大喜若悲。

陣前艱苦，鳳璘也只有四樣菜，味道平平，想來是軍中廚役的手筆，月箏有點兒心疼，回頭給他開小灶，食材差點不要緊，至少製作精心。

男人們吃得都很快，月箏剛扒了半碗，容子期已經叫阿熊和香蘭進來收拾了，月箏總覺得該死的容子期是暗暗期待她早點兒遭到鳳璘的教訓，才急不可待地吩咐撤桌。

房間裡很快就剩下大元帥和小親兵，衛皓最後一個走出去，皺眉猶豫了一下，回身關上了房門。

月箏的眼角跳了跳，這不是欲蓋彌彰嗎？帥廳關什麼門啊！

鳳璘已經起身坐到書案後的正座上去了，月箏一時沒想好自己該怎麼辦，於是還縮著坐在板凳上，一副衰樣。

鳳璘握著書冊，眼角掃了掃她，看她縮頭縮腦的樣子，墨染的黑眸不由得泛起一絲笑意，口氣卻還是威嚴清淡的。「妳太任性妄為了。」

終於開始了，月箏決定積極認錯，罵不還口。

「既然妳已經來了，外面兵荒馬亂送妳回去也令人懸心，留下來也罷，只是不許走出這帥府前後。」他還不瞭解她嗎？搞不好前腳派人送她回去後腳又跟在送的人後面回來了，還不如關在帥府裡省心。

雖然是責怪她的話，她聽著怎麼心裡甜滋滋的呢？月箏抬頭看他，不自知地微微而笑。

他原本皺眉瞪她，她突然向他粲然一笑，他的心就好像被什麼抓了一下，不自然地避開了目光。「妳去後房吧，就要開始議事了。」

月箏看著他別向一邊的側臉，真好看哪，這時候顯得睫毛尤其濃密彎翹。她突然勇敢了起來，站起身走過去從椅子後摟住了他的脖頸，整個人撲在椅背上，下巴堪堪地落在他的頸窩。「鳳璘，我想你了。」經過那樣的激越，她覺得自己的臉皮也厚了，說出這樣的話竟然非常自然，也不覺得害臊。

倒是被她箍在椅子裡的鳳璘有點兒赧然地僵直了身體，半天才低低地「嗯」了一聲。「去吧。」他催促，語氣失去往日的淡漠。這讓她非常開心，至少她的熱情表白對他還是很有影響的。

心情大好地走到後房，她覺得突然找到和他相處的正確方式，其實他和小時候一樣，在感情方面很被動，需要她主動出擊。

帥廳的後房擺設也很簡單，沒有一樣多餘的物件，天已經墨黑，月箏一邊聽鳳璘在前廳說話，一邊把自己的包袱打開，把換洗衣服放進櫃櫥，當她的衣服和他的衣服並排疊在一起，她突然感到非常幸福，竟然傻傻地看著衣服笑起來。

「我就不信混不進去！」月闕突然拔高了聲音，嚇了月箏一跳，不由得留心細聽前廳的對話。

「現在孝坪城只准出不准進，我派了幾個人去，都失敗了。」衛皓的聲音有些無奈。

「真是見鬼了，自己的封地、自己的國家，還進不了城！」月闕說著還拍桌子。「乾脆端了蕫含彥的老巢！我就納悶了，他怎麼就對孫皇后那麼忠心，都不懼生死了！難道年輕時有一腿啊?!」

原本是月闕洩憤胡說，卻惹來鳳璘譏嘲一笑。「他就是皇后娘娘的遠房表哥，算是青梅竹馬吧，現在孫家外戚揚威朝野，偏偏這個蕫含彥死守在孝坪城五年多……」

鳳璘沒繼續說下去，意思卻已經很明白了。

月闕嗤了一聲。「沒想到老薑頭兒還是個癡心人，能在孝坪這個鳥不拉屎的地方一待五年，幫孫娘娘把你看得牢牢的，生怕你投敵叛國。」

鳳璘笑了笑，孫皇后只怕是日夜盼著他投敵叛國呢。

容子期笑著反駁月闕的話。「孝坪如今囤了千石糧食，哪還是鳥不拉屎的地方了？」

「不是還不知真假嗎？你說說，老薑頭兒一個小城的守備，囤積那麼多糧食，他想幹麼？賣到猛邑去啊？我就不信這消息，八成是百姓誤傳的。」月闕不服。

容子期賣關子地笑了笑。「這你就不懂了，太子新選的兩個良娣裡就有一個是薑含彥的女兒，孫娘娘這麼看重薑家，肯定不是小時候那點兒少女情懷。」

月闕又不服地嗤了一聲。

容子期繼續說：「孝坪這個地方，緊鄰內東關，又有山巒庇護，天然就是個囤積戰備的寶地。皇后娘娘讓她絕對信得過的人死死把住這裡，為的就是將來有一天……必須和咱們王爺兵戎相見的時候，有個強力後援。不得不說，孝坪城的老薑頭兒一直是咱們後背的匕首。有了這樣的背景，孝坪城裡能偷偷藏了千石糧食也不足為奇了，再說，孝坪的賦稅和供給向來是不用北疆王府過問的，這恐怕就是孫娘娘為了瞞天過海布下的迷局。端了孝坪固然痛快，也得划算才行，不然白和孫娘娘翻一次臉。」

月闕嘿嘿一笑。「看來鳳垧的老丈人個個都不是善碴兒，相比之下……鳳璘你的老丈人就差遠了。」

月箏在後房翻了個白眼，有這麼說自己爹爹的嗎！

「孝坪城的事，你就不要管了。」鳳璘淡淡地笑著說。「你趕快回京，按照咱們事先計劃好的辦。猛邑的二皇子想來不超過十日就會到達，我們的時間不多，務必要讓援軍速速前來。」

月闕自信滿滿地拍胸脯。「別的不敢說，矇人行騙我絕對可以以假亂真，保管讓皇上得知你日夜孤軍作戰，身中劇毒命懸一線，讓皇上也知道一下孫娘娘的私心。」

月闕要回京？

月箏十分意外，想想也就明白了，肯定是鳳璘派他回去演苦情戲，讓皇上向彭陽斌施壓。

「你先別走，去見見月箏，看她有什麼話要帶給岳父岳母。」鳳璘囑咐月闕，月箏聽見了，心裡驟然一暖，這樣的時刻，他還能顧慮到她思念父母。

月闕走進後室，鳳璘卻沒跟進來，想是給兄妹倆私談的空間。

「妳都聽見了吧？」他問。

月箏點頭，攤開紙筆寫家書給父母。

月闕在椅子裡坐下來，剛才還一臉缺心少肺的笑容都慢慢沈寂，望著窗外的夜色滿腹心思的樣子。

月箏搧著紙張，讓墨跡快乾，瞟了眼哥哥，有點兒意外。「怎麼了？」

月闕凝神聽了聽前廳的動靜，還走出去確認了一下，鳳璘確實不在。

「妹，鳳璘……」他皺眉。「恐怕真有奪嫡之意。」

月箏搖晃紙張的手停了停，卻也不是很驚訝，鳳璘的野心……她並非毫無所覺，明明是個心思深沈的人，卻偏偏在帝后面前故意好色輕狂；那麼驕傲，卻能坦然表露自己的窘迫；還有王府後院的秘密……她再猜不到他想的是什麼，那真是傻子了。

「妳都知道？他對妳說起過？」月闕端詳著妹妹的神色，不太確定，在他看來鳳璘絕對不會把心事對月箏透露分毫。

這話正觸月箏的痛處，鳳璘什麼話都不對她講。「我不用知道！無論他做什麼，我都支持他！」她發倔地一橫眼。

「可是……鳳珣……」月闕的眼睛暗下來，鳳珣也是他們的朋友，他做不到像月箏那樣，幾乎盲目地支持。

月箏神色平靜地把信放入信封。「哥，對我來說，這根本沒有選擇。我也……」忽略心裡對鳳珣的愧疚。「不覺得鳳璘錯了，他只不過在拿回他本該得到的。」

月闕沈默地看著妹妹，似憐憫又似戲謔，這個傻姑娘……

「哥，皇后娘娘這樣嫉恨鳳璘，他日鳳珣登位，鳳璘和我即使躲避在北疆這樣的荒僻之地，恐怕也難逃一死。」月箏目光閃動，像在說服哥哥，更是在說服自己。

「月箏。」月闕打斷了她的自圓其說，她不需要任何解釋，鳳璘的意願就是她的理由。

這樣平靜看著自己的哥哥，月箏也感到陌生而侷促，故意嘿嘿笑了笑看向別處。「一路順風吧。」

月闕笑了下，站起身接過妹妹手中的信。「希望他對妳，有如妳對他。如果他做到這一點，我也可以完全地支持他。」

月箏覺得自己的眼眶痠痛了一下，不想哭，她挑起眉頭。「哥，你突然說了人話，我都不知道怎麼回答了。」

第二十二章 孝坪城內

月箏等了很久，鳳璘才緩步回房，嘴邊雖掛著淡淡笑意，終不免露出疲憊和煩躁的神色。

月箏迎向他，近了才看清他的嘴唇乾燥脫皮，心疼地轉身倒了杯茶捧給他。「怎麼了？」

鳳璘果然還是淡然搖頭微笑。「沒什麼。」

他又不說！什麼話、什麼煩惱，他從不對她傾訴！月箏皺眉，想發脾氣，終於還是忍住了，大戰在即，他孤立少援，處處被制，她不該再給他增添負擔。吸了口氣，她穩了穩心緒，主動說起。「因為孝坪城的事？」

知道她在後室聽見他們的對話，鳳璘點了點頭，坐下喝茶的時候終於沒再維持微笑，皺眉憂煩。

月箏明白他在煩什麼，北疆軍備有限，馬上又要入冬，副元帥擺明了離心離德，多儲軍糧便成了北疆軍第一要務。

薑含彥身分特殊，如果孝坪城真的藏著千石糧食，鳳璘撕破臉皮硬攻進城也還划算，將來向皇上解釋也有理有據，薑含彥私藏糧食不支援北疆軍，本就是大罪一件，說不定還能扳倒孫皇后一局；但如果只是個謠傳，那便平白給了孫皇后一個大把柄。

更可疑的，孝坪城藏有糧食的傳聞恰恰在這時傳出來，未必不是個精心策劃的大陰謀，別是這邊鳳璘進城奪糧，那邊豐疆王造反的消息便千里加急地奔入皇廷。成則一箭雙雕，敗則危及性命，確實難以決斷。

「我有個主意。」月箏骨碌著眼珠，黑亮的眼睛興奮地閃漾了光彩。「我有把握混入孝坪。」

鳳璘苦笑搖頭，瞪了她一眼。「別胡鬧了。」像她這樣的美女，別說混進城，就算破衣爛衫地摻和在難民裡還是會被一眼挑出來。

「你聽我說嘛。」她噘嘴，聽都不聽就說不行，擺明把她看扁，她在渡白山混了如許年，也不是等閒之輩哪！

鳳璘瞧她一副不死心的樣子，故作威嚴地深深看她。「這是男人們的事，我自有辦法解決。」

「有辦法？」月箏瞇眼揭他老底。「連衛皓都失敗了。」衛皓是那種完成使命不惜代價的鐵血人物，連他都承認自己的人沒辦法混入城內，鳳璘還和她嘴硬什麼呢？他有辦法就不會急得嘴唇都乾裂了。

鳳璘沈默了一會兒，起身走向床榻。「累了，睡吧。」

這分明是轉移注意力，不想再和她談論，月箏不甘地撲過去拉住他的胳膊使勁晃。「聽聽嘛！退一萬步說，那也是翕鳳的地盤，我要真被抓住了，就亮出王妃的身分，誰還能把我怎麼樣啊？男人混不進去，所以女人才有用武之地嘛！」

他側過臉來無奈地看著她，低聲說：「危險，我不能讓妳去。」

月箏原本亂晃他胳膊的手停住，她抬眼看他的眸子，這句話勝過傾訴相思的甜言蜜語，她鬆開手卻環上他的腰，偎進他的懷裡。「鳳璘，就讓我為你做些什麼吧……」她喃喃訴說，竟帶了幾分歉意。「我沒有把握重權的娘家，也沒有豐厚的嫁妝，我能為你做的就是甘苦與共，生死相隨。」

鳳璘的身體輕輕一顫，也緊緊摟住懷中的人，她這白語般的幾句話，竟讓他無言以對。

鳳璘側躺在床上，看月箏在燈下細細縫製棉包，穿針引線的她神色恬適，少了平時的嬌媚俏皮，淡雅嫻靜，幽幽燭火照映，他只是這麼靜靜瞧著，心卻莫名舒坦踏實。

她察覺了他的目光，抬眼望向他的時候，幽亮的美眸露出探詢責備的神采，有點嬌俏又有點刁蠻。「還不睡啊？天都要亮了，快睡！不然明天成貓頭鷹了。」

他笑了笑。「明天千萬不要勉強，不要亂來……」

「哎呀！」她皺眉噘嘴頓下手中的針線，瞪他。「元帥大人，你知道一晚上你說了多少遍了嗎?!」

「是嗎……」他淡淡一笑，回想一下好像是說了幾遍，他何時也變得如此嘮叨？自己都意外了。

接近黎明，月箏拍了拍縫好的棉包，抬頭看榻上的鳳璘還在幽幽看她，心情異常愉悅，他陪她熬了一夜呢！她起身跑去親了親他略顯疲憊的俊臉。「睡一會兒吧，我去找香蘭對對戲，明天她的表現也很重要啊。」她還是對這次行動很雀躍的。

看她興高采烈地跑去找香蘭，鳳璘苦笑著倒在枕上，鼻端淡淡縈繞著剛才她那個吻的香味，自從她吃了官嶺藥丸……總是這麼香的。母后過世時，他還很小，對母親身上的香味其實毫無印象，孝慧皇后鍾愛官嶺香料舉世皆知，他也只是藉以懷念。自從月箏帶了這種香味……他才真正的喜歡上這個味道，清甜明媚，像她的人。

他合上眼，準備在天亮前小睡一會兒，隨她去吧，只要她高興。

小小的孝坪，還在他的掌握範圍，她應該不會有什麼危險的。

月箏和香蘭穿著北疆女子最普通的薄棉襖，打了補丁，臉上塗了藥汁顯得面黃肌瘦，頭上蒙的頭巾遮住秀髮和大半張臉。月箏很有經驗，連手都不放過，讓香蘭和她一起猛抓了一陣土，指甲縫都塞了泥。

香蘭覺得自己的改扮已經夠成功了，瞟瞟身邊和她一同躲在孝坪城外草叢裡的月箏真是自愧不如。月箏裝了假肚子冒充孕婦，配上臃腫的棉衣和「精緻」的妝容，哪還有半點兒麗絕京城的王妃模樣，活活一個鄉下大媽。

城門到辰時三刻才開，逃難的百姓等候已久，拖家帶口地一窩蜂湧出城門，把守的衛兵有些懈怠地瞧著人潮，表情麻木。

月箏和香蘭互看一眼，從草叢裡走出來混入人群，沒有引起半點關注。

「哎呀，疼啊，不好了，我要生了！」月箏粗著嗓子往地上癱下去，原本就人多路窄，頓時就阻了一片，甚至還有人絆在前人的腳上摔了個跟斗。

「姊姊！忍一忍啊！」香蘭早就演習多遍，此刻駕輕就熟，哭嚎得十分慘痛逼真。「妳千萬別在這兒生啊！」

月箏疼得渾身都哆嗦了，聲音也嘶啞得厲害。「我……我也不想啊……孩子要出來，我怎麼辦啊？」

路過的很多婦人十分同情，連聲說不能在城外荒郊生，招呼自家漢子抬起呼天搶地的月箏往城裡送返，衛兵也很為難，香蘭哭哭啼啼地說家住城內，為避兵禍才趕著去關內投親，沒想到姊姊早產，懇求回城。

衛兵也沒注意剛才有沒有孕婦出城，現在出了這樣的事，又被月箏和香蘭的哭嚎弄得頭昏腦脹，只好叫來幾個兵丁抬著月箏「回家」。

城裡大半房屋空置，香蘭暗暗選中一家，讓官兵把「孕婦」抬進小院，官兵做這樣的事也很不情願，放下月箏就頭也不回的走了。

官兵走遠，月箏才停止「生產」，跳起身巴著門縫往外張望，果然安全了，這才放心地往衣服裡掏了一陣，把棉包掏出來扔進井裡，謹慎地和香蘭進屋換了套貧家婦人的衣衫，溜到街上。

孝坪城雖然受到戰事影響，街市冷清，但秩序還在，月箏聽容子期講過糧倉應在的大體位置，趕去探看的路上都很順利。

城裡西北角果然有座戒備森嚴的高牆大院，外面衛兵緊鑼密鼓的巡邏把守，裡面死靜沒有半分人聲。

月箏和香蘭潛進附近一座空屋，偷偷細瞧，實在看不出有沒有糧食囤積在裡面。

正犯愁，兩個神態鬼祟的中年男人賊頭賊腦地向大院裡張望，也向空屋走了過來。月箏和香蘭大驚失色，幸好空屋裡家具雜亂，裡間還有一個破舊的大櫃，主僕二人剛慌慌張張地鑽進去關好櫃門，那邊兩個男人已經走進外間了。兩人一直竊竊低語，月箏依稀聽見他們不停擔憂地互相問：「到底能不能來……」

老舊的大門嘎吱一響，月箏和香蘭側耳細聽，好像又有人來了。

三人見面並不寒暄，反而沈默地一同走進內間。

月箏和香蘭緊張得渾身都冒了冷汗，小心翼翼地壓制著呼吸。

櫃門並不嚴實，月箏瞧見後來的竟是一個穿著兵士衣服的壯漢。

「官爺，數目對吧？」兩個中年男人刻意壓低聲音，即使在這麼僻靜的地方仍然好像做賊，巴結的口吻因為低聲而更加諂媚。

「嗯。」官爺掂了掂手中的銀袋，態度倨傲。

「官爺，您看……能不能再為我們弄五十斤出來？您也知道，如今戰亂，帶再多銀錢也不如糧食管用啊！」其中一個中年男子更加殷勤地懇求。

「別作夢了！」官爺十分不悅，冷聲喝斥。「就這三十斤都是我腦袋別在褲腰上帶出來的！現在大人把糧庫看得死緊，看誰都像賊似的，也就是我吧，還能弄出點兒來！你們聽著，死都不能說出你們是在我手裡買的糧食，不能向任何人提起這裡藏著糧食，這是掉腦袋的事！」

「明白明白！」兩個男人點頭哈腰，躬身送官爺離去，才忿忿地咒罵了幾句，揹著糧袋掩掩藏藏而去。

月箏驚喜地在櫃子裡兩眼發亮，都忘記出去了，這就叫如有神助！她是鳳璘的福將！

香蘭瞥著主子欣喜若狂的樣子，不以為然。「『姊姊』趕緊出城向姊夫報喜吧。」她催促。

月箏小雞啄米一樣笑著點頭，跳出櫃子腳步都如在雲端，要不是香蘭拉一把，就要載歌載舞地出城去了。

已經過了正午，寒冷的天氣讓陽光也疏疏淡淡，城裡的行人步履匆匆又都無精打采，更添了潦倒破敗的氣氛。月箏咬著牙關才能讓自己別笑出來，香蘭看了她一眼，嚇了一跳。

「『姊姊』，妳這表情太嚇人了，哭不像哭笑不像笑，就跟畫上的白無常似的，別再因為這個讓官兵注意到妳。」

月箏噎了一口氣，上輩子她一定是香蘭的丫鬟，所以香蘭這輩子是來尋仇的。

三個高壯的兵丁突然從胡同拐出來，嚇得月箏腳下一踉蹌，和香蘭緊張地互相看了一眼，都木了表情縮著身子放緩腳步，讓這三個人先行。

走在前邊略瘦的高個子應該是頭目，與月箏主僕擦身而過時突然頓住了腳步，月箏的心一下子就被提到嗓子眼，僵著身子繼續向前走，她也停步的話豈不是更可疑了？

瘦高頭目不走，他的兩個神色凝重的手下也靜默地站在他身後，卻沒流露出半分不解或好奇。

月箏的心驟然一凜，這三人絕非普通兵士，僅這兩個隨從的氣勢就不輸鳳璘身邊的衛皓和容子期。

她簡直都要哆嗦起來了，幸好走了幾步那三個人並沒追上來，她悄悄鬆了一口氣，一定是多心了，這三個人也不見得有多厲害。

一口氣還沒吁完，雙臂一疼，竟然被人用力箍住。月箏嚇得不輕，驚恐地抬頭瞪向瘦高頭目，他蓄著濃密的絡腮鬍，鼻梁和額頭的皮膚卻很細緻，眼睛淩厲而清澈……竟然非常好看，睫毛的長度不輸鳳璘。月箏驚恐之下，還不免自愧了一下。明明是陌生的容貌，她卻生出似曾相識的感覺。

「是妳。」瘦高大鬍子笑了，嗓音非常悅耳，和他粗鄙的容貌很不相稱。

與其說是認出來不如說是感覺出來，月箏肝膽俱裂，他是黑甲男，猛邑九皇子?!

不可能！他怎麼會甘冒奇險混入孝坪？莫非他也打糧食的主意？

不等她再動什麼念頭，只覺得身上幾處穴位被人狠狠地戳中，又痠又疼，等她恢復了意識，卻看不見聽不見周遭的一切了，該死的大鬍子點了她的盲穴和聾穴，她用力想喊，果不其然，啞穴也被點了。她應該是被放在白姓逃難最常用的平板車上了，還被點穴擺了個非常小媳婦的姿勢，手裡還沈甸甸地被塞了一個大布包，顛簸著趕路。

因為看不見、聽不見，她連什麼時候過城門都不知道，身體不能動，想做古怪的舉動引人注意都不行。

走了很久，她都快被顛吐了，板車才停下。身上又疼了幾下，漸漸聽見了聲音，看見了光亮。

手腳還是不能動，所以她還扭捏地擺著小媳婦側坐的姿勢，恢復了視覺她第一件事是四下尋找，太好了，他們沒有抓香蘭，她就能把城裡有糧和她被抓的消息告訴鳳璘了。

身邊傳來幾聲輕笑。「放心吧，我沒抓妳的丫鬟，放她回去當信鴿了。」

月箏恨恨地回頭瞪他，本想氣勢萬鈞地甩個眼刀，卻很跌分兒地愣了一下。黑甲男已經卸去偽裝，也換了猛邑打扮，上次匆匆一眼她就覺得他長得應該不難看，只是沒想到會這麼……

他的五官雖然不及鳳璘精緻，卻因帶了桀驁不馴，顯出一種囂張狂放的美感，鳳璘是俊俏的雪蓮花，他就是耀眼的毒罌粟。

「果然是個大美人，」他輕佻地伸手捏住月箏的下巴，月箏氣急敗壞卻無可奈何，眼睛裡都要飛出利劍來了，驚豔是一瞬間的，現在全剩痛恨了。「豐疆王很有豔福，嘿嘿，我也很有豔福。」

月箏不屑地瞥著他，因為從小和無良兄長一起生活，她用眼睛表達「你去死吧」這個訊息非常傳神。

雋祁看得一愣，不由得意蘊悠長地笑了，看來這個小玩意兒毫無身為俘虜的自覺，還以為自己是當日內東關上向他示威的王妃娘娘，很好，他會讓她明白的。

他輕鬆地抱起她，裹挾著上了馬。「月箏王妃，走，我領妳去探探猛邑軍情。」雋祁笑呵呵地說，他的隨從也都跟著各自上馬。

月箏臉色一白，真糟糕，這個傢伙知道她是誰！甚至連名字都知道！

第二十三章 無心之失

月箏第一次這樣狼狽地騎馬，被雋祁當包袱一樣塞在鞍前，顛得尾骨都要碎裂了。她幾次想大罵雋祁都因為撲面而來的勁風颳得張不開嘴，最後還極其沒面子的開始打嗝。

雋祁聽見她打嗝，笑得和撿到金子似的，非但沒有減慢馬速反而不斷策騎，摟著她腰的手臂漸漸收緊，還不怕死地鬆開握韁繩的另一隻手給她拍背，上下夾攻，拍擠得月箏只想小解。

穴道還封著，她不能動彈，清了清嗓子，她大吼一聲。「停下！」

雋祁根本不理她，駿馬飛快地在荒草遍地的平原上飛馳。

月箏覺得越來越急了，想想當著鳳璘她都那麼去臉過，一個異國倒楣皇子就更不必在乎了，說不定到了晚上鳳璘就會來把她救回去了，一輩子都不用再見面。

「停下！內急！」她迎著風喊，冷風好像一下子灌滿了肚子，更難受。

「什麼？」雋祁拉緊韁繩彎下腰，下巴都快擱到她肩膀上了。

月箏氣得咬牙切齒，他是故意的！風往後颳，她打個嗝他都聽得一清二楚，這會兒又裝聾子了。

「我要小解！」她氣急敗壞，發狠說：「你再不停下，我就尿你馬上！」

「噗哧！」雋祁笑出聲來，用力一勒轠繩，他的大黑馬漂亮地打了個立柱，落地的時候一顛，月箏覺得差點就尿出來了，恨得渾身發抖。雋祁跳下馬，毫不憐香惜玉地把她從馬上拽下來，解開穴道，一臉笑容地看著她，還用很善待戰俘的寬容口氣說：「去尿吧。」

月箏恨得要死，穴道剛解開，渾身痠麻，她哪走得了路啊?!只好忍耐地原地抖著，不停來回跳腳，希望快點恢復靈活。

「讓他們也下來！」活動間隙，月箏發現雋祁的兩個隨從還面無表情地端坐在高頭大馬上，周圍半里他們都能看得一清二楚。

雋祁難得十分依順，向兩個大漢一抬下巴，兩人就瀟灑地從馬上跳下來，雖然冷漠卻很識趣地背過身去。

月箏覺得這兩塊冷木頭的訥然都比雋祁那一臉興趣盎然要順眼無數倍，簡直都讓她感到親切了。

周圍荒草叢生，都將近到她的大腿，所以月箏倒不擔心被雋祁揩到什麼眼油，強撐著走開十幾步就蹲在最茂密的一叢枯草後解決了問題。身體舒坦了，心思就靈活起來。她身材瘦小，蹲在草叢裡低下頭簡直被遮擋得一絲不見，而雋祁似乎對她也不甚戒備，此刻正轉過身去撫摸愛馬的鬃毛。

多好的機會啊，她穿妥衣服，蹲著向後蹭，後面是一道極矮的坡地，坡下是連綿無際的一人高草地，只要跑進那裡，雋祁的馬匹就不太管用了，她逃生的機會增加八成。

終於蹭到坡底，月箏大喜過望，站起身準備全力衝下土坡，她最後看了一眼已經相隔三、五丈的雋祁一行，發現他已經閒散地坐在馬上，手裡掂著一個石塊看著她笑。月箏嚇了一跳，手腳並用地往坡頂爬，她聽見雋祁清朗的笑聲，腦後嗖嗖風響，然後一下劇痛，眼前都發了黑。

暈過去的最後一刻，她無比怨恨這個睚眥必報的小氣男人。剛才看那眼他拋石頭的動作她就覺得眼熟，完全是學她在內東關上的姿勢。

醒來的時候，周圍一片昏暗，適應了一會兒，月箏才看清自己是躺在一座還算豪華的帳篷裡。沒有生火，她是活活被凍醒的，掙扎著起身，冷得直哆嗦，不禁又咒罵了那個倒楣皇子幾句。

門簾掀了掀，她都沒看清是什麼人，就聽外面一個老婦人嘀嘀咕咕地說什麼，幾個猛邑打扮的少女便魚貫進入帳篷，生起火盆，月箏打量著她們，她們也在打量她，雙方眼神都不算友好。她們小聲說著什麼，月箏完全聽不懂，估計絕對不是什麼好話，因為她們全都露出厭恨和戒備的神色。月箏這才意識到，那個猛邑王子說的是中原話，而且還很純正，讓她都沒想到猛邑有他們自己的語言。

少女們退出去後，帳篷裡又剩月箏一個人，周圍漸漸暖起來，月箏覺得身子不再那麼僵硬了，摸了摸腦後的大包，再次怨罵一番，那個混蛋絕對是故意放她跑遠報那一石之仇的！

輕手輕腳地下了地，渾身乏力，想從猛邑營寨裡跑出去大概暫時不太可能了，反正鳳璘一定會來救她，她如今身陷敵營，正好刺探一下軍情，回去也算大功一件。

她故作鎮定地掀起門簾，門外守著四個猛邑兵士，聽見聲響也不轉身看她，木雕泥塑般聳立在帳外。月箏剛邁出一步，唰啦一道疾風，最接近帳口的衛兵的長刀就落了下來，堪堪停在她腳前一寸的地方。

月箏翻了下眼，不讓出去她就不出去了。乾脆把帳簾撩起掛在門鈎上，她坐在帳裡看總行了吧！

天色已經昏黑，她眺望出去立刻大喜，她竟能看見遠處燈火通明的內東關！雖然那麼渺小，卻給了她無比的安慰，一瞬間她差點要落下眼淚。她求證般細細打量目所能及的營帳，果然，這裡並非猛邑大軍的主營，是那個混蛋的前鋒營。營裡篝火並不明亮，但來來去去不少猛邑姑娘，使得整個營寨很沒殺氣。

沒殺氣……月箏瞇起眼，打量一下門口四尊門神的背影，跟在鳳璘身邊她也體會出了點兒什麼，僅看手下的氣勢就知道主人如何。不管這個混蛋九皇子放了多少女人在營帳裡冒充荒淫無道，但整個營寨裡沒有一個兵士狎戲女色，所以這座營寨和鳳璘的王府有相同的氣氛——如同一個高貴的公主非打扮成妖冶的娼妓，放縱得十分古怪，不耐細看。

她又看向在夜色裡尤為明顯的內東關……鳳璘，他什麼時候來救她呢？香蘭順利地回去報信了嗎？

她皺眉，雖然她恨不得立刻從這裡被救回去，卻不願讓鳳璘涉險，猛邑的混蛋皇子再笑容滿面也瞧得出不是個吃素的傢伙，萬一他是想拿她做餌，引鳳璘前來捕獲，獻給他父皇邀功呢？

四尊門神突然動作統一地動了下身子，齊聲說了什麼，一個俊挺修長的身影便從黑暗裡漸漸走入她的視野。

月箏重重地哼了一聲，仍保持托腮坐在帳門口遠望的姿勢，對雋祁的到來置若罔聞。

雋祁還是眉眼含笑，進了帳篷卻放下門簾，阻住她的視線，月箏還是不動，徹底漠視他。雋祁也不生氣，走到她身後的桌子邊坐下。「等妳男人來救妳啊？」他笑著說，像是在閒話家常。

月箏背對著他，哼了一聲，算作答話。

「他是不會來的。」他說得無比肯定。

月箏再哼了一聲，他也把她想得太傻了，他說什麼她就信嗎？

「不信哪？」雋祁呵呵笑，自己倒了杯茶喝，瞥了眼她纖瘦卻秀美的背影。「我和他似敵非友地認識了五、六年，我敢說，這世上最瞭解他心思的就是我了。」

月箏聽得憋氣，平時和月闕鬥嘴慣了，抓了語病就想反擊，簡直不假思索地怪聲怪氣打斷說：「對，你倆青梅竹馬，心意相通，天生一對！」

「噗！」雋祁噴出一口茶，心情很好地嘿嘿笑起來。「只要妳願意，我不介意啊。」

月箏又極其鄙夷地嗤了一聲，心裡很肯定地回答：我不願意！

雋祁含笑的眼睛裡閃過一絲真正的興味，看著蹲坐在帳門口，比貓也大不了多少的一團小人兒說：「喂，王妃娘娘，不如我們打個賭。」

她脊背僵了僵，還是不應聲。

他自顧自地繼續輕笑著說：「如果宗政鳳璘不來救妳，妳就心甘情願當我的女人吧。」

聽了這麼噁心的話，月箏首先想轉過身朝他臉吐口唾沫，可是腦中靈光一閃，她挑釁地轉過身，斜睨著火光照映中多了幾分俊帥的混蛋。「那我等他來救我的這段時間，你不能強迫我……那什麼……」

雋祁故作天真地瞪大眼，求教。「哪什麼？」

月箏瞪眼，嘴唇掀動，又在無聲咒罵他。

雋祁心情大好，哈哈笑著，非常痛快地說：「行！我答應妳！」

月箏放下心中大石，喜形於色，如果這個混蛋守信用，她就可以輕鬆地保持清白了，這可是她的大心病。哈哈，怎麼會有這麼好的事呢？她原月箏一直就很走運。

雋祁看著她釋懷的笑靨，黑眸深處的笑意更重了幾分，口氣卻還是輕佻下流的，他別有涵義地說：「我會讓妳主動和我……那什麼的。」

月箏聽了簡直怒極反笑，作夢也沒這麼離譜的。

「別說我沒提醒妳，這個賭妳必輸無疑。到時候，妳就心甘情願地給我生一堆孩子吧。」

在月箏眼裡，他笑得十分淫邪。她翻著眼睛看帳篷頂，極度蔑視他的結論。

雋祁心情極好，站起身踱到榻前悠然躺上去，放鬆地舒展著筋骨。「妳也看到內東關外的『戰事』了吧？我和他一樣，國家都會排在自己利益的後面。」他十分坦率地承認。「如果猛邑提出讓他打開國門，給他的好處是扶持他登基為帝，宗政鳳璘又信得過這個承諾的話，他會毫不猶豫地敞開內東關。」

月箏撇嘴表示反駁，卻在心裡問自己鳳璘會不會？就算鳳璘那麼做了，她也不覺得是什麼罪大惡極的事。順乾帝和孫皇后絕情在前，就不許鳳璘絕義在後？

「有這樣野心抱負的人，絕對不會為了一個女人讓自己陷入險境。易地而處，如果宗政鳳璘抓了我極其心愛的女人，不管這個女人多絕色、多讓我留戀，我也不會殺進內東關去救她。」

月箏的眼睛黯淡下去，她不想相信雋祁的話，卻又反駁不得。

「內東關前可以交戰如兒戲，那是互惠互利。如有必要，我們都會毫不猶豫地殺死對方。」雋祁的笑容不知何時隱去，這句話說得冷酷決絕。「我真希望他來救妳，」他似乎有些惋惜地搖了搖頭。「那麼我就可以為猛邑立下顯赫大功。不妨告訴妳，方圓十里已布下重重埋伏，賭的就是他萬分之一的慾令智昏。他不來……我雖然有點失望，妳心甘情願的服侍也算小小補償吧。」

月箏抬眼看他，俊毅的臉上盡是冷酷漠然，這才是他的真面目吧。這個賭，根本不是他和她打的，是他和鳳璘打的。貪圖她的美色不過是他一貫的障眼法，他已經布下天羅地網等著捕殺鳳璘。就像他自己說的，他和鳳璘可以笑嘻嘻在陣前有如兒戲般交戰，一旦有機可乘，全都會亮出致命的利爪。

她看向被帳篷阻擋而瞧不見的內東關，鳳璘……千萬不要來救她，她很安全，雖然雋祁說他對她只有萬分之一的無法割捨，讓她有點兒心酸，卻還是希望連這麼微小的可能都不要出現。

「喂！」她垂著頭，必須說點兒什麼，畢竟鳳璘來不來救她，都讓她傷心難過。「你到底是怎麼認出我的？」她就不信他的眼睛那麼好使，那天距離那麼遠就能看清她的容貌，易容了也還能認出來。

雋祁已經斂去剛才的冷戾，恢復了滿不在乎的笑容。「妳的香味唄。一個村婦打扮的大媽怎麼可能會帶著那麼名貴的香料？在猛邑，只有皇室才能用上來自翥鳳官嶺的香料呢。」

又是官嶺香料！

月箏氣得都要跳起來痛罵官嶺了，第一次覺得孫皇后下令禁止官嶺香料是無比英明之舉。她的這個無心之失，真是損失慘重啊！將來她要是當了皇后，乾脆一把火燒光官嶺！

她一愣，自己都差點失笑出聲了，鳳璘的野心總在她心底盤桓，連她也被蠱惑了，作起皇后夢來。

第二十四章　毒計百出

雋祁叫進了一個猛邑姑娘嘰哩咕嚕說了句什麼，月箏十分戒備，這個狡猾又小氣的男人實在讓人無法放心。

猛邑姑娘沈著臉，很不客氣地走過來拖月箏出帳篷。瞭解了她的意圖，月箏還是很積極地跟著她走的，遠離雋祁就讓她感到安全。因為語言不通，猛邑姑娘對她雖然十分鄙夷，卻不出言譏諷，月箏覺得很省心。

被帶到一個空置的帳篷，猛邑姑娘招呼了幾個士兵抬來熱水，月箏大喜過望，唯一的遺憾是帳篷裡沒有生火，很冷，那個晚娘面孔的猛邑姑娘也沒給她換洗衣服。不過這都不要緊……確定帳門掩緊，月箏急不可待地跳進浴桶，在孝坪躲來藏去就蹭了一身灰，被雋祁帶回來更是沾了滿頭滿臉的土。

水涼得很快，從桶裡出來的時候冷得簡直就要抽筋，不過月箏還是洗得心滿意足，如果雋祁每天都能提供一次這樣的沐浴，她可以減輕對他的憎恨。她又穿上剛才的衣服，很慶幸她混進孝坪扮成貧婦，普通婦人的棉衣厚實暖和，雖然不好看，卻行動方便穿著舒適，要是還穿她那些昂貴輕薄的王妃衣裙，凍都凍死她了。

猛邑姑娘估摸著時間來接她回去，月箏有些緊張，把她洗乾淨了送回雋祁的帳篷，怎麼都覺得不是好兆頭。

雋祁已經安逸地躺進被窩，拿了本書歪在枕頭上看，月箏被推進帳篷帶入的冷風讓他不悅地皺眉，抬眼瞪了她一下。剛剛沐浴過的她，洗去臉上殘留的藥汁，露出嬌嫩的肌膚，不知是害羞還是氣憤，臉頰上浮著粉紅的暈痕，更顯得俏麗嫵媚。那雙水亮烏黑的大眼睛戒備警惕地瞧著他，毫不森冷反而像隻可愛的小狐狸。沒人為她梳頭，她編了一根麻花辮，更顯得年紀很小。她的確很美，美得靈動嬌俏。

在內東關挨了她一下，他就派人打探了她的底細，從身形他就看出那是個女人，能出現在內東關的女人身分並不難猜，她倒是出乎他意料的有趣。

雋祁把眼睛落回書上，不再理她。

月箏防備了他一會兒，見他沒有獸性大發的跡象，放下心來，接著就不滿了，他也不給她安排個睡覺的地方，讓她就坐在凳子上睡？動了動嘴唇，她還是沒問出口，她都能想到他的答案，她一問睡哪兒，他就會說：我床上。

沈默有了僵持的味道，雋祁放下書，吹滅了蠟燭，什麼交代都沒有就享受地躺進鋪設厚實溫暖的衾褥裡去，帳篷裡因為點著火盆，依然很亮，月箏咬牙切齒地瞧著他的背影，覺得自己呆頭鵝一樣坐在凳子上傻得要命。

凳子太靠近帳口，月箏覺得絲絲冷風一陣陣地刺在她背上，一身身地起寒慄。探頭瞧了瞧榻上的雋祁，姿勢放鬆呼吸平穩，估計是睡熟了，她躡手躡腳地站起身，把書案後靠背椅上的皮褥子抱過來鋪在火盆邊上，抱膝團在上面，總算比剛才暖和了。睏意襲來卻無法安睡，那滋味實在煎熬，月箏倦眼矇矓，昏昏沈沈地暗下決心，回去後一定要做一張天下最舒適的床鋪，天天睡到日上三竿。

又冷又難受，這覺睡得比沒睡還疲累。雋祁倒一夜好眠，早上起來通體舒適的樣子，讓頭重腳輕雙眼發花的月箏極端憎惡。

雋祁穿著內衣掀被下床，毫不避諱月箏用詛咒般的眼神盯著他看，優雅從容地穿上外袍。他瞧了她兩眼，皺眉，極為不滿地說：「妳屁股下面坐的是父皇賜我的五塘獸皮，珍貴得很。」

月箏嘴角往下拉，報復性質地扭扭屁股，把珍貴無比的獸皮在地上多蹭幾下洩憤。

雋祁用眼風冷掃了她一下也沒再說什麼，叫人進來又用猛邑話吩咐了一通。

月箏渴望地看著空了的床榻，好像那就是桃花源一樣。一會兒雋祁出去辦公，帳篷裡就剩她一個人，想怎麼睡就怎麼睡，大不了以後她日夜顛倒！人貴在隨遇而安，她不嫌那床被雋祁躺過髒了。

雋祁打發走了下人，回眼看見她正喜孜孜地望著床鋪，一副打小算盤的樣子，忍不住好笑卻沒出聲嘲諷。

月箏聞到非常濃郁的烤肉香味，一天一夜沒吃飯的腸胃立刻翻騰起來，要不是當著雋祁的面還要保持一點兒儀態，她覺得自己都要撲到帳篷外香味的來源去了。

這時門簾被掛起，少女們盤盤碗碗端進來擺滿整張桌子，月箏雙眼閃亮地盯著香氣四溢的食物瞧，猛邑就是和翥鳳不一樣，一大早就雞鴨魚肉的吃也不嫌膩，不過此刻正合她意。

「請用吧，王妃娘娘。」雋祁彬彬有禮地含笑招呼，自己坐在桌邊只端起一碗粥喝。

月箏覺得沒有和他客氣的必要，坐上桌快速不乏優雅地吃開來，不知道是她太餓了，還是這頓豐盛早餐出自雋祁王府大廚的手藝，月箏覺得每道菜都滋味無窮，她可悲地預感到將來回了翥鳳，她一定會無比想念這頓美味珍饈的。

「好吃嗎？」雋祁喝完粥就很有耐心地看著她吃。

月箏皺了皺眉，還是決定誠實地讚美一下廚子的手藝。「嗯！」她不情願地點頭。

「這頓，就算是妳的接風宴吧。」雋祁嘿嘿一笑，月箏立刻覺得要有不好的事情發生了。

果然，他微笑著宣佈。「我的床，妳隨時可以睡上去，但只要妳睡了，我就認為妳願意和我歡好；而這麼美味的食物，妳隨時都可以吩咐下人做給妳吃，但只要妳吃了，還是代表妳心甘情願和我歡好。」

月箏面目抽搐，從牙縫裡一字一字地說：「你是要我不吃不睡嗎？」

雋祁笑而不答。「我也不是那麼不講情面的人，每天早上一頓白粥是沒其他涵義的，水妳隨便喝，我也不會誤會。」

月箏不自覺地磨牙。

雋祁看她的樣子心情更好了。「所以盼妳男人快來救妳吧，不然妳堅持不下去，可就……」笑容裡的意味讓月箏覺得十分反胃。

眼前有難眼前解吧，月箏一橫眼，就知道他不會給她好日子過的，不給飯吃是吧，這頓先吃飽了再說。剛想再塞進肚子一點兒，雋祁已經喊下人進來收拾了，月箏眼巴巴地看著一盤盤美味被端走，又更恨該死的雋祁幾分。

飯後他就不見蹤影了，月箏坐在冷冰冰的皮褥上，望著床榻快要哭了，忍吧！

心一狠，月箏倒身歪在獸皮上，地上的涼氣一下子漫浸了全身，團成一團，她想到了一個問題，不睡床鋪，拿一床被子行不行？趁他還沒說出拿被子也是表示願意和他怎麼怎麼的噁心話，她趕緊跳起身從榻上拽起最厚那條被子往地上鋪，想了想，又拽了一條厚褥子，精心在靠近火盆的角落裡為自己搭了個地鋪。躺上去雖然還是寒涼逼人，總算上邊有被下面有褥，比乾坐一晚好多了。

吃飽了又暖和，她縮在地鋪上昏然補眠。

這一覺簡直是暈厥，到了傍晚才被另一個表情和緩些的猛邑姑娘搖醒，她竟然整整睡了一天。雋祁還沒回來，猛邑姑娘把她帶到帳外，月箏簡直不敢相信雋祁還會提供洗澡待遇，剛要驚喜，帳外守門的衛兵嘩啦嘩啦地拎著一條鐵鍊走過來，拖著她轉到帳篷後面，鎖了她一手一腳拴在帳篷的木柱上。

月箏面無表情地站在帳篷邊，像條被拴住的狗。折磨她就是雋祁的樂趣，他早說了，要她主動爬上他的床。這個人心狠又奸詐，睡覺吃飯是人最基本的需求，他就從這裡下手，月箏抿嘴冷笑，和她比韌性？他必輸無疑！

大不了是一死，那她也要清清白白的去死，見了閻王也好，將來再見鳳璘也罷，她都能昂首挺胸，毫無愧色地說：我是宗政鳳璘的妻子。餓又怎麼樣，睏又怎麼樣，還有什麼絕招都用出來！她不要鳳璘把她救回去的那一天，被染了任何污垢！她還要和鳳璘幸福無比的過一生，一點點的遺憾……都不可以。

暮色裡，還沒燃燈的內東闕顯得十分昏暗模糊，鳳璘……她毫不懷疑他會來救她，她相信，他在等時機。貿然闖來只會徒增損失，她一定會等到獲救的那一天的，一定會！

帳篷裡又燃起大火盆，光亮透出來，帳內的一切都有清晰的剪影。

雋祁悠閒的洗了澡，月箏撇著嘴冷笑，這是向她示威呢。

下人們收拾完畢，一個身材窈窕的少女留了下來，他們……他們……月箏閉上眼，還好，四周都陷入深濃夜色，她置身在黑暗中，羞澀還有一些些遮擋。男人的喘息，女人的吟哦……各種各樣不堪入耳的聲響，一層帳篷隔擋不住什麼，月箏腿軟地蹲下身，緊閉著眼睛不敢睜開，她被鎖住的地方，和帳內的床榻只隔一層油氈，帳內的火光把什麼都映出來。

雋祁這個混蛋，每個折磨都如薄刃割肉，一絲一塊，都削在最不耐痛的地方。

入夜的寒風格外刺骨，月箏覺得自己連血都被凍住了，雙腿無法站立，坐在地上冰冷得渾身麻木。

帳篷裡的淫靡還在繼續，通宵達旦，好在月箏以為自己就要在凌晨最寒冷的時刻被凍死的時候，一切歸於平靜。

少女是被人抬走的，守夜的衛兵很及時地來牽她回去。

帳篷裡很暖，歡愛後的氣息因此而更加明顯，月箏都顧不上嫌噁心，幾乎是用最後的一點求生意志撲到火盆邊上去，太急切了，手指伸向熾熱的火焰時被燒紅的銅盆燙了一下，鑽心的疼，小指上迅速地起了水泡。月箏簡直顧不上了，終於把自己烘烤得能感覺到血液又開始流動，她才踉踉蹌蹌地撲到她的地鋪上，還好，雋祁並沒命人收走。

躺在榻上的雋祁一直默默地看著她，她已經被寒風凍得面無人色，縮在被子裡也抖如篩糠。

「喂，這才剛開始。」他沈聲說。「何必呢？」

月箏哆嗦得都要抽筋了，卻還是倨傲地哼了一聲。

躺了沒一會兒，天就慢慢透了亮，少女們端了早飯進來，雖然沒有昨天豐富，仍然香氣撲鼻。

雋祁洗漱妥當，坐在桌邊很體貼似的對地鋪上的一團說：「來喝口熱粥吧。」

月箏掙扎了一下，被凍了一夜，肚子餓得格外快，雖然被他一叫就來有點兒吃嗟來之食的屈辱，熱騰騰的米粥還是有無比大的吸引力，她還得好好活著等鳳璘來救她呢，餓死太虧了。

但端起飯碗她就憤怒了，這哪是粥啊，簡直是米湯！

雋祁笑了，指了指桌上最香的油酥餅。「豆沙的，吃嗎？」

月箏冷冷一笑，故意十分滿足地喝了口米湯，咂了一下嘴，似乎在回味米湯的滋味。

「不吃！」

雋祁毫不意外她的拒絕，點頭笑了笑，這才第一天，他有的是時間，他瞭解鳳璘，這個女人盼望的那一天，恐怕永遠不會到來。

第二十五章　萬千理由

夜晚的寒風越來越凜冽刺骨了，被拴在帳外的時候月箏不得不帶上褥子裹在身上才不至於被凍死，雋祁也不阻止，她自己倒很不情願，這樣回帳篷的時候褥子會被凍得發硬，半天也暖和不起來。

冬天的夜晚悠長而昏暗，就連月亮都沒光彩，帳篷裡的皮影戲看了這麼多天，也無聊了，越發覺得等候的時間漫無盡頭。月箏裹著棉褥儘量瑟縮成小小的一團，從剪影的姿勢和呻吟呼喊的語調，她就知道今晚給雋祁侍寢的是那個晚娘面孔的姑娘，猛邑名叫綺金。

月箏哆嗦著，還是忍不住奸笑一下，牙齒被凍得喀喀輕碰，笑容都變得僵硬恐怖。隔帳旁觀了這麼多天，她也算見多識廣的人了，想想開始的時候自己還羞得不好意思睜眼看，現在大方了。大概總在雋祁這個色鬼身邊近墨者黑了，她現在非但看得淡定坦然，還分出優劣好壞來了。昨天那個新來的姑娘真厲害，居然能倒掛，她瞬間被驚駭了，張了下嘴被灌了一肚子風，相比之下今晚來的綺金就很一般了，來來回回就那麼點兒本事，雋祁好像也覺得乏味，兩次以後就叫她退下了。

月箏學會的猛邑話不多，「吃飯」、「退下」是最先明白的。不等衛兵來叫她，她就自動自發地哆嗦著站起身，雖然新來姑娘的侍寢比較有看頭，她還是盼望綺金夜夜被召來。

雋祁懶散地歪在榻上，胸口細密的汗珠被火光照映著，顯得胸肌光滑結實，委實好看。月箏進帳照例直撲火盆，烤凍硬的褥子。雋祁緩緩坐起身，錦被滑落，整個精壯悅目的胸膛都露出來，烏黑披散的髮絲有一縷垂在胸前，妖嬈冶豔。

月箏瞟了他一眼，果然神色沈冷，這是沒盡興哪。

這混蛋越來越深知「誘惑」的精髓，這半露不露才最動人心，她恍有所悟，受益匪淺。開始的時候，雋祁看不起她，覺得她是看看他洗澡就把持不住的層次，月箏嗤之以鼻，當初她可是鳳璘那樣的美人躺在旁邊都冷靜克制的人呢，這算什麼呀？當然，開始的一、兩次，她還是很不爭氣，羞得面紅耳赤不敢睜眼，雋祁因此很得意，呵呵笑著故意不往浴桶裡去。她這人最受不了激，他這麼大方讓她看，她就看唄。慢慢也就麻木了，還能羞辱意味十足地從他胸口往下看到大腿，重點地方要停一停，再輕蔑地嗤一聲。

效果很好，她大方看了，他倒吝嗇起來，突然有了廉恥，知道遮掩遮掩。不得不說，遮了以後她倒是看出點兒美感來了，他的身材很不錯。

雋祁看了她一會兒，什麼美人都不能太瘦，一瘦就顯得極度憔悴，嫵媚全消，整個人都好像乾柴一樣僵硬脆弱，彷彿一碰就會碎裂。寒冷讓她的肌膚總是呈現暗沈的青蒼，烏黑的大眼和長睫卻更加顯眼，像枉死後的茫然鬼魂。

月箏鋪好了被褥，嘶嘶哈哈地鑽進去，這會兒才覺得胳膊腿兒能打彎了。

她聽見穿衣的聲響，懶得睜眼，戰事拖了這麼久，這兩天明顯吃緊了，雋祁公務纏身也不奇怪。她聽見他向帳外說了個她沒聽過的新詞兒，迷迷糊糊就要入睡，卻偏偏聞到飯菜的香味，這是比任何折磨都難忍受的刺激。

飢餓，真的能讓人發瘋。她可以滿心譏誚地反擊雋祁的男色誘惑，對食物卻顯得異常脆弱。好幾次，她都想哭著哀求雋祁給她一個饅頭，半個也好，終於還是忍住了。

她不怕他脫光了，卻怕他在她面前吃飯，每次看著他的菜色，她都覺得自己絕對要熬不住了。

希望，是個很神奇的東西，每次她覺得自己就要敗給飢餓、敗給雋祁送進嘴巴的每口食物，她就對自己說，必須堅持下去，說不定這個晚上，鳳璘就會偷偷潛入救她離開，如果在他來救她的前一刻放棄了，這輩子會後悔死的。

兵士送來一托盤食物，月箏死死咬緊牙關，口水不停的分泌，真要命，她像乞丐一樣在食物面前不停的嚥口水，這樣會讓雋祁更開心的。她轉過身，不讓雋祁看見她的臉，是紅燒肉的香味啊……她不自覺地扭緊被子，忍耐，拚了命也要忍耐。猛邑軍營明顯有了動靜，想來是二皇子已經到達，大戰在即，鳳璘就會趁著混亂來救她了。

「這是第幾天了？」她聽見雋祁緩慢低沈的問話。

「十四天。」她答，說說話也好，不然她就要被肉香饞瘋了。

雋祁一笑。「記得真清楚。」

月箏垂下長睫，能記不清嗎？飽受折磨的每時每刻她都盼著鳳璘在下一個時辰、下一個夜晚來救她。

「我二哥已經到了，明日一早，猛邑主力就要向內東關推進，駐紮在我營寨的前面，也就是說，今晚宗政鳳璘不來救妳，就再也沒機會了。」

月箏愣了一下，今晚嗎？

她鼻子突然就泛了酸，好像緊抓著的浮木忽然斷裂了，不，她不要沈下去。「一定是鳳璘有信心打敗你們，等著你們禮敬有加地列隊把我送還。」她故意用平時的譏誚口氣說，是了，話說出口，她自己也就深信不疑了。

雋祁呵呵笑起來。「沒見過像妳這麼傻的女人。他有心救妳回去，不會拖到現在。妳說，是對付我的衛隊容易，還是對付整個猛邑大軍容易？原月箏，妳該清醒了，妳……被他拋棄了。」

「不！不會！」她失去鎮定，喊出來的時候聲音嘶啞哽咽，這樣的音調把她自己都嚇了一跳，她是在懷疑鳳璘嗎？雋祁的幾句風涼話就讓她不再相信鳳璘了嗎？她深深吸了口氣，又恢復了滿不在乎的語調。「哦？你覺得是挑撥離間的好時機啦？」雖然一等十四天，她對鳳璘的信心和剛來的時候一樣，毫無減弱！

雋祁看著她瘦削的背影，沈了眼不再說話。

火盆裡的木炭噼啪作響，雋祁挑了下眉。「今天是個特別的日子，有宵夜，過來吃吧。」

她顫抖了一下，真是沒出息啊，一提到吃，她就氣勢全消。真的太餓了，腸胃都好像打成了結，而且越來越緊，像是要磨穿了，肚子變成了空落落的無底洞，把她的意志都要拉下去了。

「來吧。」他輕聲召喚，難得有了絲溫柔意味。

月箏跳起身，飛快地跑到桌前，她也想鐵骨錚錚地嗤笑一下，但實在做不到啊！相信、等待……必須她還活著才行。

「媽的！」看見碗裡清澈如昔的米湯，她終於爆了粗口。罵了以後很痛快，她的美好是要留給鳳璘看的，對雋祁大可不必再偽裝。「都說了是加餐，你倒是多給幾粒米也好啊！」她咒罵。

雋祁笑了，拿起一個鬆軟熱騰的饅頭，遞向她。「這才是加餐。」

手指甲都摳進手心的肉裡去了，月箏覺得自己的眼睛死死地被吸在饅頭上，可是她用最後的理智問：「是白給吃的嗎？」

雋祁抿了下嘴角。「吃吧，白給的。」

月箏幾乎是從他手中搶過饅頭一下了就塞進嘴巴，貪婪地咬了幾口又捨不得了，太快吃完太可惜了，她非常克制地小口小口咀嚼，小麥的香味都要滲入她的骨頭裡去了。

雋祁一直在看她，沒有譏嘲戲弄的神色，這個女人……是他見過最堅韌、最美麗，也是最傻的。「慢慢吃，」他突然厭恨她的執著，抑制不住自己的惡意，對她說：「過了今晚，沒人來救妳的話，就給妳這盤肉。」

他沒看錯，她的眼睛突然就進了水氣，但是她沒哭，還是慢慢地吃著手裡的饅頭，好像沒聽見他的話。

這一夜，格外漫長，帳篷外除了寒風呼嘯，什麼聲響也沒有……

喝了熱湯吃了饅頭，本該有一夜好眠，她還是眼巴巴瞪了一宿眼睛，每一點風吹草動她都會心跳加速。該死的雋祁，他的新詭計異乎尋常的成功，他是想讓她在盼望後絕望吧？笨蛋也知道，鳳璘在猛邑大軍推進前沒來救她，今晚就更不可能來了，雋祁一定是毫不鬆懈地張網等他，鳳璘本就進退維谷，更是沒辦法找到機會來救她。

會不會……鳳璘以為她已經死了？

她這才真的有些絕望，不不，她對自己連連搖頭，雋祁還指望她當誘餌，自然會把她還活著的消息透露給鳳璘的。

猛邑大軍向內東關撲過去，氣勢還真是地動山搖，尤其她躺在地上，感覺更是鮮明。

雋祁早早起身披好甲冑，早飯也沒吃就出帳去了，老嬤嬤端來給她的早飯仍舊是米湯，月箏驚喜的發現，今天的米湯真的可以算作粥，很濃稠。

她還掙扎了一下，萬一雋祁給她肉吃，她能不能傲然拒絕？畢竟這個挑釁對她來說太殘酷了，可是對香噴噴的肉扭開頭……她也沒了信心。還好，雋祁再沒提，她也就沒為難了。

平靜的駐守生活就在那天早上中斷了，月箏漸漸習慣每天滿耳廝殺哀號的聲響，攻城的炮聲會讓她心口發悶，震得想要嘔吐，還好，她沒什麼可以吐出來的。

每天傍晚雋祁臉色沈冷的回來，她就很高興，看來鳳璘打得很順利，這麼多天了，內東關安然無恙。

她也想過趁亂逃離，雋祁雖然沒揭破她，卻把門口的守衛增加到六人，她連揭開帳簾望一望硝煙都會被阻止。

日子變得更漫長，也更寒冷了。

月箏天天圍著火盆轉還是凍得渾身發僵，心中忍不住怨，猛邑幹麼非要大冬天的來打仗?!慶幸的是，戰役開始，雋祁營中的少女就沒剩幾個，他估計也沒心思沒體力，這段時間都十分安分的睡覺休息，她也不必出帳受凍，很是開心。

也許是總縮在營帳裡，她漸漸算不清到底又過了多少時日……不管過了多少時日，她都不動搖！

看雋祁越來越寡言少語，她的希望就越來越高漲，鳳璘大敗猛邑之日，一定會接她回去的，她要風風光光的回到他身邊，毫無愧疚地緊緊摟住他，對他說：鳳璘，我回來了！

第二十六章　知恩圖報

雋祁已經兩天沒有回營帳了，月箏努力地回想日期，應該快過年了吧？無論是猛邑還是翥鳳，都到了人心思歸奮力一搏的時刻。因為她聽不懂猛邑話，雋祁和部下商量軍情並不避諱她，從他們凝重的神色和低沈的語調看來，猛邑和翥鳳應該是陷入了僵局，而且猛邑是吃力的一方。

帳外響起了惶急的喊話聲，很多人在嚷嚷，月箏蒼白著臉從火堆邊站起了身，是不是戰爭結束了？

帳簾掀起，四個壯漢抬著擔架把雋祁送了進來，很多猛邑將領也都憂心忡忡地跟著進來，嘰哩呱啦地沈聲說著什麼。

月箏悄悄地縮向角落，每逢猛邑將領來這裡，她都很戒備地蜷縮到不起眼的地方，生怕這些粗魯的武人會對她產生什麼非分之想。雋祁雖然可惡，倒還信守諾言，算得上是個很下流的君子，總比那些粗鄙殘暴的猛邑武將要好得多了。

一個醫官模樣的人帶著兩個助手匆匆趕來，雋祁的榻前圍了好幾層人，縮在角落的月箏看不見他到底受了什麼傷。她突然害怕起來，雖然她詛咒過雋祁，當他真的生命垂危，她才意識到他死後她也許會落入一個連中原話都不會說的猛邑野蠻人手中，那後果……她簡直毛骨悚然。

雋祁畢竟出身皇家，對女人向來不缺，所以才有心情與她玩「心甘情願」的遊戲。這些猛邑武將……她看一眼都覺得噁心，他們是絕沒有耐心去征服女人心靈的。

醫官很果斷，很快整個營帳裡只剩他沈著地下達指令的聲音，所有人都非常緊張地看著。

月箏不自覺屏住呼吸，真是可笑，她天天咒罵怨恨的男人此刻對她來說竟是不能失去的保護者，她極為虔誠地祝禱他千萬不要死。

一直昏迷的雋祁突然悶哼一聲，所有人都放心地發出低呼，似乎最危險的時刻已經過去。醫官又說了什麼，武將們點頭，紛紛退了出去。

月箏這才看清了雋祁的情況，他臉色死白地躺在榻上神智不清，甲冑已被脫去，光裸的上身血跡斑斑，醫官正皺著眉處理左肩的傷口，摁在傷口上的白紗布瞬間就殷紅了，小醫僮不停地更換。地上扔著一枝斷箭，看來雋祁是中箭了，傷口離心臟很近，差點就沒了性命。

血止住得還算快，醫官和醫僮都長長鬆了一口氣，密實地裹好了傷口，幫雋祁清理了身上的血污。醫官叫來一直服侍雋祁的老嬤嬤，嘀嘀咕咕地囑咐了半天，其間兩個猛邑少女端來熱水，小心翼翼地為雋祁擦身換衣，雋祁的臉色稍微緩和了一些，似乎沈睡過去。

老嬤嬤和猛邑少女退出去的時候輪番瞪了已經縮回地鋪的月箏一眼，月箏不痛不癢，她們肯定是怨恨她不伸手幫忙。只要雋祁不死，她巴不得他受點兒皮肉苦洩憤。

老嬤嬤親自來給雋祁守夜，雋祁失血口渴，總昏沈地低喃「青來」，是猛邑話水的意思，老嬤嬤就不停地餵他喝水，吵得月箏也沒法安睡。

後半夜雋祁咳嗽幾聲，似乎恢復了意識，小聲對老嬤嬤說了什麼，月箏聽見忍不住抬起身往榻上張望了一下，果然見雋祁眼神清明，見她起身還冷冷看了她一眼。月箏撇了下嘴，放心釋慮地躺回被窩。老嬤嬤卻走過來不客氣地把月箏拖出地鋪，月箏被嚇了一跳，惱怒卻掙不過手腳有力的老嬤嬤，手心一涼，被塞了什麼東西，低頭一看——恨恨的又扔在地上，是夜壺。

老嬤嬤向來管著雋祁的侍妾，對付不願幹活的丫頭很有一套，頓時一巴掌甩過來，打得月箏眼冒金星，半邊臉瘓麻一片，嘴角一熱，淌出一條血痕。月箏惱羞成怒，長這麼大還沒吃過這樣的虧，撲過去就想打回來，老嬤嬤根本沒把她這樣瘦骨伶仃的姑娘看在眼裡，從容不迫地出腳一絆，月箏受餓虛弱，被她十分俐落地掃倒在地，臉疼加上屁股疼，氣得火冒三丈。

老嬤嬤也不屑再理她，吼了一句什麼，轉身就出去了。

躺在榻上看的雋祁笑得痛不欲生，傷口又滲出血來，緊抿著嘴想忍笑，全然失敗。

月箏氣得發狠拍地，死瞪著笑不可抑的混蛋。

「快點，忍不住了。」雋祁笑著催促。

月箏坐在地上不動，氣急敗壞地嚷：「你就尿在床上吧！」

雋祁皺眉，不耐煩地嘶了一聲。「快點！妳還想挨胡嬤嬤一頓揍啊？」

「揍吧，揍吧！有本事打死我算了。」月箏氣得直蹬腳，因為瘦削而顯得越發纖小的身材發起脾氣來毫無威力，像個坐在地上撒嬌發脾氣的小孩子。

雋祁看著她，眼睛裡泛起一絲說不清的幽暗。「妳這點兒事都不肯為我做，我還當什麼信守約定的君子啊？我忍得好辛苦，還是當小人算了，比較適合我。」他聲音雖然不大，卻說得中氣十足，哪像個重傷的人。

月箏皺眉，苦苦掙扎，怕他反悔用強一直是她最驚懼的，畢竟如今她已經毫無抵抗之力了，除非一死。她已經苦苦地堅持了這麼久，眼看戰爭就要結束，這時候放棄……她死都不甘心！

「又不是沒看過！」雋祁煩躁。「裝什麼呢，快點！妳有什麼損失嗎？」

月箏咬了咬嘴唇。「你就不能再叫個人來嗎?!」手還是哆哆嗦嗦地伸向夜壺，算了，他就是故意刁難！他說的也沒錯，她沒吃什麼實質上的虧，樂觀一點兒想，這也算揩油。被他「耳濡目染」了這麼久，她不知不覺也用他的無恥方式來想問題了。

大概他也有點兒急，所以無心戲耍她，十分配合，月箏死死板著臉，讓自己看上去無動於衷。手舉著，眼睛看向別處，一扭臉嘴角扯痛，胡嬤嬤那一掌之恨又沸騰了，她忿恨不已地怨罵出聲。「老不死的，那麼大年紀有什麼不好意思的?使喚別人幹麼！」

雋祁舒坦了，心情大好地呵呵笑出聲，深邃的眼瞳卻沒染上笑意。「說我沒碰過妳，連我的主事嬤嬤都不相信，這事她當然叫妳了。」

月箏翻白眼，怨氣難消，嫌惡地把夜壺放到角落，不停在衣服上擦手。

「我可是個知恩圖報的人，」雋祁戲謔輕笑。「我受了重傷，妳好好伺候，我每頓給妳加個饅頭怎麼樣？」

月箏掙扎了一會兒，沈默不語，這個條件對如今的她來說已經是天大的誘惑。就當照顧病人吧，她洩氣地垂下雙肩，飢餓……實在太可怕了。

天大亮以後猛邑二皇子也親自來看受傷的九弟，月箏照例閃縮在一邊，偷眼看這位猛邑主帥。

二皇子三十左右年紀，皮膚白皙，留著整齊的短鬚，對雋祁表現出極度的關心和愛護，諄諄囑咐了很多話，帶來了許多補品和傷藥。

月箏看見他的第一眼，就覺得雋祁想從他的手中搶奪到點兒什麼幾乎不可能。這是一隻成了精的笑面虎，她聽不懂他對雋祁說什麼，可那關愛幼弟的兄長姿態他表現得淋漓盡致，如果不瞭解雋祁這幾年來宛如流放邊關的生活，肯定會被他真誠的神情感動。月箏細細看他的眼睛……感到心裡發寒卻有那麼一絲似曾相識，是了，二皇子的眼睛裡有著和鳳璘相同的深幽。

能生出這樣兒子的母親，一定不會像孫皇后那樣婦人之見，至少二皇子的母親敢於讓兒子冒險，深知收買人心和積累聲威的重要，不像孫皇后，謹小慎微得幾乎小家子氣。看見了二皇子，再想想鳳珣……月箏由衷為鳳璘感到僥倖。

二皇子極為警覺，敏銳地發現了月箏的打量，看似雲淡風輕的一眼看過來，眼眸中卻有利劍寒冰。

月箏不自覺地哆嗦了一下，趕緊低下了頭，慶幸自己最近受凍受餓，瘦得形銷骨立，不至於讓二皇子一見鍾情。二皇子還是細細打量了她一會兒，月箏如坐針氈，還好雋祁「虛弱」地又說了句什麼，二皇子才收回眼光，告辭出去。

確定二皇子走遠，剛才還懨懨垂死的雋祁一掃頹勢，傲慢地吩咐月箏。「妳看看他都帶什麼來了？」下巴一點桌上二皇子帶來的一堆物品。

月箏也挺好奇，再不和他鬥氣，走到桌邊一一翻看，除了有名的藥物和貴重的補品，還有不少陣前難得一見的食物水果。看著新鮮無比的貢品蘋果，月箏嚥著口水戀戀地摸了又摸。

雋祁瞧著她，譏嘲地嗤笑了幾聲。「把那些吃食挨個兒都吃一點兒，妳要是沒被毒死，再給我吃。」

月箏雙眼發亮，試毒可真是個好差啊！不顧吃相難看，她把糕餅水果逐一吃了個遍。

「慢點吃！」雋祁看不入眼。「不然我都不知道妳是被毒死還是撐死的。」

月箏吃得開心，不屑理他，正猶豫要不要趁他不注意揀格外好吃的再偷塞幾口，這時胡嬤嬤送完二皇子回來了，進帳就瞧見月箏撲在禮物上狼吞虎嚥，幾個箭步衝過來一把推倒月箏，繃著臉責罵了幾聲，被雋祁阻止。雋祁又對她說了什麼，胡嬤嬤悻悻住口，狠瞪了坐在地上的月箏一眼。

月箏故意心滿意足地擦嘴巴，斜睨她挑釁。

胡嬤嬤橫眉豎目卻終於沒再動粗，高聲喊其他的猛邑少女來把東西都收拾出去。

月箏心裡暗恨，這個老東西是防她偷吃吧？

月箏覺得胡嬤嬤因為「試吃」事件和她結了大仇，以前至多是對她不理不睬，現在簡直多方針對，下定決心折騰死她。伺候雋祁的猛邑少女只留了兩個，其餘都被送回大彤關，雋祁受傷，故意養病不出，保留實力，天天高臥在營帳裡。胡嬤嬤事事使喚月箏打理，月箏開始還不屈反抗，胡嬤嬤為人十分陰險，當著雋祁不敢太放肆，守在帳裡等他入睡，逮住月箏就捂住嘴巴一頓修理，月箏拚死掙扎也打不過她，被掐得渾身青紫。

月箏知道，雋祁根本是故意裝睡不阻止胡嬤嬤的暴行，她被胡嬤嬤逼著給他餵飯的時候，明明看見他死忍著笑的可惡嘴臉。她痛恨不已，故意多挖一勺米飯塞進他嘴巴，立刻就被站在旁邊監視的胡嬤嬤厲聲威脅，就算語言不通也絲毫不減威力。月箏忍氣吞聲，這個眼前虧吃大了，但也無可奈何，沒被雋祁怎麼樣卻被一個下人折磨死了，她會冤得幾輩子在黃泉邊上悲鳴的。

侍候雋祁吃完飯，胡嬤嬤扔給她一個饅頭，招呼人收拾碗盤也跟著出去了。

月箏氣鼓鼓地蜷在雋祁榻前的熱磚地上啃饅頭，每一口都當成是胡嬷嬷的肉。

原本就是皮肉傷，補品好藥餵著，雋祁恢復得神清氣爽，閒極無聊地趴在榻邊戳月箏的後腦勺，嘿嘿直笑。「知道厲害了吧？」

月箏用力嚼饅頭，悶聲不響。

「喂，妳不覺得……相比之下，我對妳很好嗎？」

要不是愛惜食物，月箏真有心轉過頭一口吐在他臉上。

雋祁突然支起身靠近她皺眉嗅了嗅。「什麼味兒？臭死了！」

月箏一陣羞赧，他就是故意讓她難堪。她想裝作滿不在乎，終於還是恨恨地說：「讓你二十幾天不洗澡試試！」

雋祁誇張地躺回榻上，還遠遠避入裡側，嘖嘖嘲諷說：「這哪是當初滿身香氣的絕美王妃，簡直是鄉下養豬的大嬸。」

月箏氣得說不出話，要不是貪戀為他養傷而搭建的熱磚地炕，早憤然縮去角落了。

胡嬷嬷回來後，雋祁對她吩咐了什麼，胡嬷嬷臉色不善地揪起地磚上的月箏，壯碩的嬷嬷和瘦弱的月箏老鷹抓小雞一般走向帳外。月箏又被胡嬷嬷乘機掐了幾把，還以為雋祁是縱容她出來動用私刑，卻被扔進一個帳篷給了桶熱水沐浴。

月箏泡進熱水裡真的哭了，覺得這算得上是人生的驚喜。

洗得香噴噴地回到帳篷，雋祁直直地盯著她看，月箏心頭一寒，他的眼神……她不是傻子，當然知道他心裡有了淫邪的想法。故意瞪了他一眼，也不敢再去他榻前取暖，故作鎮靜地走回她的冷地鋪。

雋祁下床，她原本就如驚弓之鳥，立刻就戒備不已地縮向角落，一副決然模樣死盯著他看。

雋祁飛快地欺近，沒受傷的手用力捏住她的下巴，幾乎把她從地上拎起來，疼得她全身僵直，顫抖地低嚷。「你說好信守約定的！」

他冷然一笑。「該死的約定！」他低咒一聲，突然俯下身來，細細看她因為羞憤而櫻紅的俏臉，大拇指用力揉搓她因為剛剛沐浴過而格外嫣紅的嘴唇。「用嘴巴給我來一次吧，妳不說、我不說，無損妳的貞潔，就當是對我萬般忍耐的回報。」

逼入絕境，月箏反而不似剛才驚惶，被強迫著抬眼看他，她冷冷一笑。「你殺了我吧，再不甘心，我也不要沾染一絲污穢！」

「污穢?!」雋祁怒極反笑。「妳貼身服侍過我，看了那麼多淫靡豔事，早就不乾淨了。」

月箏的臉白了白，長長的睫毛慢慢垂攏，晶瑩的淚珠從眼角滑落到他箝制她的手指上。「是……我已經不再是當初的原月箏了，可我還沒有羞愧得要去死！等我看見他的時候……」

他冷笑著打斷她，手指加勁。「看見他？妳還沒醒嗎？今生今世，妳別指望了！」

她閉著眼，微微一笑。「一輩子不來……我就等他一輩子。」

他一震，瞪了她一會兒，終於克制住自己的怒氣，甩開她的臉，恢復譏誚口氣。「妳這個不懂知恩圖報的東西！」

第二十七章 勿忘承諾

一年中最冷的時候，加厚了帳篷也無濟於事，帳篷裡的大火盆烤得月箏口乾舌燥卻還是渾身冰冷，感覺骨頭都被凍硬了，哆哆嗦嗦偏還手腳僵直。雋祁從那天提出過分要求被她拒絕後還算安分，可她不敢靠近他——和他溫暖的地炕。

雋祁的傷好得很快，讓她羞憤不已的「服侍」漸漸就終止了，胡嬤嬤也不總在帳篷裡守著他，月箏鬆了口氣，覺得這幾天過得舒坦多了。

半夜帳外的寒風呼嘯得十分嚇人，像鬼哭狼嚎一樣，月箏冷得無法入睡，在被子裡簌簌發抖，不停往自己麻木的手上呵氣。帳簾被猛地掀起，月箏被颳進來的冷風螫了一下，上下牙關咯咯輕磕了幾下。她皺眉轉身去看，是誰竟然半夜不通稟就闖進來，看來發生了重大的事情。

帶著一身寒氣闖進來的是雋祁心腹屬下，月箏認得他，他和雋祁一起去孝坪，好像叫登黎。她來了這裡就沒再見過他了，顯然他不是負責看門護院這種小事情的。登黎還穿著甲冑披風，肩頭落了一層厚雪，月箏看著那刺目的白色……下雪了，她都不知道。

雋祁也立刻感到了異常，起身沈靜地看著他，登黎連問安都沒有，低沈地說起了什麼，雋祁的臉色也漸漸青白凝重，垂著眼並不答話或者詢問。

月箏突然有點兒歡喜，是不是猛邑被打敗了？看雋祁的樣子像是這樣。

登黎出去的時候，不著痕跡地瞥了月箏一眼，月箏一直在偷偷觀察他，立刻被那冷漠的眼神掃得心頭一激靈。猛邑戰敗退兵——雋祁會不會殺了她？身為俘虜，即使鳳璘再施壓，決定權還是在雋祁手中。他是遵守了約定，卻不見得會成全她的願望。

營寨裡漸漸起了震動，人聲馬嘶越來越嘈雜，地面都被踩踏得輕輕震顫。

月箏坐起身，腦中一片凌亂，竟然感覺不到寒冷，她愣愣地看著盤腿坐在榻上的雋祁，這一天終於到來，她卻是從未有過的恐懼。

雋祁面無表情，半垂著眼睫，火光卻把他的黑瞳照映得熠熠生輝，他似乎在作艱難的選擇，心緒起伏。

「喂……」她終於忍不住叫了他一聲，他再不說話，她就要瘋了！太緊張，也太無助了。她的生死、她的人生，全都操縱在他的手裡。

雋祁抬眼看她，眼中的輝光卻迅速斂去，只剩幾點寒星。

月箏咬著嘴唇，突然不知道該怎麼說。

她很怕，猛邑突然凌晨撤兵，鳳璘即使有心救她，恐怕也要大費周折。一路北退，會有各種意外發生，每一種都是讓她膽寒心碎的。

雋祁看著她，瘦得只剩巴掌大的小臉早失去昔日豔光迫人的嬌媚，可她那雙因為瘦削顯得格外大的眼睛……還是那麼清澈瀲灩，他用了很多辦法想去遮掩這種發自內心的純美，但沒有成功。從小嬌生慣養的她，終於還是堅持到了最後。

他看著看著，突然壞壞地挑起嘴角一笑。「當我老婆怎麼樣？和我北歸。」她的瞳仁驟然收縮，本就毫無血色的臉頓時變得青蒼透明，他都看見了她太陽穴輕輕顫動的血管。

「也是王妃，妳沒虧。」他陷入被裡的手緊緊握拳，臉上還是笑嘻嘻的。

「不！」她直直地盯著他看，剛才眼中的盼望、恐懼全消失了，他知道她在期待什麼，他的話粉碎了她的希望，於是她又變成了一塊冷脆的生鐵，寧碎不彎。

他緩慢地抿起嘴唇，原本就太過刻意的笑容淡去得十分突兀。在她心裡，只有宗政鳳璘，其他人全是塵埃糞土！他早知道，卻還是不甘心，不甘心到最後一刻！

「問個事兒。」他懶散地半躺在枕頭上，斜睨她一副決心赴死的慘痛模樣。「我和宗政鳳璘，除卻身分地位，就以妳看男人的眼光看，誰更好一點兒？好好答，答對有賞。」

月箏一愣，她正悲痛欲絕，早知道最後的結局還是一死了之，她何必受這麼多天的活罪？虧了！還不如被他抓來的時候就抹了脖子，死得何等壯烈風光。就在這麼淒慘的時候，這個混蛋居然還問如此幼稚的問題?!她本想出聲大肆刻薄他一番，卻看見他微微一笑，眼睛裡有她陌生的光一閃而逝。她皺眉，他是和鳳璘處境相似的失勢皇子，他這麼問……她決定認真地思考一下，也算是對他和鳳璘同病相憐的一點兒安慰。

就容貌而言，鳳璘精緻、雋祁冷魅，各有千秋，從猛邑少女對雋祁俯首帖耳的樣子，可見他在猛邑也是上等的美男子，就算和鳳璘勉強相等吧。個性……鳳璘是那種話全悶在肚子裡，怎麼問都不會掏心窩子的人，雋祁也差不多，像他們這樣的處境，心直口快早就死八百遍了，雋祁稍微還風趣了些，雖然他的風趣在她看來格外該死。

她展眉，忽略掉自己心裡的答案，撇著嘴巴說：「哪還用比？當然是……」

「行了！」他冷笑，打斷她的話，只要有她剛才那一瞬的猶豫，也就足夠了。他躺下，用被裹住自己。「我父皇……昨晚駕崩了。」

月箏正壞心地想繼續大聲說出鳳璘比他好，卻被他平平淡淡說出來的消息恍惚了心神。她瞪圓了眼睛，他父皇死了……不管誰登上寶座，或者他自己也想最後一搏，他的人生都在昨晚改變了。

「猛邑和翥鳳一直陷入苦戰，誰也沒得著甜頭，父皇一死，二哥怕京中其他兄弟混水摸魚，定會火速收兵北歸，戰事自然就不了了之，鳳璘算是撿了個大便宜。」

他說起父皇、二哥的語調那麼諷刺卻難掩孤寂，她聽得心酸，鳳璘每次說起皇上和鳳珣，口氣和他簡直一模一樣。

「你……不會有事吧？」她低聲問，也覺得自己問得很傻，就連雋祁自己也不知道答案的。

雋祁一笑，翻了個身背對她。「我是個守信重諾的人，妳呢？」他故意嘖嘖出聲。「女人都不可信。」

月箏哼了一聲，她可是因為鳳璘一句話而苦學六年技藝的人。「怎麼不可信？我比你強多了，只要答應了，連一絲『動搖』都不會有。」她別有用意地加重了口氣，諷刺雋祁前兩天那個噁心的提議。

雋祁聽了她的刻薄反而嘿嘿笑出來，月箏翻了個白眼，恬不知恥。

「如果妳答應了我的條件，我就放妳走。」

月箏木然地看著他的背影，一時反應不過來，他說……放她走?!

「答不答應啊——」他故意拉長語調，為了能離開這裡，她什麼都會答應，他又何須再問。

「你真會放我走？」月箏瞪著眼睛不敢置信地問。

雋祁苦笑，她果然只聽了半句。

「將來宗政鳳璘不要妳了，妳就回來心甘情願地侍候我，直到終老，能做到嗎？」

她微張著嘴巴，嘴唇都顫抖了，他真的就這麼簡單地放她走嗎？她還是無法相信。

「他不會不要我的！」與他在這個問題上爭辯慣了，她滿腦子其他的事，嘴巴卻習慣地反駁了他一句。

雋祁沒再說話，月箏愣了半天，突然不知所措起來。

「妳不是在等我送妳吧？」雋祁譏諷地冷笑著開口。

月箏腦袋裡一片空白，突然意識到什麼似的發了瘋般跑向帳外。

夜色格外深濃，鵝毛大雪劈頭蓋臉地一下子把她裹住了，好冷！但她的血液都沸騰了，殘破的鞋子被積雪黏得幾乎一步一拖，腳底像踩在刀刃上般劇痛冰冷，可是，她每走一步就離鳳璘更近一點啊！

營寨裡一片混亂，火把的光把周遭的一切晃得影影綽綽，如同幻景，撤退的時候再嚴整的軍隊也掩不住慌亂的樣子。

月箏並沒引起任何人的注意，一路故意從陰影裡穿行的她終於瞧見了通往內東關的最後一道關卡。仍舊重兵把守的要塞與準備撤離的營寨不同，靜肅嚴整，一絲不亂。月箏膽怯了，生怕被他們抓住，落入猛邑其他人的手中。

四個兵士簇擁著一個男人不疾不徐地走來，踩得積雪吱嘎一片響，月箏藉著火把的光亮看清來的竟然是雋祁的手下登黎！她的心突然跳得厲害，這是她唯一的機會。

登黎走來和把守關卡的兵士頭目小聲地說著什麼，眼神準確無誤地掃向月箏藏身的地方，下巴輕而又輕地一挑，月箏咬緊牙關，簡直是閉著眼狂奔起來，自己都弄不清是怎麼跑出關卡的。她聽見猛邑士兵在呼喊，大概是讓她站住，卻沒人追出來。她因為緊張而迸生出超常的力量，一口氣在風雪裡奔跑了很長時間。

等她覺得自己再也沒力氣抬腿，終於大口喘氣地停了下來，凜冽的寒風被吸進肺裡，嗆得她眼淚都要流出來了。

沒了火把，她覺得自己陷入一片深冥，只覺寒風冷雪撲打在身上，腿已經凍得沒有知覺，她用力四望，只見眼前紛亂的雪花，世界好像只剩她孤孤單單一個人。

她會被凍死嗎？凍死在回到鳳璘身邊的路途上？不，絕不！

她一橫心，每天都在帳篷裡眺望內東關的方向，她怎麼會迷路？就是前方，只要咬牙一直走，一直走……她會回去的！

雪漸漸停了，天色也緩慢地亮起來，月箏藉著微薄的晨光極目遙望白雪覆蓋的內東關……看見了！她想哭，淚水變成冰珠凍住了她的睫毛。哭什麼？來自眼睛的刺痛告訴她，這不是她的夢！

馬蹄聲來得很急，她肝膽俱裂地回頭，看不見人，只見一團飛揚的雪霧急速奔來。

她嚇壞了，已經沈重不堪的腿突然有了力氣，加快了移動，可是收效甚微，她根本跑不快！因為慌亂而著急，她被厚厚的積雪絆倒，無比狼狽地摔倒在雪地上。

她被濺起的雪凍疼了眼睛，用袖子飛快地擦去才又能看見東西，她一凜，距她不足三尺的地方……是雋祁的大黑馬。

她賭氣擰開頭不去看他，他後悔了吧，來抓她回去，她就知道沒這麼好的事。

一件厚重的狐皮斗篷鋪天蓋地的罩落下來，她嚇了一跳，狼狽至極地撥開，露出腦袋，來自披風上他殘留的溫暖一下子擭住她，她貪婪地裹住。

「我突然想起，」他高高端坐在駿馬上傲兀地俯視著她。「妳還沒答應我會不會遵守承諾。」

月箏緊緊握住身上的皮裘，手指麻木而疼痛，雋祁……

「說啊。」他突然俯身，粗暴地抓住她胸前的披風，把她從雪地裡提了起來，雙腳都騰了空。

「嗯，我……答應。」她突然覺得睫毛又緊緊地黏連在眼下的肌膚上，眼睛一陣透骨的寒冷刺痛。

他盯著她看了一會兒，冰冷的唇突然罩在她的唇上，月箏閉上眼，沒有拒絕，眼睛突然更疼，眼角一寒，竟然在頰邊凍成了一顆小小的冰珠。他的心意……其實她也懂，僅憑他終於還是沒有強迫她這一點，她就發自內心地感謝他。

他喘息著與她分開些許，沈沈地看了她一會兒，用另一隻手摘去了那粒冰珠。

手一鬆，她便頹然跌回雪中。

「記住妳的承諾！」他恢復了冷傲的口吻，囂張地警告。

月箏低著頭，再沒抬起。

「嗯？」他威脅地瞪著她。

月箏突然握了個雪團，抬頭準確地打中他的額頭。「我記住了，可絕不會有那一天的！」

雋祁沒有避開，雪團在擊中他後散開，幾縷殘雪掛在他的長睫和鬢髮上，更顯得雙眸幽黑，面孔的輪廓接近完美。她看得愣住了，真好看……

他突然笑了，不想顯得自己太過狼狽，決絕地一拉韁繩，盤轉馬頭。他想馴服這個女人，還是沒能成功。她的堅持……竟讓他狠不下心粉碎她的希望，漸漸的，他期待也有個女人能為他這樣執著。

月箏裹緊他的披風，看著他馬蹄踏出的雪煙……他其實從未讓她失望過，甚至鳳璘都沒做到這一點。

如果沒碰見鳳璘，她會選他的！當然，要管吃飽穿暖。她苦澀的笑了，不敢再流淚，太疼。

「雋祁……」她突然站起身，向他的背影大喊。「你要保重！」雖然他對她絕對算不上好，可他卻還是成全了她。

他在馬上的背影僵了僵，這是她第一次喊他的名字。

隨意舉了下馬鞭，他示意聽見了她的話。

第二十八章　癡心無藥

積雪和寒冷似乎加長了她的歸途……眼望著內東關，月箏有些絕望，明明就在眼前，為什麼總是走不到呢？

她從不懷疑自己能成功的到達，她一直幸運慣了，只要她堅持，什麼祈盼都能變成現實。

一個馬隊從內東關裡迅速迎面馳來，月箏欣喜得心臟都要迸裂了！雪後天空明淨晴朗，視線極好，她看清楚了，來的五個人全都身穿猛邑軍服。她本能地驚懼了一下，頓住半埋在雪裡的身形，隨即恍然鬆了口氣——一定是鳳璘得知猛邑退兵，派人喬裝成猛邑士兵混入隊伍去解救她的。

跑在最前面領隊那個……不是衛皓嗎?!

「衛皓！我在這裡！我在這裡！」她用盡全部力氣向他們揮手大喊，最後竟變成痛哭……她回來了，她終於熬到最後了！

衛皓聽見呼喊，勒馬放緩速度，辨認了一會兒才認出是她，露出十分震驚的神情。他瘋了般策騎向她衝過來，月箏哭著，眼睛和臉頰都疼如刀割，她死死地盯著跑過來的衛皓，如同看見了親人。

一向沈著冷毅的衛皓竟然也亂了手腳，跳下馬的時候太急切了，在積雪上踉蹌一下。

「王妃?!」離得這麼近，他還是一副無法置信的樣子。

月箏拚命地點頭，孤身在酷寒積雪中走了這麼長時間，看見他，心底最後一根苦苦堅持的弦也繃斷了，她麻木的手腳終於徹底乏力，沈重的拖著她整個人向雪地倒下。她太振奮也太高興了，身體的痛苦沒有擊敗她，她的神智一片清明。她不要昏過去，心心念念望眼欲穿地想回來，一刻比一刻接近，她不捨錯過每個瞬間。她感覺衛皓緊緊托住她，安穩而牢靠，她放心地微笑了，如許願般輕喃。「帶我去見鳳璘，快啊，快……」

每一個在眼前晃過的景象都非常清晰，城門、街道，她瞪著眼睛看，卻全都看不進心裡，她的心全被一個聲音攪亂了：就要見到鳳璘了……以後再也不要離開他身邊，再也不要！

鳳璘出現在她的視線裡非常突然，衛皓抱著她疾步跑進帥府，差點撞上腳步凌亂向外走來的鳳璘。

月箏的腦子突然完全空白，悲哀、歡喜，想念……一下子什麼都沒有了。

她木訥地盯著他看，他的眉梢眼角不停地輕顫，蒼白的臉龐顯得失魂落魄。她該哭，卻發不出一絲聲音，無聲的悲泣讓嘴唇抖得十分厲害，日夜想對他說的那句我回來了，也無法說出口。

「月箏？月箏，月箏……」鳳璘的嘴唇白得幾近灰色，他直直地看著她，愧疚？悔恨？

心疼？他完全不知所措了，他不知道該怎麼面對她！除了不停輕喊她的名字，他還能對這個女人說什麼呢？

月箏無法從他失神的臉上挪開目光，他的眼睛裡……是淚光嗎？他哭了？好像有尖刺扎進了她的心裡，她不要他哭！她不能看見他哭！他的淚水……是她今生最不能抵禦的東西。她搖頭，急切地搖頭。「鳳璘，別難過，我沒事，我好好的……我回來了。」她語無倫次，安慰得十分拙劣。

鳳璘的身體劇烈搖晃一下，竟然虛浮地後退了半步，像被誰狠狠地推了一把。他棄之不顧的女人，回來後說的第一句話……竟是安慰。這是懲罰嗎？這個女人帶給他的痛苦，是他絕沒預料到的！

他覺得自己的虎口有些潮冷，他看著那裡暈開的水滴……他哭了？在聽見她回來的消息後，椎心之痛讓他的反應變得十分遲鈍。

月箏掙扎著想從衛皓臂彎裡下地，鳳璘伙步跨前抱住她。從沒想過，失而復得居然是這樣的痛苦，他摟緊她，她瘦弱得讓他無法置信，他低頭看她，她也正仰著雙頰深陷的小臉急切地看著他，關切的眼神真摯而坦蕩，像是在他鮮血淋漓的心上又深深插了把刀。他竟然承受不住她這樣的目光，如果……是他去救她回來的該多好？他就不用在她這樣看著他的時候，痛苦愧疚得抬不起眼來。

「王爺，我來吧，您的傷口受不住。」容子期急切地想從鳳璘手中接過月箏。

傷口？月箏的心被重重一撞，鳳璘受傷了？「哪兒受傷了？」她急切地問，眼睛焦躁地搜尋。

他搖了搖頭，沒說話，只是更緊地抱住她。比起她受的苦，他的傷又算什麼呢？

她愣愣地抬頭看他的臉，這是第一次……她看見他如此直白的痛楚。這麼多天，他也一定像她一樣想念得五臟六腑都化為灰燼一般吧？她落入敵手，他卻束手無策……他比她更加難受無奈吧？至少她只是飽受飢寒的煎熬，他卻……一個男人，想到自己的妻子落入另一個男人的手中，那種屈辱和憤怒，遠比徹底失去她的悲痛要難忍吧？

香蘭一直站在人群外冷漠地看著鳳璘與月箏的重逢，不屑地挑起嘴角，眼前令人感動的場面絲毫沒有打動她。

鳳璘把月箏抱入內室，其他人都沒跟進去，容子期還關攏了房門。

鳳璘把她放在床榻上，剛才那陣無法自控的情緒已經過去，他近近地俯看著她，輕撫她披散在枕畔的頭髮。「都過去了……」他閉了下眼，再睜開時就是無比的堅決和溫柔。無論發生過什麼，她回來了，他欠她太多，即便是補償，也該真心地對她好。

「鳳璘……」她被他眼中的柔情沈醉，他竟然這樣露骨眷戀地看她。

她想安撫他的苦痛和屈辱，也想為自己驕傲一下，她有些費力地掀起左臂的衣袖。「我……是乾乾淨淨地回來的！」

細瘦得讓人心疼的手臂上，嬌豔的守宮砂殷紅耀目，鳳璘默默地看著，原本就灰敗的臉色霎時褪去最後一絲生氣，胸膛劇烈一震，哇地嘔出一口鮮血。

月箏嚇壞了，尖著嗓子大喊來人，眼睜睜地看著他在她面前倒下去。

容子期和香蘭臉色惶急地跑進來，容子期立刻招呼幾個侍衛進來，把已經昏迷的鳳璘抬上躺椅，焦急地連聲催促醫官快來。

香蘭也不管鳳璘，面無表情地按住想起身的月箏。「躺著吧，不用妳幫忙。」

月箏原本就虛軟，被她按得坐不起來。「香蘭！」她皺眉抱怨，她想去看看鳳璘的傷勢。

「他死不了。」香蘭對那邊的情況置若罔聞，手腳麻利地幫月箏脫去被雪打濕的外衣，抬手放下床帳。

醫官已經來了，屋裡人多，月箏穿著內衵不便露面，只能焦急地聽外面的談話。香蘭端了盆熱水進來，擰了錦帕進帳來給月箏擦洗，對帳外的一切毫不關心。被人悉心呵護的感覺讓月箏恍惚貪戀，任由香蘭細細擦拭她的手腳。她看著香蘭，她是在怨怪鳳璘沒有去救她吧？「香蘭……」

「要喝水嗎？」香蘭冷著臉打斷她的話，小姐如果是讓她別再記恨王爺，她更受不了！

月箏點了點頭，香蘭撩帳出去倒水。

月箏聽見醫官與容子期的談話，說鳳璘是急火攻心，今天要比往日加大人參的用量補回虧損的血氣。

「王爺的毒……」容子期極為擔憂。「這樣一來，會不會更加難除？」

醫官沈默不答。

毒？月箏驚駭地倒吸一口氣，她沒聽錯，容子期是說鳳璘中毒。她再顧不得防嫌，伸手想撩起床帳來細問，卻被香蘭先一步掀開。「也看看王妃的傷吧，手和腳上的凍瘡很厲害。」香蘭的口氣極為生硬，小小的丫鬟卻像是在命令醫官。

容子期趕緊引著醫官來診治月箏的手腳，並沒責怪香蘭的無禮。

「鳳璘到底怎麼了？」月箏急著問為她搽藥的醫官。

「王爺十幾日前被猛邑人砍傷了胸腹，皮肉傷並無大礙，只是猛邑人的刀上淬了毒，十分難解。」醫官說得小心翼翼，不時拿眼去看容子期。

容子期也立刻插話。「王妃不必擔憂，原少爺已經得到消息，去請謝先生出山來陣前襄助。而且謝先生也已辨識出毒藥的藥性，配好了解藥，想來這兩天就會到內東關了。」

聽說師父會來，且已配好了解藥，月箏不像剛才那般驚懼。「我哥……」她突然十分想念月闕和師父，光是叨唸一下就覺得鼻子發酸。

容子期趕緊說：「原少爺雖然一直在為王爺的事奔波，但一切安好。」

香蘭聽了不屑地哼了一聲。「若是少爺不必『為王爺的事奔波』，小姐何必受這樣的苦？就算隻身前往，少爺也是會去救小姐回來的！」香蘭說到隻身前往的時候哽咽了一下，眼淚倏地湧出眼眶，她飛快擦去。

「香蘭！」容子期終於顧不得月箏在旁，出聲喝止。「妳別再橫生是非了！」

月箏垂了眼，香蘭的話也讓她的心驟然苦澀。月闕的確能不顧一切地去救她，鳳璘……不會。她輕輕搖了下頭，微笑說：「我回來了不就好了嗎……都別提了。」

香蘭皺眉，張了張嘴欲言又止，看見月箏的神情，終於什麼都沒再說。小姐……其實什麼都明白！她的這些話，只會讓小姐心裡更難受。

月箏抬眼看著還陷入昏迷的鳳璘，若說她沒怨過他……怎麼可能？因為每時每刻的盼望，所以也在每時每刻的失望。體諒……原來是這麼讓人惆悵無奈的事，她怨他什麼呢？他和她不同，她只是個女人，她的心裡只有他就可以了，他的心裡卻裝了太多太多的東西。

香蘭把水遞到她的嘴邊，從不曾這般小心翼翼地對待她。「餓嗎？喝點熱粥吧。」

月箏一連吃了三碗熱騰騰的白粥，覺得是人間美味，吃下去五臟六腑都舒坦溫熱了。

香蘭在旁邊皺著眉頭看，悶悶地問：「剛才醫官說妳腸胃虛空已久，不要立刻吃米飯和葷腥，那個九皇子……不給妳飯吃的嗎？」

月箏心滿意足地咂著嘴巴，十分悵然。「要是皮蛋瘦肉粥就好了……」

香蘭也瞧出來她並不想細說在敵營的種種，破天荒沒有孜孜追問，乖覺地收走了碗盤。

月箏穿回來的狐裘披風搭在椅背上，沾的雪漬化開，淌下滴滴水珠，香蘭拿了塊乾淨的棉布細細擦拭，這她就弄不明白了，能給小姐這麼華貴的狐裘，怎麼會不給吃飽呢？

月箏默默地看著香蘭打理披風。「幫我收起來吧，我再不穿了。」

香蘭聽出她語氣裡的輕微異樣，這披風明顯是男人穿的，八成就是猛邑九皇子的，小姐是再不想看見、再不想回想了吧。

擦乾了水漬，香蘭抓著用力一抖，呼的一陣風，把仍在沈睡的鳳璘髮絲吹亂。

「輕些。」月箏皺眉，不敢高聲說話。「要不，叫人把他抬上床來吧。」躺椅狹窄，鳳璘身材修長，躺久了肯定不舒服。

「管好妳自己吧！」香蘭在案上疊披風，聽她說起鳳璘的關切語氣就覺得惱火。

容子期笑容滿面地走進來，興高采烈地說：「原少爺回來啦！」

月箏眼睛一酸。「哥……」女人總是愛撒嬌的，在雋祁那兒受了那麼多罪她也沒哭，回到親人中間卻總想流淚。

想掙扎著下床，月闕已經一身風霜地快步進來了，他的臉色有些蒼白，想是日夜兼程趕回來的。

他先看了眼鳳璘，雖然氣色很差，卻不至於危及性命。

「哎呀，真是能折騰人哪！」他故作憂愁，想說幾句抱怨辛苦的話報報功，一抬眼看見月箏立刻傻住了。「妳……」他不知道月箏受困敵營，見妹妹瘦成這樣心疼又驚詫。

「哥……」月箏腿腳無力，月闕趕緊搶步過去摟住她，她背上嶙峋的骨感讓他的心都擰起來了，不禁皺眉大罵。「妳怎麼弄成這樣了？鳳璘沒給妳飯吃嗎?!」

月箏眼前一片模糊，緊緊環住哥哥的腰背，幸好他不知道，幸好他沒涉險來救她……她不能失去鳳璘，也不能失去他。

「師父跟你來了嗎？」她哽咽著說，因為兄妹倆都不善於對彼此說溫情的話，玩笑話又因為酸楚而說不出口，都沈默了，月箏只好隨便找了個話題。

「沒……」月闕悻悻。「師父看不上鳳璘，不要給他當軍師。」

「那解藥呢？」月箏著急，師父的脾氣彆扭起來神仙也沒辦法。

「放心，放心，在這兒呢。」月闕放開妹妹，從懷裡掏出一個錦盒遞給容子期，讓他用溫水給鳳璘服下，又捧起妹妹的臉細瞧，嘖嘖感嘆。「師父要成精了。」

月箏哭笑不得地瞪了他一眼，這人還是那麼說話不分褒貶。

「真的！」月闕瞪眼，好像是見月箏不以為然十分不甘。「師父說了，鳳璘的病有藥醫，妳的病是沒藥醫的。」隨即又十分擔憂。「妳到底是什麼病啊？怎麼變成這樣？」

一直冷眼旁觀的香蘭一撇嘴，插話說：「傻病！」

月闕聽了一副恍然大悟的樣子，連連點頭，月箏佯怒地板起臉，在哥哥腰上狠掐了一把，聽月闕喊疼，忍不住又笑了。

她的確是又回來了……她的鳳璘、她的生活。她慶幸自己的堅持，這場意外並沒讓她的人生發生改變。

第二十九章　結絲之難

房間被弄得格外溫暖，香蘭特意在火盆上煮了一小鍋茶，水氣和茶香讓月箏心神安寧，被精心地照顧著，躺在暖和鬆軟的被褥裡，月箏這麼長時間來終於睡了最踏實、最香甜的一覺。

極輕的談話聲讓她悠悠醒來，屋裡已經點了燈，她竟睡了整整一天……

醫官來給鳳璘換藥，正半跪在躺椅前細看劇毒解去後傷口的情況，容子期為他端著燈，醫官驚喜地提高了聲音。「傷口終於開始癒合了！」

鳳璘噓了一聲，示意他不要吵醒月箏，醫官面有愧色地點了點頭，復又壓低聲音。「王爺，雖然傷勢好轉，刀口附近發青的皮肉還是積聚了殘毒，恐怕——」醫官皺眉細細檢視傷口，鳳璘卻看見月箏起身，臉色異樣蒼白，她焦急地下床走來看他的傷情。鳳璘趕緊對醫官做了個眼色，讓他別再說出讓月箏更擔心的話，醫官會意，不再吭聲。

月箏本以為自己有了心理準備，在看見鳳璘從左肩一直劃到右肋的傷口時還是驚痛地捂住嘴巴，她嚇壞了，鳳璘潤玉般的肌膚上這樣的傷口顯得格外猙獰駭人。

她突然十分惱恨，惱恨所有的人，猛邑人、鳳珣、雋祁，以及她自己！她連孫皇后也恨上了！她捨不得讓親生兒子出戰，就這樣逼迫鳳璘，鳳璘這罪都是替鳳珣捱受的。猛邑貴妃還知道讓兒子出征立功，皇后和鳳珣就知道躲在鳳璘身後搶功勞，他們在都中錦衣玉食，不齊心抗敵還處處使壞，說不定得知鳳璘受傷暗暗期盼他一死了之。她很替鳳璘不甘，從這一刻起，她再不覺得有什麼對不起鳳珣。

她太心疼了，心疼得全天下人都被她怪上。鳳珣的友情、雋祁的恩義……全都比不上鳳璘所受的苦楚。

鳳璘勉力笑了笑，安撫她說：「我已經全好了，妳不用擔心。子期，送月箏去前廳休息，記得……」醫官用探針探了下他胸口傷處的深度，疼得他哆嗦了下，額頭頓時冒出一排冷汗，緩了一下他才繼續說：「多在廳裡加個火盆。」

「不！我不要出去！我就在這裡陪著你！」月箏發脾氣，這股執拗主要還是衝著她自己，在鳳璘最虛弱、最需要親人的時候，她總是不在。

醫官為難，皺著眉不動，顯然是不想在月箏面前為鳳璘割肉治傷。

「王妃，妳還是避開吧，不然王爺和醫官都不能專心療傷。」容子期有點兒著急，半推半拉地將月箏往外趕。

月箏沈著臉不樂意，又強不過容子期，在門口僵持著不走。

「箏兒，別鬧，去吧。」鳳璘無奈，苦笑著搖了搖頭。

月箏禁不住他這樣的口氣，像被撫順了毛的小貓，乖乖地點了下頭。

「子期，給王妃把披風拿上，外面冷。」鳳璘淡淡吩咐，因為傷口疼痛，聲音輕而疲倦。

月箏接過容子期遞來的披風，一步一回頭地往外走。容子期關上房門，讓她在前廳什麼都聽不見，獨自坐在廳裡有些無聊，又擔心鳳璘，時間過得十分緩慢。月箏嗅了嗅空氣裡淡淡的茶香，乾等也無聊，不如做些茶葉蛋當宵夜，一會兒和鳳璘一起吃，自從受過餓，她就對吃異乎尋常地感興趣。

帥府的廚房就在後廂右側，夜來風大，月箏裹緊披風，剛轉過圍廊拐角，就聽見香蘭高聲嚷嚷。「……我憑什麼不能說？我已經告訴少爺了，怎麼樣？殺我滅口都遲了！難道原家人都活該被你們耍得團團轉嗎?!」

月箏一驚，這裡是衛皓的房間，聽香蘭的口氣也不像撒嬌吵鬧，她忍不住貼著牆站住，細聽房間裡的對話。

「香蘭，王爺也是迫不得已，他的處境妳還不知道嗎？王妃既然已經回來了，妳何必再說起這些？」衛皓難得十分耐心地解勸。

香蘭一聽他說更炸鍋了，尖聲譏諷道：「迫不得已？說到底還是捨不得以身犯險、覺得不值！」

「香蘭！」衛皓畢竟口拙，不贊同地喊了她名字又被她搶去話頭。

「別欺人太甚了！開始是不願冒險去救，後來覺得猛邑九皇子那麼放縱聲色的人抓了我家小姐肯定給糟蹋了，救回來也是一頂捅心窩子的綠帽子，就讓小姐自生自滅。」

「不是這樣……」

「不是什麼不是?!生怕小姐被少爺救回來，還特意支開少爺去請謝先生當軍師，他那一肚子鬼心眼還用誰給他出主意？根本就是拖延少爺的歸期，希望小姐死在那邊一了百了。好啊，現在小姐回來了，還是完璧一塊，我給她擦身看見守宮砂了，從猛邑九皇子那兒乾乾淨淨地回來，小姐得吃多少苦、對他得多真心。就他那些所作所為，他就該向小姐以死謝罪！他就不該吃那解藥！」

「香蘭！妳越說越過分了！」衛皓終於生氣了，冷聲打斷。「王爺何嘗不難受？妳看他……」

「吐血了？一口血就能抵銷了我家小姐受的罪嗎？我不怕死，覺得我過分就殺了我吧！那時候我跪在他門外那麼哀求，也沒一個人和我去救小姐，我已經生不如死了！好不容易看他點兵，」香蘭哽咽了一下。「我都要感激得給他立長生牌位，結果呢，是去孝坪搶糧食！我家小姐喜歡這麼個人，是我家小姐傻！還歡天喜地的回來了，還把拋棄她的男人當塊寶，我都看不下去了！」

衛皓沈默。

「我走了！」香蘭恨恨地說。

「哎！」衛皓叫住她。「我沒有不讓妳說的意思，只要妳覺得說出來對王妃有好處，妳儘管說吧。」

換作香蘭不語。

月箏慢慢轉身，風迎面撲過來，把她的頭髮吹得凌亂飄飛……夜色好像突然濃重，廊上飄搖的燈籠再也照不亮前路。她緩慢地行走，眼前心裡全是辨不清的黑暗。

「王妃，妳去哪兒了？」容子期有些著急地喊了她一聲。

她抬頭，原來已經不知不覺走回帥廳……望著廳裡的燈火通明，她遲遲沒有進去。她為他想了萬千條理由，卻從沒想過，或許他並不希望她回來，如果她死在敵營，等他得勝回京……就可以名正言順地娶杜絲雨了。

「王妃？」容子期發覺她神色有異，皺眉又喚了她一聲。「王爺正在等妳。」

「等我……是嗎？」月箏恍恍惚惚，木然地走進廳裡。

鳳璘聽見了她與容子期的語聲，緩慢地從內室走出來，月箏瞧著被燭光照亮的他……停在門口，沒有走近，這或許是她這輩子第一次在他面前停住腳步。

受凍挨餓，她並不覺得無法忍受，因為她心裡存有希望，失望後再失望，她還是能體諒，因為她理解他的苦衷，可是……其實她不是猜不到真相，只是不願意去深想。現在，一切都這麼真實地擺在她面前，她突然不知道自己該怎麼辦。

那彷彿漫無盡頭的日日夜夜，她身心俱疲地遙望內東關，堅信他即使無法來救她，仍會五臟如焚地想她念她。她以為清白完璧的回到他身邊是幸福的開始，也是他衷心期盼……這一切都是她的臆想嗎？事實是，他真的沒有來救她，香蘭的哀求也沒用，還故意支開月闕……她的回來，對他來說，是個多餘的累贅嗎？

「怎麼了？」鳳璘皺眉細細看她慘白的俏臉。

容子期從外面掩上了門，沒有了風，火光不再劇烈搖曳，輕微的爆炭聲勝過了寒風呼嘯。

月箏扭開頭，空洞的黑瞳再無平素的光彩，乾裂的嘴唇不復櫻紅，輕微地抿了抿，她問：「你……並不希望我回來，是不是？」

鳳璘一凜，眼眸裡翻起一陣光焰，他僵了脊背，什麼都沒有說。

相對無語的這一刻，她才真正相信了雋祁的話……她的確被鳳璘拋棄了。

她是太傻了，只憑著自己的一廂情願去揣度他的想法。他的溫柔，不過是對她的歉疚，她所有的付出，只能換來他的歉疚。

月箏噙了口唾沫，喉嚨生疼。但是她笑了，她所有的力氣只夠她自嘲地笑一笑，再無法抬眼去看對面的鳳璘。

「鳳璘，你還是喜歡著絲雨吧。」她沒用問句，因為她知道他的答案。他和她至今都不能算正真的夫妻，現在她終於不用自欺欺人了。火盆裡的光太晃眼，視線都模糊起來。對笑紅仙的憐憫之情還沒淡去，已經輪到她自己了。

「其實，我……不該回來。」她流著淚喃喃自語。

鳳璘猛地走過來，重重把她摟進懷裡，她僵直地撞上了他的傷口，他一顫，卻固執地收緊了手臂。「別說了，箏兒，別說了。」

傷口的疼比起她這幾句話刺得他心裡劇痛來，微不足道。

她固執地沒有抬起眼睛，長睫下的一行淚痕在火光中幽淡的閃爍，他垂頭看著。面對這樣的她，任何解釋、任何欺瞞都是玷污。

「箏兒，對不起。」他能說的，卻只有這一句。

對不起？月箏細細品味著他話裡的沈痛和無奈。他……對不起她了嗎？似乎從一開始，她就把自己的情感強加給了他，不管他是不是想要。她明知他喜歡絲雨，甚至還為他和絲雨的無緣暗暗慶幸過，以為他們的錯過是上天給她的機會，她一直覺得自己幸運，其實上天非常公平。

「沒，」她輕輕搖頭，捨不得掙開他的懷抱。「你沒有對不起我，這一切……我都是心甘情願的。」

她的心甘情願驟然擊碎了他全部的理智，很多事、很多承諾……他都不想再去顧及。就算是上天給他的懲罰吧，就算是欺騙，他也想讓這個女人感到幸福。

他緊皺的雙眉一軒，打橫抱起她，向內室走去。

「鳳璘……」月箏被動地蜷在他的懷裡，她能感受到他的決絕。他……終於下定決心要放下與杜絲雨的過去了嗎？她以為自己已經絕望了，可他的神情一下子又燃起她心中不甘熄滅的火，輕易得讓她無奈，她就是這麼傻，只要夢還殘留一絲幻象，她就不願醒來。畢竟醒來……太痛了。

他猛地吻住她，他不想再聽她說出一個字……他受不了。

內室溫暖，彼此脫去衣物也不覺得寒冷。月箏沈默地躺在床上看鳳璘胸口上纏裹密實的紗布透出殷殷血紅，明知不該急於今夜，又深怕他遲疑後又不忍對往事放手。

鳳璘異乎尋常的溫柔，他吻她身體的時候，簡直如膜拜般近乎虔誠，他想讓她知道，她要獻給他的珍寶，他也珍而重之。

月箏沒有閉上眼，這一刻她已經等得太久、太苦，她要瞪大眼睛看著這一瞬間，記住。

他纏綿地吸吮她的唇舌，她緊皺雙眉，不要去分辨他此刻火熱的給予是愛戀還是愧疚。

他吻她的脖頸、胸腹。「箏兒……」他嘶啞地輕喃，難抑的慾望讓他的面色潮紅，呼吸急促，卻仍不乏溫柔地輕輕分開她的雙腿。

月箏覺得天地旋轉起來，努力睜開雙眼卻什麼都看不到……她已經落入他編織的夢境，她的腦子裡似乎起了霧，一切的懷疑、傷感、委屈都模模糊糊。

當他不停輕喊著她的名字進入時，她低低的哭了起來，身體僵直，緊繃的雙腿似乎要抽筋了，很疼，但是她感受到了他！

他緩緩地嵌入了她的最深處，忍耐地停住了。

月箏揪緊了身側的床單，用身體、用靈魂去感知他，在身體契合了以後，心靈是不是也能如此緊密的相連？

她的反應讓他身如火焚，快感讓傷口的疼痛變得微不足道，她在低低喘息哭泣，他不忍再加劇她的苦楚，咬牙停住，輕輕旋動，直到她準備得更加充分。

律動中他傷口的血大量湧出，紗布再也吸附不住，滴滴點點灑落在她搖曳起伏的嬌軀，是妖豔殘忍的媚惑，他低聲長吟，痛苦和極樂緊緊交纏，他為她下了甜蜜地獄，他咬牙加快，終於在她飛上雲端的時刻也解脫了自己。

稀薄的晨光中，她抱膝看著因為傷勢和疲累尚在沈睡的他。

一床狼藉，她的血和他的血混在一起。經過這晚……她和他真的重新開始了嗎？

香蘭敲門，月箏開了口才發覺自己的嗓子已經完全喑啞，說話都似乎帶著哽咽。「別進來，在前廳備好沐浴用品。」

香蘭沈默，久久才嗯了一聲。

泡在溫熱的水中，身體的不適得到輕微緩解，她看著自己手腕上的情絲，緩慢解下……還只是三個結。

手指反覆摩挲那三個珠子……終於還是重新纏繞回手腕，今天以後……她並沒充分的信心。

第三十章 如樹有根

月箏回到內室，鳳璘已經撤換掉髒污的床單，坐在躺椅上默默出神。

她停在門口，垂下頭。雖然有了最親密的關係，她卻還是失去以往只想撲進他懷裡的勇氣。

晨光中的她，身上帶著剛剛沐浴後的氤氳水氣，長髮因為低頭而直直垂成絲瀑。她只穿了單衣，越發顯得單薄纖弱，鳳璘看著，心裡一陣扯痛，這麼個小小的身子卻蘊藏著讓他也嘆服的執拗。她向來那麼活潑嬌頑，此刻的沈默讓他更加憐惜。身子似乎沒等他動念，已經站起來前去摟住她，像鼓舞般吻了吻她的額角，她不該這麼頹唐落寞。

她輕顫了一下，這副渴望已久的胸膛裡流溢出的溫柔呵護，讓她心裡的感動勝過昨日最火熱時刻。是的，她就是想要他這樣的柔情，而非單純得到他的身體。眼淚瞬間就從長睫下滑落，說不清心裡是滿足還是嘆息。

他用手指抬起她俏美的下頷，凝神看那兩排蜿蜒的淚痕，心像是沈入迷潭卻甘願就此溺斃。「別哭了，月箏。」他用手輕輕拂去了她的淚珠，他再也不想讓她哭泣。

「鳳璘……」他指腹上的每一下輕撫，都像可以平復她心裡的創痛。

「嗯？」他把她摟得緊緊的，不願被任何人把她奪走般固執，心裡盈滿放任的惡毒快感，他只想寵她，其他都不想理會。

她想問，他是不是真的能遺忘過去？終於還是癡癡地陷入他的懷抱，怯怯地抬起手，遲疑一下，緊緊地環住他的腰。不管，她就是這般任性的原月箏，她掙扎了這麼久、等待了這麼久，終於抓住了，絕不放手！

香蘭命人收拾完外廳，走進來看見這麼溫情的場面卻視而不見，面色不改地逕自走過去把鳳璘粗粗鋪上的新床單整理妥當。

反倒鳳璘和月箏有些尷尬，月箏臉上發熱，想退開一步卻被鳳璘攬住腰，拖到躺椅邊挨著他坐下。她覺得自己有些愧對香蘭，畢竟香蘭是因為替她鳴不平才這般忿忿難平，結果她這個苦主卻已經徹底丟盔卸甲。

「衛皓。」鳳璘瞇了下眼，似笑非笑地喊人，每次月箏看見他這樣的表情都覺得他格外狡詐。

在帥廳外候命的衛皓應了一聲，走來停在內室門外靜聽吩咐。

「傳令下去，猛邑撤兵，新年將至，豐疆全境大慶三天，內東關守軍大慶五天。」

衛皓的神色微微一喜，重重抱拳領命，剛想出去傳令，又被鳳璘叫住。「帥府也一直沒準備過節什物，你與香蘭同去姚鎮採買，並催促豐樂把貢物加速送來此處。」

香蘭雖然還是冷著臉，卻終於沒有出聲拒絕。

月箏偷眼瞥她悻悻的神色，覺得鳳璘這招美男計的確是正中香蘭的軟肋，香蘭現在看誰都是仇人，卻對衛皓始終恨不起來。月箏心裡突然有說不出的滋味，鳳璘向來馭下甚嚴，卻對香蘭的無禮百般容忍，也是對沒去救她的事心存愧疚吧。

鳳璘要沐浴換藥，月箏便踱出帥廳想信步走走。王爺傳令全城大慶的消息已經讓整個帥府沸騰起來，月箏走沒幾步就被廚娘雜役們團團攔住跪拜，說是替全城百姓叩謝王妃恩典。月箏一頭霧水，不明白下人們為什麼會如此激動興奮。

容子期走來一一應付遣散，命他們下去準備過節，僕役們才歡天喜地的散去。

「總算……」容子期長長吐了一口氣，如釋重負。「王妃妳不知道，王爺曾下令今年豐疆不許歡慶宴樂。戰事大捷，新年到來，不許慶祝簡直是倒行逆施，多少惹來民怨，現在您回來就都好了。」說著還別有用意地笑了笑。

月箏停住腳步，他真的是為她下了這麼匪夷所思的命令？

風吹亂了她的髮絲，幾縷遮在眼前，她瀟灑地抬手理順，算了，她不要去想了，過去的無論是傷心還是委屈，她都不願再糾纏不清。她加快腳步，向月闕的房間跑，容子期沒有跟上去，站在廊上看著樹枝上似要消融的冰晶微微而笑。

大冷的天月闕還開著窗戶，神情沈重地站在窗邊木然看著院中的積雪。月闕聽見腳步聲，沈靜地回頭看，果然看見妹妹笑著跑進來，他沒說話，轉頭默默關上了窗，走到火盆邊撥旺了炭火。他不看她，剛才她臉上那抹依舊明媚的笑容卻深刻入他的心底。

這樣沈默的月闕很有師父的神韻，月箏也無法再以微笑虛應，愣愣地望著赤紅的炭火出神，一時不知該與他說什麼。

「東西收拾好了嗎？現在就走？」月闕抱起雙臂，歪著頭看臉色發白的妹妹，戲謔的口氣讓月箏分辨不清他是說笑還是認真的。

「哥……」月箏垂了頭。「我……」

「算了，妳已經傻了這麼多年，我也習慣了。」月闕冷嗤一聲，他還用聽她說什麼呢？鳳璘一直就是她的魔障，似乎永遠也無法參悟。他該帶她走，但他沒有信心讓她再綻露剛才那樣美麗的笑顏，只要鳳璘還能為她織就夢境，他就這樣默默守護吧。「我終於知道師父為什麼不喜歡鳳璘了。」

月箏覺得鼻子一酸，卻不想在哥哥面前哭，抿了下嘴忍過眼中驟然泛起的水氣。「哥，你想吃什麼，我給你做。」

月闕沒有立刻答話，抬手摸了摸妹妹消瘦的臉龐，她強作笑顏哄他開心的樣子比她哭泣更讓他心疼。揚起眉，他用力戳了戳她的額頭。「不爭氣的傢伙！就做最複雜的那道菜！」

「疼，疼！」月箏護住額頭。「最複雜的菜……內東關沒食材啊！」

月闕摸著下巴想了想。「那就烤全羊吧，妳親手做啊。」

「你……你……」月箏瞪他。「你簡直是趁火打劫！」

月闕再不看她，逕自倒在榻上。「烤好了叫我。」

月箏嘟著嘴，氣呼呼地回到帥廳，沒想到鳳璘麾下的將軍們都在，看見她進來都躬身問安，月箏驚愕了一下，趕緊做出一副莊重神態，福身回禮。

鳳璘看了她一眼，嘴角微微一挑，剛才她還一臉忿忿，此刻硬端出來的王妃風儀倒假正經得可愛。「今天就議到這兒，我們尚需在內東關駐紮多日，把你們的家眷都接來共度佳節吧。」他的話讓將領們喜形於色，很識趣地告辭而去。

鳳璘從案後走來把她攬入懷裡。「說說，剛才怎麼了？」

「吩咐殺隻羊吧。」月箏悶悶。「我哥要吃烤全羊。」

鳳璘聽了一笑。「我們是該答謝答謝他。就在後院烤吧，我幫妳。」

月箏在他懷裡點了點頭，她好喜歡聽他說「我們」。

火堆很快在後院架起，怕風吹散了火苗，鳳璘還特意吩咐搭了簡易的圍棚。月箏用帕子包住頭髮，生怕被火燎了，穿著方便行動的短襖，十分投入地往羊肉上撒鹽。

鳳璘穿著昂貴的錦緞棉袍，坐在火堆邊負責翻轉羊肉，火星把錦袍燒了好幾個焦洞他也不在乎。月箏時不時吩咐他翻過來掉過去，重點烤什麼地方，他很認真地聽從，廚役們幾次想來幫忙，都被鳳璘拒絕了。

烤肉的煙霧和香味瀰漫了整個帥府，一下子就有了過節的氣氛，往日不敢高聲說話的下人們全都鬆了口氣，請示過鳳璘，在後院角落架起大鍋，煎炒烹炸，還煮了一鍋羊湯，帥府先於百姓慶祝起新年來。

王爺積毒全解，王妃也來了，下人們不知道月箏落入敵營的事，只當王妃是從王府趕過來的，小夫妻兩個親自下廚，沈悶的帥府處處歡聲笑語。猛邑退兵後，第一次有了過節的喜氣。

月闕聞著香味，也不用月箏去叫，自己跑出來，坐在火堆邊冷著眼看鳳璘和妹妹忙碌。鳳璘拿起一小罐酒遞給他，他也沒立刻接，心裡的怨氣總是難消；鳳璘也明白，舉著酒看著他。月闕瞥了眼正眉眼含笑著烤肉的月箏，輕嘆了口氣，接過鳳璘遞來的酒罐。

不只帥府，整座內東關慢慢沸騰起來，戰事大捷新年來到，雙喜臨門，王爺又解除了歡慶禁制，百姓們燃起了鞭炮，一直響入深夜。周圍的城池也受到感染，很多離家避禍的百姓甚至連夜返回家園。

鳳璘的心情異乎尋常的好，下令徹夜開放通向後方的城門，允許百姓回城。

將領們聞訊笑著趕來，戲言討酒，月箏虛應幾杯，就和香蘭退回內室。香蘭為她端了皮蛋瘦肉粥來，月箏看著那粥，吶吶無語。本是她為岔開話題信口一說，香蘭卻記在心裡。「謝謝。」月箏由衷地說，香蘭對她的好，她何嘗體會不深？

「沒什麼可謝的。」香蘭還是冷聲冷氣。「我只是盡我的本分。」

過了三更鳳璘才回房，顯然喝了不少，腳步都有些虛晃。

月箏一直沒睡沈，趕緊起身倒了杯熱茶給他。鳳璘沒接反而猛地攬住她的腰，月箏嚇了一跳，差點灑了杯裡茶。

他的鼻尖貼著她的，沒防備，她好像一下子看進他那雙幽若潭水的清炯眼瞳裡，也許是他喝多了酒，平素冷淡自持的黑眸有種狂放的不羈。「妳真美！」他灼熱的呼吸偏了偏，吻便落在她秀巧的頸窩，曖昧的貼緊激起她一身顫慄。他卻停住，把她壓在懷裡細細地看，怎麼都看不夠似的。「月箏，」他苦澀地笑了笑。「妳要是從沒遇到我，該多好。」

她的表情僵了僵。「你……」他今生不想遇見她？

他凜了下眼神，似乎意識到自己的失口，不想撒謊也不想解釋，把她抱得更緊，月箏覺得自己腳尖都要點不到地了，他俯下頭埋在她的頸窩裡，用臉頰磨蹭著她滑膩的肩頭，嘆息般一笑。「既然遇見了，就是劫數，有生之年，我就對妳好吧。」

她癡癡地聽著，這是他的承諾嗎？

他抱起她放在榻上，雙臂撐在她身體兩側，身子覆住她，眼中多了曖昧的媚惑，離得這麼近，她羞澀得不敢睜眼。「還疼嗎？」他聲音裡有了撩人的喑啞。

她沒說話，只是柔柔地抬手攀住他的腰背，她和鳳璘終於是有了根的樹木，再不會擔心狂風驟雨摧折了細枝，環緊他，她便有了難以言喻的安全感。

——未完‧待續，雪靈之／文創風025《結緣》二之二〈愛恨難了〉。

預知後情

對感情執著不悔的元月箏，終於如願與鳳璘成為真正夫妻，享受鳳璘的寵溺，這便是她想要的、最平凡的幸福。

然而當她以為能夠一直這樣幸福下去時，卻在無意間聽見了他的計劃，知道自己只是他手上的一顆棋子，他對她所有的好，全都因為她合適為他去死！

她震驚、心痛，但卻不遺憾，甚至願意成全。

當那枝被安排好的箭極快、極準地破空而來，她的心也跟著支離破碎！曾經，她非常渺茫的盼望，他會在最後一刻後悔，在最後一刻放棄，但他沒有。雖然希望那麼渺小，失望卻來得這麼強烈，終於她徹底的絕望了，也明白了她始終是個不該出現在他生命裡的人。

在閉上眼之前，她看見鳳璘緊緊地把她抱在懷裡，眼淚滴落在她的臉上，她沒有看他，只盯著那紛紛落下的眼淚，悲傷的體認到，她窮盡一生摯愛，換來的不過是這幾滴眼淚……

虐戀情深 第一大手

雪靈之

愛恨無垠

文創風 020

十四歲那年跟步元敖約定好要一起私奔，他沒出現。
只託娘告訴她，要她等他，這一等就是五年過去。
這期間她為了打聽他的下落，在一次私逃中掉入了寒潭，
最不該的是，害得弟弟也一同落水，兩人患上了同樣的怪病。
神醫說要治好這寒毒唯有找到流著九陽玄血的男人方能得救。
而這世上唯一流著九陽玄血的人……竟然就是步元敖。
他說要他的血可以，條件是要娶她過門。
當她滿懷期待地去找他，卻發現她只是幫他暖床的奴婢，連妾都不如……
哼！當初蔚家背信忘義，甚至追打落水狗般地對他下重手；
如今卻需要他的血來救命，行！叫蔚家四小姐蔚藍為奴伺候他，
要是她伺候得他舒服了，他可以給上一碗血。
別怨他狠，當初蔚家對他可是狠上千百倍，
他所受的屈辱折磨他全都要討回來！尤其是蔚藍那女人，
當初有多愛她如今就有多恨，而這恨就拿折磨她來抵！
偏偏折磨她的同時也折磨著他自己，想要的痛快竟得不到……

文創風 024

結緣 2之1〈癡心無藥〉

國家圖書館出版品預行編目資料

結緣. 二之一, 癡心無藥 / 雪靈之著. --
初版. -- 臺北市 : 狗屋, 民101.05
面 ; 公分. --（文創風）
ISBN 978-986-240-823-0（平裝）

857.7　　　101006768

著作者　雪靈之
發行所　狗屋出版社有限公司
地址　台北市104中山區龍江路71巷15號1樓
電話　02-2776-5889～0
發行字號　局版台業字845號
法律顧問　蕭雄淋律師
總經銷　知遠文化事業有限公司
電話　02-2664-8800
初版　101年05月
國際書碼　ISBN-13　978-986-240-823-0

定價220元
狗屋劃撥帳號：19001626
網址：love.doghouse.com.tw　E-mail：love@doghouse.com.tw